PÁL SOKAĞI ÇO

Ferenc Molnár (12 Ocak 1878, Budapeşte - 1 Nisan 1952, New York). İlk öyküleri 19 yaşındayken yayımlanan Macar oyun yazarı ve öykücü Molnár, 1907'de *Az ördög* (Şeytan) adlı oyunuyla tanındı. Hukuk öğrenimi gördü ama gazeteciliğe geçerek Birinci Dünya Savaşı'nda savaş muhabirliği yaptı. Pek çok oyunu Avusturya, Almanya, ABD gibi yabancı ülkelerde oynanıp sevilen Molnár, yoksulların sorunlarını duygusal bir tonda işlediği, her biri başyapıt niteliğinde öyküler de yazdı. Öte yandan, çok sayıda romanı olmasına karşın sadece başyapıtı sayılan *A Pál utcai fiuk* (1907; *Pal Sokağı Çocukları*) başarılı oldu ve Molnár bütün dünyada bu romanla tanındı.

Tarık Demirkan Gazeteci, yazar, çevirmen. Çocuklar için "masallar", büyükler için "meseller" yazdı, yazılanları Türkçeye çevirdi. *Her Güne Bir Masal, Dünya Hayvan Masalları, Dünyanın En Güzel Masalları* çocukların çok sevdiği kitaplar oldu. *Macar Turancıları, Bitirilmemiş Devrim, Devrim Devrim Diye Diye* gibi telif eserlerinin yanı sıra, *Hunlar ve Attila, Doğu Avrupa'da Özelleştirme, Doğu Avrupa Devrimleri, Doğu Avrupa Halk Demokrasileri Tarihi, 1913 Anadolu* gibi kitapları da Türkçeye kazandırdı. Budapeşte Üniversitesi Uluslararası İlişkiler bölümünü bitirdi, dünya ekonomisi bölümünde doktorasını sundu. Televizyonculuk, radyoculuk, gazetecilik yaptı.

1957 yılında Karadenizin küçük bir kasabası olan Bartın'da başladığı yaşam macerasını, sırasıyla İzmir, Budapeşte, Londra ve İstanbul'da sürdürdü. Budapeşte'de yaşıyor, serbest gazetecililik yapıyor, BBC radyosu Türkçe yayınlarına ve CNN Türk'e yaşadığı bölgeden haberler aktarıyor, bir Macar radyosunda *Orient Expres* adıyla Doğu-Batı kültürel ilişkilerini ele alan ve Türk müziğini tanıtan bir program hazırlayıp sunuyor. Evli, hayatının en güzel masalı olarak tanıttığı bir kızı var.

FERENC MOLNÁR

Pál Sokağı Çocukları

Çeviren
Tarık Demirkan

YKY
YAPI KREDİ YAYINLARI

Yapı Kredi Yayınları - 2841
Doğan Kardeş - 200

Pál Sokağı Çocukları / Ferenc Molnár
Özgün adı: A Pál utcai fiúk
Çeviren: Tarık Demirkan

Kitap editörü: Selahattin Özpalabıyıklar
Düzelti: Eser Demirkan

Tasarım: Nahide Dikel

Baskı: Promat Basım Yayım San. ve Tic. A.Ş.
Orhangazi Mahallesi, 1673. Sokak, No: 34 Esenyurt / İstanbul
Sertifika No: 12039

(Bu kitap Aralık 2007 tarihinde 17 x 22 cm boyutlarında,
ISBN 978-975-08-1325-2 numarasıyla yayımlanmıştır.)
1. baskı: İstanbul, Şubat 2009
27. baskı: İstanbul, Ocak 2016
ISBN 978-975-08-1554-6

Yapı Kredi Kültür Sanat Yayıncılık Ticaret ve Sanayi A.Ş.
İstiklal Caddesi No: 142 Odakule İş Merkezi Kat: 3 Beyoğlu 34430 İstanbul
Telefon: (0 212) 252 47 00 (pbx) Faks: (0 212) 293 07 23
http://www.ykykultur.com.tr
e-posta: ykykultur@ykykultur.com.tr
İnternet satış adresi: http://alisveris.yapikredi.com.tr

Yapı Kredi Kültür Sanat Yayıncılık
PEN International Publishers Circle üyesidir.

İÇİNDEKİLER

Macarca Adların Okunuşu

Ferenc Molnár: Ferens Molnaar

Barabás: Barabaas
Cinder: Sinder
Csele: Çele
Csengey: Çengey
Csetneky: Çetneki
Csónakos: Çoonakos
Eszterházy Sokağı: Esterhaazi Sokağı
Feri Áts: Feri Aatç
Füvészkert: Füveyskert
Dezsö Geréb: Dejöö Gereyb
Janó: Yanoo
János Boka: Yaanoş Boka
Józsefváros: Yoojefvaaroş
Kolnay: Kolnai
Körut: Körut
Köztelek Sokağı: Köztelek Sokağı
krajcár: kraysaar (o zamanki kuruş)
Leszik: Lesik
Nemecsek: Nemeçek
Pál: Paal
Pásztor: Paastor
Rácz: Raats
Richter: Rihter
Soroksár Sokağı: Şorokşaar Sokağı
Szebenics: Sebeniç
Üllöi Caddesi: Üllöi Caddesi
Weisz: Veis
Wendauer: Vendauer

Dünyanın Bütün Çocukları Pál Sokağı'ndandır!

Nemecsek, Boka ve Pál Sokağı'nın diğer çocukları bundan tam yüz yıl önce, Budapeşte'de yoksul bir semt olan Józsefváros'tan yola çıktılar.

Bugün artık bütün dünyada tanınıyorlar.

Ve onlar önem verilen değerler uğruna her şeyin göze alınmasını ve "ihanete" karşı "kopmaz dostluğu" temsil ediyorlar.

Aradan geçen bunca yıla rağmen hâlâ genç, hâlâ kararlı ve hâlâ inançlılar.

Çünkü *Pál Sokağı Çocukları,* zamandan ve mekândan bağımsız, kendi yolunda yürüyen bir edebiyat şaheseri.

Hâlâ çocukların gözdesi, çünkü insanı gerçekten insan yapan en önemli değerleri, abartısız, ama tartışmasız bir şekilde çocukların dünyasına sunabiliyor.

"Oyun ya da ciddi mücadele", "dostluk ya da ihanet", "birbirine kenetlenme ya da gruplara bölünme", "her şeye rağmen var olma ya da sevdiği şeyler uğruna ölümü göze alma", "tek başına kalma ya da bir gruba ait olma" ikiliklerinin çocukların dünyasında da yaşanabileceğini gösteriyor.

İyiliğin ve dürüstlüğün ölümsüzlüğünü kanıtlıyor.

... Pásztor'lar, geldiler, geldiler ve bilyalara bakmaya başladılar. Ben dedim ki Kolnay'a: "Bana bak, bunlar bilyalarımıza sulanacak!" En akıllımız da Weisz'di. O çünkü hemen olacakları tahmin etti: "Geliyorlar! Bunun sonu einstand olacak, görürsünüz!" Ama ben yine de ihtimal vermedim. Çünkü biz onlara hiç zarar vermedik ki... Hiçbir şey yapmadık onlara. İlk başta gerçekten bize bir şey yapmadılar. Orada durup oyunumuzu seyrettiler. Kolnay kulağıma fısıldadı: "Bana bak, Nemecsek, bence oyunu bitirelim artık." Ben de dedim ki "Yok ya, sen tam attın ve tutturamadın, tam da şimdi mi bitirelim! Şimdi sıra bende. Eğer kazanırsam bitirebiliriz." O an sıra daha Richter'deydi. Ama onun zaten elleri titremeye başlamıştı, bilyasını atarken göz ucuyla da Pásztor'ları süzüyordu, tutturamadı tabii. Ama Pásztor'lar kımıldamıyorlardı bile. Elleri ceplerinde, orada öyle duruyorlardı.

Pásztor kardeşlerin Nemecsek ve arkadaşlarının bilyalarına el koydukları Müzi'de Péter Szanyi'nin heykel grubu (Fotoğraf: Tarık Demirkan)

İşte bu yüzden Nemecsek, Boka ve diğerleri asla unutulmuyor ve unutulmayacak.

Hayatta tesadüflerin önemli yeri vardır. Örneğin, bundan yüz yıl önce romanın yazarı Ferenc Molnár'ın edebiyat öğretmeni, bir gün lisede mütevazı bir okul edebiyat gazetesi yayımlamaya girişmese, bugün belki de *Pál Sokağı Çocukları* romanı olmayacaktı. Edebiyat hocası Kornél Rupp okulda öğrencileriyle birlikte bir gazete yayımlamaya karar verince, eski öğrencilerinden de destek almaya çalışır. Bir gazeteci ve hikâye yazarı olan 29 yaşındaki Ferenc Molnár'ı bulur, gazete için onun da bir şeyler yazmasını ister. Molnár da lise yıllarındaki sevgili hocasını kıramaz, onca işi arasında edebiyat hocasının hatırı için "bir şeyler" yazmak amacıyla oturduğu masadan *Pál Sokağı*'nın birinci bölümünü yazarak kalkar. Sonraki haftalarda da diğer bölümler gelir. Genç okuyucuları neredeyse gazete bağımlısı haline getiren tefrika roman tamamlandığında yani 1907 yılında kitap haline getirilir. Almancaya, İngilizceye, Fransızcaya çevrilmesi hemen birkaç yıl içinde gerçekleşir. Yayımlandığı her ülkede olay haline gelir, yeni baskıları yapılır. İlki 1929'da olmak üzere tam beş kez film konusu olur. Tiyatrolarda sahnelenir. Çizgi film haline getirilir.

Yazarlarla eserleri arasında çoğu kez izah edilemeyen kader bağları olduğu söylenir. Bu, Ferenc Molnár ve en büyük romanı *Pál Sokağı Çocukları* için de geçerli. Pál Sokağı Çocukları'nın, yürekten bağlı oldukları "Arsa"ları gibi, Molnár da vatanına bağlıdır. Ancak İkinci Dünya Savaşı öncesi, İsviçre'ye, sonra da Amerika'ya göçmek zorunda kalır ve hayatının sonuna kadar da geride bıraktığı vatanının ve bir zamanlar çocukluğunun geçtiği Pál Sokağı'nın özlemiyle yaşar. Pál Sokağı, yazar için de en kutsal değerlerin simgesi haline gelir.

Ama yazarın başyapıtı, *Pál Sokağı Çocukları*, kendi bağımsız hayatını yaşamaya devam ediyor. Kitap Macaristan'da 2006 yılında düzenlenen büyük bir kamuoyu araştırmasında, 20. yüzyıl Macar edebiyatının en önemli üç eserinden biri seçildi. Nesillerdir bu romanla büyüyen Macarlar, çocuk ruhlarının en temiz ve en masum yanlarını buldukları romana gerekli önemi ve değeri bugün de veriyorlar: 2007 yılı, yani kitabın ilk baskısının 100. yıldönümü nedeniyle Budapeşte'de Nemecsek'lerin bir heykeli dikildi ve Pál Sokağı Çocukları'nın hayatlarından daha çok sevdikleri "Arsa"ları yeniden yaşam buldu. Aslına uygun bir şekilde inşa edilen Arsa, çocukların "dostluk" geleneklerinin yaşatılmasının yanı sıra, edebiyat ve tarih bilgilerinin de tazelendiği bir alan olacak.

Budapeşte'de oturduğumuz evimizden yürünecek mesafede olan Pál Sokağı'nı, 9 yaşındaki kızım Ela Eszter'le dolaştığımızda, bugün artık şehrin merkezi sayılan bu bölgede yan yana inşa edilmiş binalar arasında Pál Sokağı Çocukları'nın izlerini ararken duvara iliştirilen bir kitabeyi gördüğümüzde çok sevinmiştik: "Pál Sokağı Çocukları'nın Arsa'sı buradaydı." Artık atlı tramvayların, şekerleme satan sokak satıcılarının, caddelerde akşamın alacakaranlığında yakılan gaz lambalarının çoktan tarihe karıştığı bu şehirde daha sonraları kahramanlarımızın izlerini sürmeye devam etmiştik: Romanda geçen sokak isimleri tamamdı: Füvészkert Parkı da duruyordu, hoyrat Pásztor kardeşlerin Nemecsek ve arkadaşlarının bilyalarına el koydukları Müze'nin bahçesi de. Ama Pál Sokağı Çocukları'nın bıraktıkları asıl belirgin izleri çocukların ruhlarında bulmak mümkündü. Nesillerdir Boka'nın cesaretine hayran olan, Nemecsek'in ürkek ama kararlı kahramanlığı karşısında gözyaşlarını tutamayan Budapeşteli çocuklar bugün de Pál Sokağı'nın ruhunu taşımaya devam ediyorlar.

İlk kez okuyucuyla buluşmasının yüzüncü yılında, *Pál Sokağı Çocukları*'nı Türk okuyucusuna yeniden sunarken, aslına ve Budapeşte'nin ruhuna uygun olması için büyük özen gösterdiğim bu çeviriyi Türkiye'nin kasaba ve kentlerinin izbe sokaklarındaki çocuklara ithaf ediyorum.

Tarık Demirkan,
Ekim 2007, Budapeşte

PÁL SOKAĞI ÇOCUKLARI

I.

Saat bire çeyrek kala, yani fen bilimleri dersliğindeki deney masası üzerinde uzun ve başarısız deneylerin ardından, belki de heyecanlı bekleyişlerin bir ödülü olarak Bunsen lambasının renksiz alevinin içinde harika bir yeşil renk belirdiğinde, yani öğretmenimizin ispatlamaya çalıştığı gibi, alev yeşile boyandığında, ispatlanmaya çalışılan şey kanıtlandığında, dediğim gibi, tam bire çeyrek kala, okulun hemen yanındaki binanın bahçesinde otomatik piyano ansızın çalmaya başladı. Ve o anda dersin bütün ciddiyeti de kayboluverdi. Mart ayının ılık günlerinden biriydi ve sınıfta pencereler ardına kadar açıktı. Güzel kokulu rüzgârla birlikte müzik sınıfa gelivermişti. Otomatik piyanodan neşeli bir Macar müziği yükseliyordu. Ama piyano öylesine Viyana usulü, öylesine "cıstak, cıstak" çalıyordu ki, bütün sınıf farkına bile varmadan gülümseme isteğine kapıldı, hatta bazıları gülümsediler bile. Bunsen lambasındaki yeşil alevin kıpırtıları bile dans etmek ister gibi, oynak, kıvraktı. Belki ilk sırada oturan birkaç kişinin gözleri bu alevdeydi, ama diğerleri artık dışarıya bakıyorlardı. Pencereden hemen komşu binaların çatıları, daha ilerde ise kilise kulesindeki altın yaldızlı saat görünüyordu. Saatin yelkovanı, herkesi mutlu edecek şekilde, hızla on ikiye doğru yaklaşıyordu. Sokağa kulak kabartıldığında, aslında müzik sesiyle birlikte içeriye başka seslerin de süzüldüğü fark edilebiliyordu: Atlı arabaların kornaları duyuluyordu, zaman zaman binaların aralarındaki avlulardan hizmetçi kızların şarkıları da yükseliyordu. Elbette bu kızlar otomatik piyanodan tamamen farklı bir ezgi tutturmuşlardı. Bütün sınıf yerinde kıpırdanmaya başladı. Bazıları sıranın içindeki kitapları karıştırmaya koyuldular, tertipliler kalemlerinin uçlarını özenle temizlemeye giriştiler, Boka kırmızı bir deriyle kaplı mürekkep hokkasını kapatıp bağladı. Çok iyi bir hokkaydı bu. Asla kendiliğinden dökülmezdi. Ne zaman mı dökülürdü? Hokkayı cebine attığında! Csele önündeki sayfaları toplamaya başladı. Csele görüntüsüne çok önem veren titiz bir çocuktu. Öyle herkes gibi her gün tüm kitaplarını koltuğunun altına sıkıştırıp taşımaz, sadece, ders kitaplarından o gün gerekli olan sayfaları getirirdi. Bu sayfaları da özenle ceplerine yerleştirirdi. Son sırada oturan Csónakos canı sıkılan bir gergedan gibi, ağzını kocaman açıp esnedi. Weisz ceplerinin astarını tersyüz etti, boşalttı, sabahtan beri cebinde taşıdığı ve saat ondan bire kadar küçük lokmalara bölüp gizlice ağzına attığı ekmek parçasının son kırıntılarını aramaya girişti. Geréb sıranın altında ayaklarını sürtmeye başladı. Sanki ayağa kalkmaya hazırlanıyordu. Barabás ise sıranın altında sümenini açtı, kitapları boy sırasına koydu ve elindeki bağla öyle bir sıktı ki, sıra bile gıcırtıyla öttü, Barabás'ın yüzü de kıpkırmızı oldu. Yani uzun lafın kısası, herkes artık sınıfı terk etmeye hazırlanıyordu. Bir tek öğretmen hariç. O beş dakika sonra dersin biteceğinden habersiz gibiydi. Kafasını kaldırdı, gözlerini sıralarda dizilen çocuk kafalarının üzerinde dolaştırdı ve şöyle dedi:

— Neler oluyor?

Birden bütün sesler kesildi. Sınıf derin bir sessizliğe büründü. Barabás sıktığı ipi gevşetti, Geréb ayaklarını topladı, Weisz aceleyle ceplerini düzeltti, Csónakos ağzını derhal eliyle kapattı ve yarım kalan esnemesini öyle tamamlamaya çalıştı, Csele elinden sayfaları bıraktı, Boka hokkayı kaşla göz arasında cebine attı, atar atmaz da hokkadan mavi mürekkebin sızmaya başladığını fark etti.

— Neler oluyor? diye tekrarladı öğretmen. Artık herkes sırasında hareketsiz, dimdik oturuyordu. Öğretmen sonra dışarıya doğru baktı. Otomatik piyanonun melodisi neşeyle pencereden içeri girmeye devam ediyordu. Melodi "Ben sizin disiplininize uymak zorunda değilim" der gibiydi. Öğretmen piyano sesinin geldiği yöne doğru da öfkeli bir bakış fırlattı. Sonra da şöyle dedi:

— Csengey, pencereleri kapat!

Csengey, yani birinci sıranın en başında oturan minik Csengey yerinden kalktı, o her zamanki ciddi ve disiplinli tavrını takınıp camı kapatmak için pencereye doğru uzandı.

Tam o sırada Csónakos oturduğu sıradan yana doğru eğilip önündeki sarı saçlı oğlana seslendi:

— Nemecsek, pısst!

Nemecsek önce arkaya döndü, sonra da gözlerini yere çevirdi. Buruşturulup top haline getirilmiş bir kâğıt sıraların yanından, ayaklarının dibine doğru yuvarlanmıştı. Kâğıdı yerden aldı ve açtı. Kâğıtta şunlar yazılıydı:

Boka'ya ilet.

Nemecsek bunun sadece adres yazısı olduğunu biliyordu. Asıl mesaj, iletilmesi gereken asıl mektup kâğıdın öbür yüzündeydi. Ama Nemecsek dürüst bir "erkek"ti. Başkalarına ait mektupları okumazdı. Yani, mektubu tekrar buruşturdu, kâğıttan top yaptı, fırsatını bekleyip, yana doğru eğildi, sıralar arasında oluşan minik koridor boyunca ileri yuvarladı ve aynı anda da fısıldadı:

— Boka!

Şimdi sıra Boka'daydı. Yere doğru baktı. Bu koridor mesajların gelip gittiği yerdi. Gerçekten de işte yuvarlanıp gelen mektup orada ayaklarının yanında duruyordu. Öbür yüzünde, yani Nemecsek'in dürüst davranıp okumadığı yüzünde şunlar yazılıydı:

Öğleden sonra saat üçte genel kurul. Arsa'da Başkan seçimi olacak. İlan et.

Boka mektubu cebine attı, kitaplarını paket yaptığı ipi son kez bir daha sıktı. Saat tam birdi. Zil çalmaya başladı. Artık öğretmen de dersin sonunun geldiğini kavramıştı. Bunsen lambasını söndürdü. Ev ödevlerini işaret ettirdi ve arkadaki depoya doğru yöneldi. Depo, kapısı her açıldığında içi samanla doldurulmuş, boş bakışlı boncuk gözlü hayvanların, raflarda tüylü kuşların, değişik koleksiyonların göründüğü bir yerdi. Tam dipte ise çocukların saygı dolu bir ifadeyle baktığı, esrarengiz ve dehşet dolu "şey" dururdu: Kemikleri sararmış bir insan iskeleti!

Sınıf bir dakikada boşaldı. Şimdi herkes okulun geniş ve sütunlu koridorlarında çılgınlar gibi koşuşturuyordu. Bu telaşlı koşu bazen öğrencilerin arasından bir öğretmenin uzun boyu göründüğünde yavaşlıyor, acele yürüyüşlere dönüşüyordu. Bu durumlarda koşanlar kendini frenliyor, bir anlığına koridor sessizliğe bürünüyor, ama öğretmen köşeyi dönünce, avluya doğru yarış devam ediyordu.

Çocuklar akın akın kapıdan dışarıya çıkıyordu. Bir kısmı sağa, bir kısmı sola dönüyordu. Bazen öğretmenler de geliyordu elbet, bu durumda küçük öğrenciler saygıyla şapkalarını çıkarıyor, öğretmenlerini selamlıyorlardı. Herkes yorgun ve aç bir şekilde yaz güneşinin ısıttığı sokakta yürüyordu. Kafalarındaki yorgunluk, sokağın, hayat anlamına gelen parıltılı ve neşeli görüntüsüyle yavaş yavaş dağılıyordu. Sanki hapishaneden şimdi serbest bırakılmış küçük mahkûmlar gibiydiler. Sanki temiz hava ve güneşte sersemlemişlerdi. Evlerine ulaşmak için şehrin bu gürültülü, canlı, hareketli ortamına dalmaları gerekiyordu. Şehir ise onlar için at arabalarının, caddelerin, yolların, dükkânların civcivli bir karmaşasından başka bir şey değildi.

Csele yandaki binanın girişindeki seyyar şekerciyle hararetli bir pazarlığa tutuşmuştu. Çünkü şekerci, tepsisindeki tatlıların fiyatını son zamanlarda hiç utanmazcasına arttırmıştı. Herkes bilirdi ki, kozhelvanın fiyatı dünyanın her yerinde 1 krajcár'dır! Yani, şekerci eline bir bıçak alır, sert ve üzeri fıstıklarla süslü kozhelvayı tutar ve bıçağını indirdiğinde, ne kadar parça koparırsa, işte onun fiyatı 1 krajcár'dır. Aslında o kapının altındaki şekercide sadece kozhelva değil, her şey 1 krajcár'dı. Birim fiyatı böyleydi çünkü! Mesela küçük bir çubuğun ucunda şekerli bir macuna bulanmış bir şekilde satılan üç erik, üç yarım incir ya da üç yarım ceviz: Bunların da her birinin fiyatı 1 krajcár'dı. Küçük "dişkıran" şekerin ya da ayıcıklı şekerin fiyatı da aynıydı. Hatta "öğrenci yemi" olarak bilinen ve küçük porsiyonlarda hazırlanan, çocukların çok sevdiği ve keyifle yediği çerezin fiyatı da 1 krajcár'dı. Bu "öğrenci yemi"nde harmanlanmış bir şekilde fıstık, kuru üzüm, fındık, şeker parçaları, çer çöp, her şey olurdu. Yani 1 krajcár'lık "öğrenci yemi" aldığınız zaman şeker sanayinin, insanlar ve hayvanlar dünyasının birçok ürününün harmanından yiyebilirdiniz.

Csele pazarlık ettiğine göre bu şekercinin fiyatlarını arttırmış olduğu anlamına geliyordu. Ticaret kurallarının değişimini izleyenler bilirler ki, fiyatlar, söz konusu ticaret tehlikeye girdiği zamanlarda artma eğilimi gösterir. Mesela, Asya'nın uzak köşelerinden, haydutların kervanlara aman vermediği yörelerden, riskli zamanlarda gelen çaylar pahalı olur. Böyle bir tehlike olduğu için, Avrupa'nın batısında yaşayan bizler daha fazla öderiz. İşte bizim şekerci de herhalde ticaret işini iyi biliyordu, çünkü bu yoksul şekerciyi okulun yakınlarından uzaklaştırmak istiyorlardı. Zavallı şekerci de anlamıştı ki, eğer okul idaresi onu oradan kovmak istiyorsa, eninde sonunda kovacaktır. Envai çeşit, renk renk, iştah kabartan şekerleri ya da okulun öğretmenleri yanından geçerken onlara gösterdiği güleryüz, okul idaresinin onu "gençliğin düşmanı" olarak görmesini engelleyemeyecekti, bunu biliyordu.

"Çocuklar bütün paralarını o İtalyan şekercide harcıyor!" diyordu okulda öğretmenler. İtalyan da durumun farkındaydı; tezgâhının uzun süre lisenin yanı başındaki bu avlu girişinde kalabilmesi mümkün görünmüyordu. İşte bu yüzden şekerlerinin fiyatlarına zam yapmıştı. Madem buradan gitmesi lazımdı, hiç olmazsa biraz para kazanıp öyle gitmeliydi. Bunu Csele'ye de söyledi.

— Bundan önce 1 krajcár'dı her şey, bundan sonra 2 kraj-cár her şey.

Macarcayı da zor konuşuyordu zaten. Bu cümleleri söylerken, şekerleri kestiği elindeki küçük satırı da hırsla sağa sola sallıyordu. Geréb Csele'nin kulağına şunları fısıldadı:

— Çarp şapkanı şu tezgâha!

Bu fikir Csele'nin çok hoşuna gitmişti. Aman tanrım, ne

güzel bir şey olurdu! Tezgâhın üzerindeki şekerlemeler sağa sola savrulurlardı. Çocuklar da nasıl eğlenirlerdi.

Geréb, şeytani planını fısıldamaya devam etti:

— Çarp şapkanı tezgâha! Bu adam tefecinin teki.

Csele şapkasını çıkardı.

— Bu güzel şapkayı mı çarpayım?

Planda bir hata vardı. Geréb'in önerisi yanlış zamanda, yanlış yerde yapılmıştı. Çünkü Csele üstüne başına önem veren bir çocuktu. Görüntüsü bozulmasın diye okula ders kitabı bile taşımaz, kitaplarının yerine sadece o gün lazım olan sayfaları götürürdü.

— Kıymetli şapkana acıyor musun yoksa? diye sordu.

— Tabii acıyorum, dedi Csele. Korktuğumu sanma sakın. Ben ödlek değilim, sadece şapkama acıyorum. İstersen bunu kanıtlayabilirim de. Ver bana şapkanı, tezgâhın ortasına vurayım!

Geréb'e böyle bir şey söylenemezdi. Bu neredeyse hakaret sayılırdı. Öfkelendi. Şöyle dedi:

— Madem benim şapkam söz konusu, o zaman şapkayı tezgâha ancak ben vurabilirim. Bu herif tefeci. Madem korkuyorsun, çekil oradan!

Bu sözlerin ardından şapkasını kafasından çıkardı ve yüzünde kavgacı bir ifadeyle, ayakları çapraz biçiminde eğreti duran ve üzeri şekerlerle dolu masaya doğru hamle yaptı.

Ama tam bu sırada arkadan uzanan biri hareket halindeki elini tuttu. Ve bir ses, neredeyse artık bir erkek sesi kadar ciddi bir ses şöyle dedi:

— Ne yapıyorsun sen?

Geréb geriye döndü. Hemen arkasında Boka'yı gördü.

— Ne yapıyorsun? dedi tekrar Boka.

Ciddi ama sert olmayan bakışlarını üzerine çevirmişti.

Geréb, bir aslanın, terbiyecisiyle göz göze geldiği zaman yaptığı gibi homurdandı. Ardından da yumuşadı. Kasketini tekrar kafasına geçirdi ve omuzlarını silkti.

Boka alçak sesle şunları mırıldandı:

— Bu adama zarar vermeyin. Bence de cesur olmak lazım, ama şimdi bunun hiçbir anlamı yok. Hadi gel.

Elini uzattı. Eli masmavi mürekkepti. Cebindeki hokka, içindeki sıvıyı sızdırmış, koyu mavi mürekkep Boka'nın cebine soktuğu elini de boyamıştı. Elini cebinden çıkardığında mürekkebi fark ettiler. Ama şimdi bununla uğraşamazlardı. Boka elini duvara sürdü. Bunun sonunda ise, eli temizlenmedi, ama duvar mürekkebe boyandı. Mürekkep meselesi burada bitmişti. Boka Geréb'in kolunu tuttu ve uzun sokak boyunca yürümeye başladılar. Güzel giyimli Csele ise geride tek başına kalmıştı. Tepkisi engellenen bu "devrimci"nin yelkenleri suya indirmiş sesini duyuyorlardı.

— Peki, madem artık her şey 2 krajcár, o zaman bana 2 krajcár'lık kozhelva verin.

Cebinden küçük yeşil cüzdanını çıkardı. Bıyıklarının altından kıs kıs gülen İtalyan'ın ise kafasından şunlar geçiyordu: "Belki de yarın her şeyi 3 krajcár'a çıkarmalıyım". Ama bu bir rüyaydı tabii. Bu şuna benziyordu: Bundan sonra her 1 forint'in değeri 100 forint olacak. Şekerci bıçağını kaldırdı, hışımla kozhelvanın üzerine indirdi. Sert şekerlemeden kopan küçük bir parçayı kâğıda koyup çocuğa uzattı.

Csele kızgındı.

— Ama bu her zamankinden daha da küçük!

İtalyan, artık ticari başarısından ötürü iyice havalara girmişti. Yüzünde küstah bir gülümsemeyle cevap verdi:

— Evet, artık hem daha pahalı, hem daha az.

Ardından da sıradaki yeni müşterisine doğru döndü.

Sırasını bekleyen çocuk, olup biteni gördüğünden elinde 2 kraj-cár'ını hazırlamıştı bile. Şekerci, küçük satırıyla beyaz şekerlemeden bir parça daha kopardı. Satırı öyle sallıyordu ki, sanki ortaçağda yaşayan fındık kafalı minik insanların kellesini uçuran dev bir masal celladıydı. Şekerleme tezgâhında kan gövdeyi götürüyordu.

— Pis adam! dedi Csele sıradakilere doğru dönerek. Bundan almayın, bu adam tefecinin teki!

Sonra da elindeki şekerlemeyi bir lokmada ağzına attı. Şeker kâğıda iyice yapışmıştı. Koparmak mümkün değildi, ama tükürüğüyle ıslatırsa, çözülebilirdi.

— Beni de bekleyin, diye bağırarak Boka'ların peşinden koştu.

Köşede arkadaşlarını yakaladı. Oradan Pipa Sokağı'na doğru döndüler ve Soroksár Sokağı'na yöneldiler. Birbirlerinin koluna girmişlerdi: Ortada Boka gidiyordu. Her zamanki gibi, alçak bir sesle ama ciddi ciddi bir şeyler anlatıyordu. Boka on dört yaşındaydı, ama yüzünde ergenliğin belirtileri henüz çok azdı. Konuşmaya başlayınca hemen birkaç yaş daha büyük görünüyordu, çünkü sesi artık kalınlaşmaya başlamıştı. Sakin, ama ciddi bir ses tonu vardı. Konuşması da sesi gibiydi. Ağır, oturaklı konuşurdu ve kaba saba kelimeleri de ağzına almazdı. Arkadaşları arasında minik kavgalar oldu mu hiç karışmazdı. Hatta hakem olarak çağrıldığında da kabul etmezdi. Çünkü o bu tür kavgaların sonunda birinin mutlaka kızgın kaldığını ve çoğunlukla da hakemlik yapana kızdığını artık çoktan kavramıştı. Ama olay büyümüşse, yani artık kavga neredeyse öğretmenlerin dikkatini çekme noktasına gelmişse, o zaman Boka müdahale eder, hakemlik değil, ama arabuluculuk rolünü üstlenirdi. Arabuluculuk yapana genellikle kavganın iki tarafı da kızmazdı. Yani Boka akıllı bir çocuktu ve şimdiden anlaşılıyordu ki, ilerde hayatta başarılı olacaktı, en azından çevresinde dürüst bir erkek olarak saygı uyandıracaktı.

Evlerine doğru götüren yol, Soroksár Sokağı'ndan Köztelek Sokağı'na doğru dönmelerini gerektiriyordu. Sokak, güneşin altında sakin ve huzurluydu. Yolun bir tarafında boydan boya uzanan tütün fabrikasından derinden derine bir mırıltı yükseliyordu. Köztelek Sokağı'nda ilerde iki kişinin durduğunu fark ettiler. Bunlardan biri Csónakos'tu. Güçlü kuvvetli Csónakos. Diğeri ise küçük sarışın Nemecsek.

Csónakos birbirinin koluna giren bu üç küçük delikanlıyı görünce öyle sevindi ki, iki parmağını ağzına sokup okkalı bir ıslık çaldı. Mahalle bir lokomotif geçiyormuşcasına inledi. Ona özgü bir ıslıktı bu. Kimse böyle ıslık çalamazdı. Lise dördüncü sınıftaki deneyimli çocuklar arasında bile sadece birkaç çocuk bunun bir tren değil, normal bir ıslık sesi olduğunu fark edebilirdi. Evet belki sadece Cinder yaklaşabilirdi bu ıslığa, ama o da okulda eğitim kolu başkanı seçildiğinden beri ıslık çalmayı bırakmıştı. Eğitim kolu başkanı olan, çarşamba günleri de Macarca öğretmeninin yanında kürsüde oturan birine, iki parmağını ağzına sokup ıslık çalmak yakışmazdı doğrusu.

Yani Csónakos uzun uzun çaldı ıslığını. Çocuklar oraya ulaşınca da durup, yol üzerinde konuşmaya başladılar.

Csónakos küçük Nemecsek'e döndü:

— Onlara daha söylemedin mi?

— Hayır, dedi Nemecsek.

Çocuklar bir ağızdan sordular:

— Ne oldu?

Küçük sarışın oğlanın yerine Csónakos konuşmaya başladı.

— Müzi'nin bahçesinde dün yine *einstand* yapmışlar.

Çocuklar ciddileştiler, şimdi artık çıt çıkmıyordu.

Bunu anlamak için *einstand*'ın ne olduğunu bilmek lazım. Bu Budapeşte çocuklarının çok sevdiği argo bir kelimeydi. Eğer güçlü ve yapılı bir oğlan çevresinde kendinden daha zayıf çocukların bilya attığını, top oynadığını görürse ve onların oynadığı şeylere el koymak isterse *einstand* demesi yeterliydi. Kulağa hiç hoş gelmeyen bu Almanca kelime, güçlü olanın bilyaları savaş ganimeti olarak gördüğünü, kavgaya hazır olduğunu ve buna karşı direnenin ise dayak yemeyi göze aldığını anlatırdı. Yani *einstand* bir tür savaş ilanıydı. Ama aynı zamanda, olağanüstü durum, sıkıyönetim, kuşatma, birine karşı güç kullanma, dayak atma, korsanlık yapma gibi birçok kavramın da kısa ama özlü ifadesiydi.

Önce Csele konuştu. Şık Csele ürpererek şöyle dedi:

— *Einstand* yapmışlar ha!

— Evet, dedi küçük Nemecsek cesaretle. Söylediklerinin diğerleri üzerinde ne kadar büyük etki yaptığını fark etmişti.

Sonra da Geréb söze karıştı: Dayanamamıştı, kızgındı:

— Buna artık bir dur demek lazım! Ben size ne zamandır söylüyorum! Bu işe bir dur demek lazım! Ben ne zaman konuşsam, Boka sürekli suratını ekşitiyor. Halbuki eğer bir şey yapmazsak sonunda bize dayak da atacak bunlar!

Csónakos yine iki parmağını ağzına götürdü. Sevinçten ıslık çalmaya hazırlandığının işaretiydi bu. O her zaman, her türlü devrime hemen sevinçle katılmaya hazırdı. Ama Boka elini tuttu.

— Sağır etme bizi! dedi. Sonra da küçük sarışın oğlana döndü:

— Peki nasıl oldu bu?

— *Einstand* mı?

— Evet. Ne zaman oldu?

— Dün öğleden sonra.

— Nerede?

— Müzi'de!

Yakındaki Müze'nin bahçesine çocuklar kendi aralarında Müzi adını takmışlardı.

— Peki, o zaman, tam olarak nasıl olduysa, öyle anlat bize. Çünkü eğer bir şeyler yapmak istiyorsak, gerçeği tam olarak bilmeliyiz.

Küçük Nemecsek çok heyecanlanmıştı. Çok önemli bir gelişmenin tam ortasında olduğunu hissetmeye başladı. Bu onun başına sık sık gelmezdi. Nemecsek'i kimse asla dikkate almazdı. Hesaba alınmasına gerek kalmazdı. Tıpkı aritmetikteki 1 rakamı gibiydi! Çarpsan da, bölsen de söz konusu işlemde durumu değiştirmezdi. Kimse ona ilgi göstermezdi. Çapsız, zayıf bir oğlancıktı. Belki tam da bu yüzden kurban seçilmişti işte. Anlatmaya başladı. Oğlanlar daha iyi duyabilmek için yaklaştılar.

— Yani biz, diye başladı Nemecsek, Weisz, ben, Richter ve Kolnay, ha bir de Barabás, öğle yemeğini yedikten sonra Müzi'ye gittik. Önce Eszterházy Sokağı'nda top oynamak istedik, ama fen lisesinden çocuklar da vardı, top da onlarındı, bizi oyuna almadılar. O zaman Barabás dedi ki, "Hadi Müzi'ye gidelim, duvar dibinde bilya oynayalım". Biz de Müzi'ye gittik ve duvarın orada bilya oynamaya başladık. Yani, duvarın dibine doğru herkes sırayla bilya atıyordu ve kimin bilyası, daha önce atılan bilyayı vurursa, onu kazanıyordu. Sırayla bilyaları yuvarlamaya başladık ve duvarın dibinde aşağı yukarı on beş bilya birikti. Hem de bilyalardan ikisi cam bilyaydı. İşte tam o sırada Richter "Tamam oyun bitti, Pásztor'lar geliyor!" diye bağırdı. O bunu derken Pásztor'lar da köşeyi dönmüşlerdi bile. Ellerini ceplerine sokmuşlardı. Kafalarını yere doğru eğmişlerdi. O kadar yavaş o kadar ürkütücü yürüyorlardı ki hepimiz çok korktuk. Biz beş kişiydik, onlar iki, ama neye yarar! Onlar o kadar güçlü ki, on kişi bile olsak pestilimizi çıkarırlardı. Kaldı ki, bizi beş kişi olarak da görmemek lazım: Eğer kavga çıkarsa Kolnay kesin kaçar ve Barabás da tabanları yağlardı, yani üç kişi kalırdık, kesin. Belki ben de kaçardım, yani belki de bizi sadece iki kişi olarak düşünmek lazım. Belki beşimiz birden kaçmaya başlardık, ama o da bir kurtuluş değil, çünkü Pásztor'lar bütün Müzi çevresinde en iyi koşucular olarak bilinirler. Kaçmaya çalışsak da bizi yakalarlar, o kesin! Yani, sizin anlayacağınız, Pásztor'lar, geldiler, geldiler ve bilyalara bakmaya başladılar. Ben dedim ki Kolnay'a: "Bana bak, bunlar bilyalarımıza sulanacak!" En akıllımız da Weisz'di. O çünkü hemen olacakları tahmin etti: "Geliyorlar! Bunun sonu *einstand* olacak, görürsünüz!" Ama ben yine de ihtimal vermedim. Çünkü biz onlara hiç zarar vermedik ki... Hiçbir şey yapmadık onlara. İlk başta gerçekten bize bir şey yapmadılar. Orada durup oyunumuzu seyrettiler. Kolnay kulağıma fısıldadı: "Bana bak, Nemecsek, bence oyunu bitirelim artık." Ben de dedim ki "Yok ya, sen tam attın ve tutturamadın, tam da şimdi mi bitirelim! Şimdi sıra bende. Eğer kazanırsam bitirebiliriz." O an sıra daha Richter'deydi. Ama onun zaten elleri titremeye başlamıştı, bilyasını atarken göz ucuyla da Pásztor'ları süzüyordu, tutturamadı tabii. Ama Pásztor'lar kımıldamıyorlardı bile. Elleri ceplerinde, orada öyle duruyorlardı. Sonra da ben yuvarladım ve vurdum. Bilyaların hepsini kazandım. Bilyaları toplamak için duvara doğru giderken, çünkü orada artık neredyse 30 bilya vardı, Pásztor'lardan biri, küçük olanı önüme atladı ve "*Einstand!*" diye bağırdı. Ben başımı geriye doğru çevirdim, Kolnay'la Barabás koşmaya başlamışlardı bile. Weisz duvara dayanmıştı, yüzü bembeyazdı. Richter ise tereddüt ediyor gibiydi: Kalsın mı yoksa kaçsın mı karar verememişti. Önce ben davrandım, dedim ki: "Lütfen, bunu yapmaya hakkınız yok!" Ama ben bunu derken Pásztor'ların büyüğü bilyaları toplayıp cebine atmaya başlamıştı bile. Küçük olan ise, paltomun yakasından yakaladı ve bana bağırdı: "Duymuyor musun ufaklık! *Einstand* dedik!" Tabii artık ben de bir şey diyemedim. Weisz duvarın orada ağlamaya başladı. Kolnay'la Barabás ise köşeye kadar koşmuş, oradan bize bakıyorlardı, ne olup bittiğini merak ediyorlardı. Ve Pásztor'lar bütün bilyaları topladılar, tek bir kelime bile söylemeden geldikleri gibi gittiler. İşte böyle oldu.

— İnanılır gibi değil! dedi kızgınlıkla Geréb.

— Bu bir soygun!

Bunu Csele söylemişti. Csónakos bu kez parmaklarını ağzına sokmadan ince uzun bir ıslık çaldı, bu şimdi havanın barut kokmaya başladığı anlamına geliyordu. Boka ise sessizdi, düşünüyordu. Herkesin gözü onun üzerindeydi. Herkes Boka'nın ne söyleyeceğini merak ediyordu. Bu konu aylardır konuşuluyor, herkes şikâyet ediyor, Boka ise kimseyi ciddiye almıyordu. Acaba şimdi ne diyecekti? Ama bu olay ve bu olup bitenlerdeki tartışmasız adaletsizlik Boka'yı bile çileden çıkarmışa benziyordu.

Kelimeler ağzından tane tane döküldü:

— Şimdi gidip yemek yiyelim. Öğleden sonra da Arsa'da buluşalım. Orada her şeyi konuşuruz. Şimdi artık ben de bu iş böyle gitmez, diyorum.

Bu sözler herkesin hoşuna gitmişti. Boka şu an bütün oğlanlar için sevgiyle gözünün içine bakılan kişiydi. Ona tapıyorlardı. Akıllı başına, savaş ışıltıları parıldayan siyah gözlerine hayrandılar. Ona sarılıp öpmek istiyorlardı. Nihayet, evet, işte nihayet Boka da onlarla birlikteydi. Bu iş böyle gitmez demiş, onların duygularını da dile getirmişti.

Evlerine doğru yola çıktılar. Józsefváros taraflarında bir yerlerden neşeli bir çan sesi duyuldu. Hava güneşliydi, her şey çok güzeldi ve onların yürekleri sevinç doluydu. Çocuklar "tarihi" olayların arefesinde olduklarının farkındaydılar. Herkes artık bir şeyler yapılması gerektiğini biliyordu ve onlar da buna hazırdılar. Heyecanla bekliyorlardı. Madem Boka bu iş böyle gitmez, demişti, kesin gitmeyecekti.

Üllöi Caddesi'ne doğru yürüdüler. Csónakos Nemecsek'le birlikte biraz geriden geliyordu. Boka başını geriye çevirdiğinde iki çocuğun tütün fabrikasının yol hizasındaki bodrum pencerelerinden birinin önünde durduklarını gördü. Pencerenin pervazında kalın bir tütün tozu birikmişti.

— Bak bu enfiye! diye bağırdı Csónakos. Okkalı bir ıslık çaldı, ardından da derin bir nefesle sarı tütün tozlarını burnuna çekti.

Nemecsek, küçük bir maymun gibi, katıla katıla gülüyordu. O da elini uzattı. Parmağının ucuyla azıcık toz aldı. Burnuna çekti. Sonra da hapşıra hapşıra Köztelek Sokağı boyunca yürümeye başladılar. Yeni bir keşif yaptıkları için mutluydular. Csónakos gürültüyle hapşırıyor, bir top sesinin gümlemesine benzer sesler çıkarıyordu. Küçük sarı oğlan ise tavşan gibi pısırdıyor, yüzünü buruşturuyordu. Hapşırarak, gülerek mutluluk içinde yürüyorlardı. O kadar mutluydular ki, biraz önce konuştukları, ve Boka'nın, o hep sakin ve ciddi olan Boka'nın bile "bu böyle gitmez" dediği o büyük adaletsizliği unutmuşa benziyorlardı.

II.

Arsa! Siz, Macar bozkırlarının sağlıklı çocukları, sizin evlerinizden dışarı adımınızı atmanız bile yeterli. Siz o an artık dışardasınız, uçsuz bucaksız ovaları, başınızın üzerindeki o gökyüzü denen mavi fanusu hemen hissedersiniz. Sizin gözleriniz uzaklara bakmaya, büyük mesafelere alışmıştır. Hiçbir zaman yüksek binaların arasına sıkışıp yaşamayan sizler, Budapeşte çocukları için boş bir arsanın ne anlama geldiğini anlayamazsınız. Budapeşte çocukları için boş arsa, bozkır, ova, çayır demektir. Bir taraftan artık yıkılmaya yüz tutan tahtaperdelerle, diğer taraflardan da binalarla çevrilen bu bir karışlık toprak, onlar için sonsuzluk ve özgürlük anlamına gelir. Şimdi, yani ben bunları anlatırken Pál Sokağı'daki arsada da artık dört katlı bir ev duruyor. O evde oturan bir sürü aile bir zamanlar bu arsanın birkaç yoksul Budapeşteli çocuğun mutlu gençliğini yaşadığı yer olduğunu bilmiyor.

Burası o zamanlar boş bir arsaydı, arsalar zaten boş olduğu için arsa olarak anılır, değil mi? Tahtaperdeler Pál Sokağı tarafındaydı. Arsa sağdan ve soldan büyük birer binayla çevrelenmişti. Arkada ise, evet, arkada aslında arsayı paha biçilmez kılan şey vardı: Arkada bu arsaya bitişik bir başka arsa daha vardı. Arkadaki bu arsa buharlı hızar makinesiyle çalışan bir keresteci tarafından kiralanmıştı ve boydan boya kereste yığınlarıyla kaplıydı. Tomruklardan kesilmiş keresteler ve yakacak odunlar öbek öbek kareler şeklinde arsaya dizilmişti. Bu büyük kereste yığınları arasında küçük yollar bile bırakılmıştı. Böylece arsada gerçek labirentler oluşmuştu. Üst üste yığılarak oluşan kare şeklindeki bir sürü kereste yığını arasında elli belki de atmış küçük sokak vardı. Bu labirentlerin arasında yol bulmak da hiç kolay olmazdı. Bu sokaklar arasından doğru istikameti tutturan, bir süre sonra arsanın ortasındaki, küçük ahşap binanın da bulunduğu meydana ulaşırdı. İşte bu bina buharlı hızar makinesinin bulunduğu binaydı. Garip, esrarlı ve ürküntü veren bir binaydı bu. Yaz aylarında yeşil yaban asması yapraklarının arasından sürekli dumanların yükseldiği narin bacası görülürdü. Baca, belli aralıklarla, neredeyse saat dakikliğinde gökyüzüne gürültüyle beyaz dumanlar püskürtürdü. Böylesi durumlarda insan uzaktan bu sesleri duyduğunda, tahta yığınlarının arasında bir türlü harekete geçemeyen bir lokomotif olduğunu düşünebilirdi. Binanın etrafında hantal at arabaları bekleşirdi. Zaman zaman arabalar binaya doğru yaklaşır ve ardından da çatırtılar patırtılar duyulurdu. Binanın çatısının hemen altında bir pencere vardı. Pencerenin yanına tahtadan yapılmış tekne gibi bir şey inşa edilmişti. At arabası binaya doğru yaklaşıp, çatının altındaki bu tahta teknenin dibinde yerini alınca, tekneden arabaya doğru küçük tahta parçaları, sobalık odunlar dökülmeye başlardı. Koca arabaya moloz ve tahta parçaları neredeyse yağmur gibi yağardı. Araba tamamen dolduğunda arabacı içeriye doğru seslenirdi. O an içerdeki makine sesi kesilir, baca da duman üflemeye ara verirdi. Binaya büyük bir sessizlik hâkim olur, arabacı atlarını dehler, atlar da yakacak odunla dolu arabayı çekmeye koyulurlardı. Ardından sıra bir başka arabaya gelirdi. Atlar arabayı saçağın altına çekerler, buhar yeniden hızar makinesini çalıştırmaya başlar, siyah bacadan tekrar dumanlar yükselir ve sonuçta yine yukarıdan odun parçaları yağardı. Bu yıllardır böyle devam ederdi. Tomruklar kesilip küçük parçalara ayrıldıkça yeni odunlar kesilmek için arsaya getirilir, sonuçta arsadaki odun ve tomrukların miktarı hiç azalmaz, buhar makinesinin gürültüsü de hiç dinmezdi. Binanın önünde iki küçük dut ağacı da vardı. Dut ağaçlarından birinin dibinde ise eğreti bir baraka dururdu. Bu barakada gece bekçisi olan ve Macarcayı da iyi konuşamayan bir Slovak yaşardı. Bekçinin görevi tahta çalınmasını ya da birinin ateş yakıp, yangın çıkarmasını engellemekti.

Eğlenmek için bundan daha güzel bir yer olabilir miydi? Bizim için, yani şehir çocukları için daha mükemmel bir yer düşünülemezdi. Kızılderili oyunları için bundan daha uygun bir ortam hayal bile edemiyorduk. Pál Sokağı'daki arsa dümdüz bir arsaydı. Burası Amerikan bozkırlarının yerini tutuyordu. Arkadaki kerestecinin arsasına gelince: Burası aynı anda birçok şey olmaya elverişliydi: Şehir, orman, dağlık bölge, yani o gün oyunda ihtiyaç duyulan neyse o olabilirdi. Bir de bu kereste deposunun savunmasız bırakıldığını sanmayın sakın! Kereste yığınlarının tepelerine çocuklar kaleler, burçlar, inşa etmişlerdi. Hangi kereste yığını güçlendirilecek, ona Boka karar verirdi. Ama kalelerin üzerindeki burçların çoğunu Csónakos ve Nemecsek inşa etmişti. Dört beş ayrı yerde ileri mevzi kaleler yapılmıştı ve her kalenin bir komutanı, teğmeni, üsteğmeni bulunurdu. İşte bu gerçek bir orduydu. Ama bu orduda maalesef sadece tek bir nefer vardı. Bütün arsadaki üsteğmenler, teğmenler, kale komutanları ne yazık ki sadece tek bir ere kumanda eder ve eğer kuralları yerine getirmezse ona cezalar keserler, kale hapsine mahkûm ederlerdi.

Herhalde söylememiz bile gereksiz: Bu ordudaki tek nefer Nemecsek'ti, yani o sarışın ufaklık. Arsadaki bütün kale komutanları, üsteğmenler, teğmenler arsada birbirleriyle karşılaştıklarında parmaklarını şapkalarına doğru götürerek birbirlerini rahatça selamlarlardı. Bu selamlama günde yüz kere de karşılaşsalar aynı şekilde olurdu:

— Merhaba.

Sadece zavallı Nemecsek için durum farklıydı. O bütün gün boyunca kimle karşılaşırsa karşılaşsın, hemen topuklarını birbirine vurarak hazırola geçmek ve sesizce selam durmak zorundaydı. Önünden geçen kim olursa olsun, mutlaka Nemecsek'e bir şeyler söyler, emirler verirdi.

— Nasıl duruyorsun sen!

— Topuklarını birleştir.

— Göğüs dışarı, karın içeri.

— Dikkat!

Ve Nemecsek herkesin emirlerini memnuniyetle yerine getirirdi. Evet, kendinden istenenleri yapmaktan zevk alan böyle çocuklar da vardır, ama çocukların çoğunluğu emir almak değil, emir vermekten hoşlanırdı. İnsanlar sonuçta böyleydi. Ve bu arsadaki çocukların hepsi subaydı, sadece Nemecsek sıradan bir erdi.

Saat öğleden sonra üç buçuğu gösterdiğinde, daha arsada in cin top oynuyordu. Gece bekçisi Slovak, barakanın önüne bir battaniye atmış, onun üzerinde kestiriyordu. Slovak hep gündüzleri uyurdu. Çünkü geceleri ya kereste yığınları arasındaki küçük sokaklarda dolaşır ya da çocukların odunların üzerinde oluşturduğu "kale"lerden birine çıkar, gökyüzünü seyrederdi. Buharlı hızar makinesi bütün azametiyle çalışıyor, küçük siyah baca beyaz dumanını püskürtüyor, parçalara ayrılan odunlar arabaları dolduruyordu.

Saat üç buçuğu biraz geçmişti ki, Pál Sokağı tarafındaki kapı gıcırtıyla açıldı, gelen Nemecsek'ti. Cebinden koca bir dilim ekmek çıkardı, sağı solu kolaçan etti ve daha kimsenin gelmediğini görünce oturup ekmeğini kemirmeye başladı. Ama daha önce özenle kapıyı kapatmıştı. Çünkü Arsa'nın en önemli kuralarından biri buydu: Arsa'ya gelen, ardından kapıyı dikkatli bir şekilde kapatmakla yükümlüydü. Bu kuralı ihlal edene "zindan cezası" verilirdi. Çocuklar arasında askeri disiplin oldukça sertti.

Nemecsek bir taşın üzerine oturup ekmeğini yiyerek arkadaşlarını beklemeye başladı. Bugün Arsa'da çok ilginç şeyler olacağı kesindi. Havada bu büyük gelişmelerin kokusu hissediliyordu. Ve itiraf etmeliydi ki, Nemecsek o an, Arsa'nın bu grubunun bir parçası olmaktan, ünlü Pál Sokağı Çocukları'nın arasında olmaktan gurur duyuyordu. Bir süre daha ekmeğini kemirdi, sonra can sıkıntısıyla kereste yığınlarına doğru yöneldi. Aradaki dar sokaklarda dolaşırken Slovak'ın kara köpeğiyle karşılaştı.

— Hektor! diye bağırdı sevinçle. Ama Hektor bu karşılaşmadan mutluluk duyduğuna dair hiçbir işaret vermiyordu. Minik bir kuyruk hareketi yaptı sadece. Bu bizim bir yere acele acele giderken biriyle karşılaşınca elimizi şapkamıza götürmemiz gibi baştan savma bir hareketti. Sonra aceleyle yoluna devam etti, bir taraftan da kızgın bir şekilde havlıyordu. Nemecsek köpeğin peşinden koştu. Köpek kereste yığınlarından birinin önünde durdu ve kafasını yukarıya kaldırıp havlamaya başladı. Bu kereste yığını çocukların üzerine kale inşa ettiği yerlerden biriydi. Kerestelerin en tepesinde, düzgün kesilmiş odunlardan çocukların kurduğu bir burç ve burcun bir köşesinde de kırmızı-yeşil bir bayrak vardı. Köpek kerestelerin etrafında dönüyor ve durmadan havlıyordu.

— Neler oluyor? diye sordu küçük sarışın oğlan kara köpeğe. Çünkü sarışın oğlanla kara köpek arasında çok iyi bir dostluk vardı. Bunun nedeni belki de, Arsa'daki orduda Nemecsek'in dışında sadece köpek Hektor'un er rütbesinde olmasıydı.

Nemecsek yukarı baktı. Kimseyi görmedi, ama orada kaleyi oluşturan odunların arasında birinin dolaştığını sanki hissetti. Odunlara tutunarak yukarı tırmanmaya başladı. Yolun aşağı yukarı yarısına ulaşmıştı ki, yukarıda birinin odunları yerinden oynattığını net bir şekilde duydu. Kalbi küt küt vuruyordu. Geri dönmek için inanılmaz bir istek duydu. Ama başını aşağı çevirip orada Hektor'u görünce yeniden cesaretlendi.

"Korkma Nemecsek" dedi kendi kendine ve tırmanmaya devam etti. Her adımda duruyor, cesaret verici cümleleri yeniden tekrarlıyordu "Korkma Nemecsek! Korkma Nemecsek!"

Sonunda kereste yığınının en tepesine ulaştı. Orada son bir kez daha "Korkma Nemecsek" dedikten sonra doğruldu ve kale duvarı olarak düzgün odunlardan kurdukları alçak duvarın üzerinden atlamaya hazırlanırken, kaldırdığı ayağı havada kaldı.

— Aman tanrım! diye bağırdı.

Ve aşağıya doğru basamaklardan kaçar gibi inmeye başladı. Toprağa ulaştığında kalbi deli gibi çarpıyordu. Kafasını yukarı kaldırıp tekrar kaleye baktı. Feri Áts bayrağın yanında, sağ ayağını kalenin duvarına koymuş bir şekilde kendine bakıyordu. Korkunç Feri Áts, yani buradaki herkesin düşmanı olan Füvészkert çocuklarının lideri yukarıda durmuş, ona bakıyordu. Kızıl gömleği rüzgârda dalgalanıyordu, yüzünde alaycı bir gülümseme vardı. Fısıldayarak:

— Korkma Nemecsek! dedi.

Ama Nemecsek artık çok korkuyordu ve hatta korkudan tabanları yağlamıştı bile. Kara köpek de peşi sıra koşuyordu. Kereste yığınları arasından Arsa'ya doğru kaçıyorlardı. Rüzgâr peşlerinden Feri Áts'ın haykırışını getiriyordu:

— Korkma Nemecsek!

Kendi arsalarına ulaşıp geriye döndüğünde orada kereste yığınının tepesinde Feri Áts'ın kızıl gömleğini artık göremedi. Ama kalede kırmızı-yeşil bayraktan da eser yoktu. Csele'nin ablasının hazırladığı küçük kırmızı-yeşil bayrak kaybolmuştu. Feri Áts götürmüş olmalıydı. Kereste yığınları arasında kayıplara karışmıştı. Belki Maria Sokağı tarafından, yani buharlı hızara yakın kapıdan çıkıp gitmişti, ama beki de hâlâ buradaydı, belki de yanında arkadaşları Pásztor'lar da vardı.

Pásztor kardeşlerin de burada olabileceği düşüncesiyle ürperdi. O artık Pásztor'larla buluşmanın ne demek olduğunu iyi biliyordu. Ama Feri Áts'ı bu kadar yakından ilk defa görüyordu. Çok, ama çok korkmuştu. Aslında samimi olması gerekirse, bu oğlan hoşuna da gitmişti. Geniş omuzlu, yapılı, esmer bir çocuktu. Sırtındaki kızıl gömlek de çok yakışmıştı. Bu kıyafet ona "savaşkan" bir görüntü vermişti. Kızıl gömlekle, İtalyan isyancılarının lideri Garibaldi gibi bir havası vardı. Füvészkert çocukları bu kızıl gömlek konusunda hep liderleri Feri Áts'ı taklit eder, onun gibi kırmızı gömlekler giyerlerdi.

Nemecsek Arsa'yı sokaktan ayıran tahtaperdeye belirli aralıklarla dört kez vurulduğunu duydu. Derin bir nefes aldı. Dört tıklama Pál Sokağı Çocukları'nın parolasıydı. Kapıya koştu, içerden kapattığı sürgüyü çekti, kapıyı açtı. Gelen Boka'ydı. Yanında da Csele ve Geréb vardı. Nemecsek olup biteni anlatmak için sabırsızlanıyordu, ama bu arada kendisinin sıradan bir er olduğunu, albaylara ve teğmenlere karşı sorumlulukları olduğunu da unutmuyordu. Yani, hemen hazırola geçti ve selam durdu.

— Selam! dediler yeni gelenler. Ne haber?

Nemecsek nefes nefeseydi, her şeyi bir defada ve hemen anlatmak istiyordu.

— Durum çok kötü! diye bağırdı.

— Neler söylüyorsun?

— Çok kötü! Bana inanmayacaksınız!

— Tamam da ne? Söyle hadi?

— Feri Áts buradaydı!

Şimdi sıra diğer üç delikanlıdaydı. Birden ciddileştiler.

— Hayır, bu doğru olamaz!

Nemecsek elini göğsüne koydu.

— Yemin ederim!

— Yemin edip durma, dedi Boka ve sözlerinin daha bir ağırlık kazanması için komut verdi:

— Hazırol!

Nemecsek topuklarını birbirine vurdu, hazırola geçti.

— Şimdi ayrıntılarıyla tanık olduklarını anlat.

— Oraya, yandaki arsanın keresteleri arasındaki sokaklara dolaşmaya gittiğimde köpeğin havladığını fark ettim. Sonra köpeği takip edince, ortadaki burçta birtakım kıpırtıların olduğunu duydum. Yukarı tırmanınca da Feri Áts'i gördüm. Kırmızı gömleğiyle orada duruyordu.

— Orada yukarıda mıydı? Burcun üstünde mi yani?

— Evet, dedi küçük sarışın oğlan. Az daha yeniden yemin edecekti. Elini göğsüne götürdü, ama Boka'nın kızgın bir ifadeyle baktığını görünce kendini toparladı ve sözlerine devam etti:

— Bayrağımızı da götürdü!

Csele tıslar gibi konuştu:

— Bayrağımızı mı?

— Evet!

Hepsi birden oraya koştular. Nemecsek haddini biliyor ve en arkadan koşuyordu. Bir defa o erdi, sonra kim bilir, belki Feri Áts hâlâ o ara sokaklardan birinde saklanıyordu. Kalenin yanına gelip durdular. Gerçekten bayrağın yerinde yeller esiyordu. Ne bayrak vardı ve ne de gönder olarak kullandıkları ağaç dalı. Herkes çok heyecanlanmıştı. Sadece Boka sükûnetini koruyordu.

— Ablana söyle, Csele'ye doğru döndü, yarına yeni bir bayrak yapsın bize.

— Peki ama, dedi Csele, artık yeşil kumaşı kalmadı. Kırmızıdan daha var, ama yeşil yok.

Boka yapılacak şeyleri sıralarken çok rahattı:

— Beyaz var mı?

— Evet, sanırım beyaz var.

— Peki, o zaman kırmızı-beyaz yapsın bayrağı. Bundan böyle bayrağımız kırmızı-beyaz renkli olacak.

Bu konuda anlaşmışlardı. Geréb Nemecsek'e bağırdı:

— Asker!

— Emredin teğmenim!

— Yarına kadar kanunlarda değişiklik yapılacak! Bundan böyle bayrağımızın kırmızı-yeşil değil, kırmızı-beyaz olduğunu kayıtlara geçir!

— Emredersiniz teğmenim!

Bu komutun ardından Geréb hazırolda bekleyen küçük sarışın oğlana tekrar seslendi:

— Rahat!

Küçük oğlan da dimdik durmayı bıraktı. Oğlanlar birbirinin peşi sıra kaleye tırmandılar. Feri Áts bayrak direğini kırmıştı. Direğin çivilenen kısmından daha aşağıda olan bölümü kırık bir parça olarak hâlâ yerindeydi.

Arsa tarafından seslerin geldiğini duydular.

— Hahoo ho! Hahoo ho!

Birbirlerini ararken kullandıkları parolaydı bu. Anlaşılan arada başka çocuklar da gelmiş, Arsa'ya daha önce ulaşanları aramaya başlamışlardı. Arsa bir sürü çocuğun ağzından çıkan seslerle inliyordu:

— Hahoo ho!

Csele Nemecsek'i yanına çağırdı:

— Asker!

— Buyrun komutanım!

— Bağıranlara cevap ver!

— Emredersiniz teğmenim!

Nemecsek elini borazan gibi yapıp ağzına götürdü. İncecik çocuk sesiyle bağırmaya başladı:

— Hahoo ho!

Sonra da inip kendi arsalarına doğru yürümeye başladılar. Gelen çocuklar Arsa'nın ortasında onları bekliyorlardı. Csónakos, Weisz, Kende, Kolnay ve birkaç kişi daha. Boka'yı görünce hepsi hizaya girdiler, topuklarını birbirine vurarak hazırola geçtiler. Ne de olsa komutanları oydu!

— Merhaba! dedi Boka.

Kolnay sıradan bir adım öne çıktı:

— Efendim, buraya geldiğimizde kapı açıktı! Yasalara göre bu kapının içeriden kapatılmış olması lazım!

Boka kaşlarını çatarak çevresindekileri süzdü. Onlar da hep birlikte Nemecsek'e döndüler. Nemecsek yine elini göğsüne götürüp yemin etmeye hazırlandı, kapıyı açık bırakanın kendisi olmadığını söyleyecekti ki komutanın sesini duydular:

— En son kim geldi?

— En son sen geldin komutanım, dedi çocuklar bir ağızdan.

— Ben mi? dedi Boka.

— Evet!

Biraz düşündü.

— Evet, dedi, haklısınız. Kapıyı kapatmayı unutan benim. Bu yüzden, teğmen, ismimi kara kaplı kitaba yaz!

Bunları Geréb'e söylemişti. Geréb cebinden kara kaplı bir not defteri çıkardı. Ve büyük harflerle yazmaya başladı: "János Boka". Sonra da deftere bu kaydın neden düşüldüğünü unutmamak için yanına bir kelime daha yazdı: "Kapı".

Bu durum herkesin hoşuna gitti. Boka adaletli bir komutandı. İşte herkesin şimdi tanık olduğu bu olay, mertliğin şahane bir örneğiydi. Böylesi örneklerle Latince dersinde bile sık karşılaşmazlardı. Oysa Latince dersi Roma İmparatorluğu'nun kahramanlıklarıyla doluydu. Evet ama, sonuçta Boka da insandı, onun da zaafları vardı. Kendi adını deftere yazdırdı yazdırmasına, ama ardından da kapının açık olduğunu ihbar eden Kolnay'a döndü:

— Sen de herkesi ihbar etme! dedi, Teğmen, deftere Kolnay'ın adını da yaz. Suçu Jurnalcilik!

Teğmen ürkütücü defterini yeniden çıkardı ve Kolnay'ın adını kaydetti. Nemecsek ise, bütün bunlar olup biterken en arka sırada neredeyse sevinçten dans edecekti. Nihayet, şeytanın bacağı kırılmıştı, bu kez deftere yazılan onun adı değildi. Çünkü bu defter aslında sadece Nemecsek'in adıyla doluydu! Her zaman, her şey için o suçlu bulunur, herkes kara kaplı deftere onun adını yazdırırdı. Ve cumartesileri toplanan askeri mahkemede de sürekli onu yargılayıp mahkûm ederlerdi. Bu hep böyleydi.

Sonuçta bütün bu orduda tek rütbesiz asker oydu.

Şimdi sıra artık olayların konuşulmasına gelmişti. Birkaç dakika içinde herkes, Kızıl Gömlekliler'in lideri Feri Áts'ın buraya kadar gelip Arsa'ya girme cüretini gösterdiğini, üçüncü burca tırmandığını ve hatta bayraklarını alıp götürdüğünü öğrenmişti. Herkes tarifsiz bir öfke içindeydi. Nemecsek'in çevresinde toplanmışlardı. O da bu olağanüstü olayı her anlatışında yeni ayrıntılarla süslüyordu.

— Peki bir şey söyledi mi?

— Tabii, söylemez olur mu? diye gururlandı Nemecsek.

— Ne dedi?

— Bana bağırdı!

— Ne diye bağırdı sana?

— Dedi ki... dedi ki: Korkmuyor musun Nemecsek? sözünün burasında küçük sarışın oğlan yutkundu, çünkü olayların akışının tam böyle olmadığını biliyordu. Hatta tam tersi olmuştu. Çünkü onun olayı anlatmasından kendisinin çok cesur olduğu gibi bir anlam çıkıyordu. Sanki çok cesur davranmıştı da, Feri Áts da bunun karşısında şaşırıp sormuştu: "Korkmuyor musun Nemecsek?"

— Peki sen cevap vermedin mi?

— Hayır! Vermedim! Kalenin dibinde durdum. O ise yan taraftaki merdivenden indi ve koşarak gözden kayboldu.

Anlatılanları dinleyen Geréb müdahale etti:

— Bu doğru değil! Feri Áts kimsenin önünden kaçmaz!

Boka gözlerini Geréb'e dikti:

— Bak sen, nasıl da savunuyor!

— Hayır, demem o ki, diye kendini savundu Geréb, Feri Áts'ın Nemecsek'i görünce korkması bana pek mümkün görünmüyor.

Bu sözler üzerine herkes kahkahalarla güldü. Gerçekten

de söylenenler akla yatkındı, bu pek mümkün olamazdı. Nemecsek çocukların çevresinde oluşturduğu dairenin ortasında, biraz da şaşkın duruyor, omuzlarını silkiyordu. Sonra dairenin ortasına Boka girdi.

— Arkadaşlar, artık bir şeyler yapmamız lazım. Bugün nasıl olsa programda başkanlık seçimleri vardı. Başkan seçmemiz gerekiyor. Hem de yetkileri tam ve sınırsız olan bir başkan olmalı bu. Ondan sonra da başkanın emirlerini harfiyen yerine getireceğiz. Kim bilir, belki de bu iş savaşa gidecek. Öyle bir gelişme karşısında, aynen bir çarpışmada olduğu gibi, bize işleri öngörecek, hazırlık yapacak biri lazım. Asker! Öne çık! Hazır ool! Kaç kişiysek o kadar kâğıt kes ve hazırla. Bu kâğıtları herkese dağıt! Herkes kimi başkan olarak görmek istiyorsa onun ismini kâğıda yazsın! Kime daha çok oy çıkmışsa bundan böyle başkanımız o olacak.

"Yaşasın!" diye bağırdılar hep bir ağızdan. Csónakos iki parmağını ağzına götürüp öyle okkalı bir ıslık çaldı ki, bir biçerdöver bile onun sesiyle yarışamazdı.

Not defterinden kâğıtlar çıkarıldı. Weisz de kalemi hazırladı. Arkada iki çocuk şapka kavgasına tutuşmuşlardı: Oyları toplamak için kimin kasketi kullanılacak, bu onurlu iş kime düşecekti. Kolnay ile Barabás arasında zaten hep münakaşa olurdu bu kez de neredeyse kavga çıkıyordu. Kolnay'a göre Barabás'ın şapkası pisti, içi giyile giyile iyice yağlanmıştı. Barabás da tam tersini iddia ediyordu: Ona göre Kolnay'ın şapkası daha kirliydi. Bunun üzerine bir yağ kontrolü yapmaya karar verdiler. Küçük bir çakı çıktı, şapkaların iç kısmındaki siyah şerit çakıyla kazınmaya başlandı. Kiminki daha pis, onu ortaya çıkarmak istiyorlardı. Ama artık geç kalmışlardı. Csele bu iş için güzel siyah şapkasını önermişti bile. Şapka konusunda da Csele'yle kimse yarışamazdı, bu kesindi.

Nemecsek ise, herkesi hayrete düşüren bir şey yaptı: Bir anlığına da olsa dikkatlerin merkezinde olmaktan yararlanıp pusulaları dağıtacağına, kirli parmakları arasında tuttuğu pusulalarla birlikte bir adım öne çıktı. Hazırola geçti ve titreyen sesiyle konuşmaya başladı:

— Komutanım, burada bir tek ben rütbesiz askerim! Bu böyle olmuyor! Bu orduyu kurduğumuzdan beri, çevremdeki herkes subaylığa terfi etti. Bir ben, bir ben rütbesiz asker kaldım... Herkes bana emir veriyor... ve, ve her şeyi benim yapmam gerekiyor... ve... ve...

Lafının burasında küçük sarışın yüzü sarsıldı, duygulandığı her halinden belliydi. Gözlerinden iri gözyaşları yuvarlanmaya başladı.

Csele küçümseyen bir tavırla:

— Ordudan atmamız lazım, ağlıyor, dedi.

Geriden bir ses daha yükseldi!

— Sulugöz!

Herkes gülmeye başladı. Bu artık Nemecsek'i iyice çileden çıkarmıştı. Zaten çok acı çekiyordu, şimdi artık kendini tamamen bıraktı. Hıçkıra hıçkıra ağlamaya başladı. Bir yandan ağlıyor, bir yandan da konuşmaya çalışıyordu:

— Bakın, isterseniz kara kaplı kitaba, ee, bakın... orada da, orada da, ... sadece benim adım var... ben sizin köpeğiniz miyim....

Boka sükûnetini kaybetmemişti.

— Eğer şunu hemen şimdi kesmezsen bir daha asla bizle gelemezsin! Biz farelerle oyun oynamayız!

"Fare" sözü hemen etkisini gösterdi. Zavallı küçük Nemecsek korkuya kapıldı. Yavaş yavaş da olsa sakinleşti, ağlamayı kesti. Komutan elini Nemecsek'in omzuna oydu.

— Eğer bütün komutları yerine getirirsen mayıs ayında

sen de subay olabilirsin. Ama şimdilik asker olarak kalman lazım!

Herkes komutanın bu sözlerini onayladı. Eğer Nemecsek bugün burada terfi etseydi her şey anlamını yitirirdi. Herkes subay olursa kime emir verebilirlerdi? Geréb cırlak sesiyle bağırdı:

— Asker, çabuk bu kalemin ucunu sivrilt!

Weisz'in kurşunkalemini eline sıkıştırdılar. Kalem, Weisz'in cebinde bilyalara çarpmaktan iyice körelmişti. Asker, burnunu çekiştirerek kalemi tuttu. Yüzü gözü gözyaşları içindeydi, ama hâlâ hazırolda duruyordu. Sonra kalemin ucunu sivriltmeye koyuldu. Sivriltti, sivriltti. Bir yandan da, hıçkırıklarla ağlamanın ardından şimdi artık derin derin iç çekiyordu. Bütün acısını, kederini, hıncını o sivriltiği Hardtmuth marka kalemin ucuna taşıdı.

— Ta... tamam teğmenim!

Kalemi geri verdi ve yeniden içini çekti. Bu iç çekiş aynı zamanda subaylığa terfi isteğinin reddedilmesini kabul ettiği anlamına da geliyordu.

Pusulalar herkese dağıtıldı. Çocuklar ayrı ayrı, Arsa'nın köşelerine çekildiler. Bu önemliydi, çünkü çok belirleyici bir konuda karar verilecekti. Ardından er Nemecsek herkesten pusulaları topladı ve elindeki oyları Csele'nin kasketinin içine bıraktı. Csele'nin kasketi önünden geçirilirken Barabás dirseğiyle Kolnay'ı itti.

— Bu kasket de çok yağlı!

Her ikisi de kasketin içine baktılar ve o an utanmaları için bir neden olmadığına karar verdiler. Rahatlamışlardı. Csele'nin kasketi de bu kadar yağlıysa, bu artık gerçekten dünyanın sonu demekti.

Toplanan pusulaları Boka okumaya başladı. Okuduğu her bir pusulayı yanındaki Geréb'e veriyordu. Kaskette on dört pusula vardı. Sırayla okumaya başladı: János Boka, János Boka, János Boka. Sonra birden başka bir isim okudu: Dezsö Geréb. Çocuklar birbirlerine baktılar. Evet, bunun Boka'nın pusulası olduğundan emindiler. Nezaketen Geréb'e oy vermiş olmalıydı. Sonra sırada yine bir sürü János Boka vardı. Sonra Dezsö Geréb'e bir oy daha çıktı ve ardından yine bir oy. Yani sonuç olarak Boka'ya on bir, Geréb'e de üç oy çıkmıştı. Geréb biraz şaşkın ve utangaç bir şekilde çevresine gülümsedi. İlk defa bu grup içinde Boka'nın resmen bir rakibi çıkmıştı. Üç oy pusulasına kendi adının yazılı olması onu mutlu etmişti. Boka ise, bu üç pusuladan ikisi için acı duyuyordu. Kendisine oy vermeyen o iki kişinin kim olduğunu düşünmeye çalıştı, sonra boş verdi.

— Demek ki, başkan olarak beni seçtiniz.

Herkes yine "Yaşasın" diye bağırdı, Csónakos yine ıslık çaldı. Nemecsek'in gözlerinde yaşlar henüz kurumamıştı, ama o da büyük bir heyecanla sevinç gösterilerine katıldı. Boka'yı çok seviyordu.

Başkan ise eliyle sessiz olun işareti yaptı. Çünkü konuşmaya hazırlanıyordu.

— Teşekkür ederim arkadaşlar! dedi, şimdi hemen işimize bakalım. Sanırım herkes şunun bilincindedir: Bu Kızıl Gömlekliler Arsa'yı ve kereste yığınlarını elimizden almak istiyorlar. Daha dün Pásztor'lar bilyalara el koydular, bugün ise Feri Áts buraya kadar girdi, saklandı ve bayrağımızı götürdü! Eninde sonunda buraya gelecekler ve bizi buradan kovmak isteyecekler. Ama emin olun ki, biz burayı sonuna kadar savunacağız!

Csónakos haykırdı:

— Yaşasın Arsa!

Şimdi çocukların şapkaları havada uçuşuyordu. Herkes avazı çıktığı, gücü yettiği kadar bağırıyordu:

— Yaşasın Arsa!

Çevrelerine baktılar. Gözlerine uçsuz bucaksız gibi görünen Arsa ve yanında kerestelerle dolu arazi tatlı bahar güneşinin ışınları altında pırıl pırıldı. Burayı, bu küçücük toprak parçasını sevdikleri, gerekirse onu savunmaya da hazır oldukları çocukların gözlerinden okunuyordu. Yurtserverliğin bir türüydü bu. "Yaşasın Arsa" diye bağırırken aslında "Yaşasın Vatan" diye bağırıyor gibiydiler. Gözlere yansıyan bu pırıltıydı, kalpleri dolduran bu sevgiydi.

Boka devam etti:

— Onlar buraya gelmeden biz Füvészkert'e gideceğiz!

Başka zaman olsa, böyle cüretkâr bir plan hepsinin gözünü korkuturdu. Ama yüreklerinin heyecanla dolu olduğu şu an hepsi planı alkışlarla kabul etti:

— Evet! Gidelim!

Herkes "Gidelim" diye bağırdıktan sonra, herkesin ardından Nemecsek de bağırdı: "Gidelim." O zavallı nasıl olsa en arkadan gidecek, taşınacak şeyleri, belki subayların paltolarını taşıyacaktı. Bu sırada kerestelerin bulunduğu taraftan şarap ve sigara içmekten kalınlaşmış bir ses de duydular: "Gidelıııım!" Bu gece bekçisi Slovak'tı. Orada, ağzında piposuyla gülümsüyordu. Yanında da köpeği Hektor vardı. Çocuklar da güldüler. Slovak onları taklit etti, kasketini havaya fırlattı ve aksanlı Macarcasıyla yine haykırdı: "Gidelıııımmm".

Böylece resmi işler bitmişti. Sıra topla oynanan bir tür çelik çomak oyununa gelmişti.

Gruptan biri emir verdi:

— Asker, git depodan topu ve sopaları getir!

Nemecsek hemen depoya koştu. Depo dedikleri yer kereste yığınlarından birinin altındaydı. Nemecsek eğildi, kerestelerin altına doğru yüzüstü kaydı, topu ve sopaları çıkardı.

Geri çıktığında Slovak'ın kerestelerin yanında dikildiğini gördü. Onun yanında da Kolnay ve Kende duruyorlardı. Slovak'ın kasketi Kende'nin elindeydi, Kolnay ise kasketin içinde yağ kontrolü yapıyordu. En yağlı kasket Slovak'ın kasketiydi, bu kesindi.

Boka, Geréb'in yanına gitti.

— Sana da üç oy çıktı, dedi.

— Evet! dedi gururla Geréb ve dimdik Boka'nın gözlerinin içine baktı.

III.

Savaş planı ertesi gün stenografi dersinden sonra hazırdı.

Ders saat beşte bitmişti. Dışarda artık sokak lambalarını yakmaya başlamışlardı. Okuldan çıkarken Boka çocuklara şöyle dedi:

— Onlar bize saldırmadan, biz onlar kadar cesur olduğumuzu kanıtlayacağız. Ben yanıma bizim en cesur iki arkadaşımızı alıp onların parkına gideceğim. O parkta karargâh olarak kullandıkları adaya çıkacağız ve şu kâğıdı ordaki ağaca asacağız.

Bu sözlerinin ardından cebinden kırmızı bir kâğıt parçası çıkardı. Kâğıtta büyük harflerle şunlar yazıyordu:

PÁL SOKAĞI ÇOCUKLARI BURADAYDILAR!

Diğerleri kâğıda hayranlıkla baktılar. Seçmeli stenografi dersine gitmeyen, sadece olup biteni merak ettiği için buraya gelen Csónakos şöyle bir öneride bulundu:

— O kâğıda küfür de yazmak lazım!

Boka hayır der gibi kafasını salladı.

— Olmaz! Hatta, biz Feri Áts'ın bayrağımızı çalarken yaptığı gibi şeyler yapmayacağız. Biz sadece onlardan korkmadığımızı göstereceğiz. Bunu ispatlamak için de onların toplantılarını yaptıkları, silahlarını sakladıkları imparatorluklarına gireceğiz. Şu kırmızı kâğıt bizim kartvizitimiz olacak. Bunu orada bırakacağız.

Csele de lafa karıştı:

— Ama benim duyduğum kadarıyla onlar akşam saatlerinde giderlermiş adaya, hırsız polis oynarlarmış.

— Olsun! Feri Áts da bizim burada Arsa'da olduğumuz saatte geldi. Burada olacağımızı biliyordu. Korkan benimle gelmesin!

Ama kimse korkmuyordu. Hatta Nemecsek bile kesinlikle cesur davranıyordu. Terfi etmek için kahramanca şeyler yapmak istediği her halinden belliydi.

Gururla öne çıktı:

— Ben seninle gelmek istiyorum!

Burada, yani okulun önünde hazırola geçmek ya da asker selamı vermek gerekmiyordu. Yasalar sadece Arsa'da geçerliydi. Burada herkes eşitti. Csónakos öne çıktı.

— Ben de!

— Ama ıslık çalmayacağına dair söz ver!

— Söz veriyorum! Ama şimdi... Lütfen şimdi son kez bir daha ıslık çalayım!

— Peki tamam, çal bakalım!

Csónakos ıslığı patlattı. Hem de öyle neşeli ve gürültülü ki, sokakta yürüyen insanlar bile geri dönüp baktılar.

— Oh, bugünlük yeteri kadar çaldım, dedi neşe ve mutlulukla.

Boka Csele'ye döndü:

— Sen gelmiyor musun?

— Ne yapsam acaba? dedi kederle Csele, Gelemem çünkü beş buçukta evde olmam lazım! Annem stenografi dersinin kaçta bittiğini biliyor. Eğer bugün eve geç gidersem, korkarım sonra başka şeyler için izin alamam evden.

Bu düşünce ise onu dehşete düşürmeye yetiyordu: İzin alamamak her şeyin sonu demekti: Ne Arsa, ne de askerlik oyunu olacaktı o zaman.

— Peki o halde, sen kal. Yanıma Csónakos'u ve Nemecsek'i alırım ben de. Yarın sabah okulda ne olup bittiğini öğrenirsiniz.

El sıkıştılar. Boka'nın aklına bir şey geldi:

— Bana bakın, Geréb bugün stenografide yoktu, öyle değil mi?

— Evet yoktu!

— Hasta mı acaba?

— Sanmıyorum. Öğlen eve beraber gittik. Demir gibiydi!

Geréb'in davranışları Boka'nın hoşuna gitmemeye başlamıştı. Geréb'i tamamen şüpheli buluyordu. Dün ayrılırken, uzun uzun, anlamlı bir şekilde gözlerinin içine bakmıştı. Bu arkadaş grubu içinde Boka var oldukça, kendisinin sözünün geçmeyeceğini anlamış gibiydi. Boka'yı kıskandığı kesindi. Geréb çok daha hırslı ve cüretkârdı. Boka'nın sessiz, sakin ve akıllı davranışlarından hoşlanmıyordu. O kendisini çok daha üstün görüyordu.

— Kim bilir ne oldu? dedi Boka iki arkadaşıyla birlikte yola çıkarken. Csónakos ciddi tavırlarla yanında yürüyordu. Nemecsek ise sevinçten uçuyordu, mutluluk içinde yüzüyordu. Böyle ilginç bir maceraya katılan sadece birkaç kişiden biri olmak müthiş bir şeydi. O kadar mutluydu ki sonunda Boka ikaz etti:

— Kendine gel Nemecsek! Eğlenmeye mi gittiğimizi sanıyorsun? Bu küçük gezinti senin sandığından çok daha tehlikeli. Pásztor kardeşleri düşünsene?

Bu sözleri duyan küçük sarışın oğlanın neşesi uçuverdi. Evet, Feri Áts da korkunç bir tipti, okuldan da atıldığı konuşuluyordu. Sert ve güçlü bir yapısı vardı. Son derece de cesurdu. Ama her şeye rağmen, gözlerinde yine de sevimli ve yakınlık uyandıran bir şeyler vardı. Pásztor'lardan eksik olan da buydu. Onlar sürekli başlarını öne eğerek yürürlerdi. Ürkütücü ve sanki delici bakışları vardı. Güneşte iyice yanmış gibi esmer çocuklardı. Kimse daha onları gülümserken görmemişti. Pásztor'lardan korkulması normaldi. Üç delikanlı Üllöi Caddesi boyunca yukarıya doğru yürüyorlardı. Artık hava iyice kararmıştı. Akşam erken oluyordu. Cadde boyunca sokak lambalarının tamamı yanıyordu. Pek alışkın olmadıkları bu durum çocukları tedirgin ediyordu. Onlar öğle yemeğinden sonra oynamaya alışmışlardı. Bu saatlerde sokakta değil, evlerinde, kitaplarının başlarında olurlardı. Hiç konuşamadan yürüdüler. On beş dakika sonra Füvészkert Parkı'na ulaşmışlardı. Beton duvarların arkasından başlarını ürküntü verecek şekilde göğe uzatan ağaçlar ilkbahar nedeniyle artık yeşillenmeye başlamışlardı. Yeni yeni boy veren dallar arasında rüzgâr hışırtıyla esiyor, karanlıkta bu devasa park, esrarengiz ve kapalı kapısıyla önlerinde uzanıyordu. Yürekleri heyecanla çarpmaya başladı. Nemecsek parkın kapalı kapısını çalmaya yöneldi.

— Tanrı aşkına! Ne yapıyorsun? dedi Boka. Eğer çalarsan geldiğimizi anlarlar! Zaten bize kapıyı açmazlar ki!

— Peki o zaman içeriye nasıl gireceğiz?

Boka gözleriyle duvarı işaret etti.

— Duvardan mı atlayacağız?

— Duvardan!

— Buradan mı? Üllöi Caddesi'nden mi yani?

— Hayır! Olur mu! Arka tarafa dolanacağız. Arkadaki duvar daha alçak.

Sonra ara sokağa saptılar. Dar sokak boyunca yürürken, yüksek taş duvarların yerini bir süre sonra tahtaperdeler almaya başladı. İçeriye girebilecekleri uygun bir yer aramaya başladılar. Sokak lambasından uzak bir yerde durdular. Tahtaperdenin iç tarafında, ama hemen yanı başında kocaman bir akasya ağacı vardı.

— Eğer buradan tırmanırsak, inmek için de ağacı kullanabiliriz, dedi Boka. Ağaç tam işimize gelir, çünkü ağaca tırmanırsak çok uzağı da görebiliriz, böylece onların yakınlarda olup olmadıklarını da kontrol etmiş oluruz.

Diğer ikisi de onayladıklarını göstermek için başlarını salladılar. Ve hemen işe giriştiler. Csónakos eğildi ve elleriyle tahtaperdeye tutundu. Boka usulca sırtına tırmandı ve tahtaperdenin üzerinden içeriyi kolaçan etti. Çok sessiz hareket ediyor, hiç gürültü çıkarmıyorlardı. Boka, içeride kimsenin olmadığından emin olunca eliyle işaret etti. Nemecsek de Boka'nın işaretini görüp Csónakos'un kulağına fısıldadı:

— Kaldır!

Csónakos ayağa kalkarak başkanının tahtaperdeyi aşmasına yardım etti. Başkan tahtaperdenin en tepesine tutundu, ama ağırlığının etkisiyle artık çürüyen tahtaperde çatırtılar çıkararak esnemeye başladı.

— Hadi atla, diye fısıldadı Csónakos.

Bir iki çatırtı daha çıktı ve sonra ağır bir şeyin yumuşak bir yere düştüğü zaman çıkardığı gürültü duyuldu. Boka atlamış ve içerde çimlerin ortasına düşmüştü. Sonra aynı şekilde Nemecsek girdi ve en son da Csónakos tırmandı. Ama Csónakos bahçeye girmeden çevreye göz atmak için önce akasya ağacına tırmandı. O köyde büyümüştü, bu yüzden ağaçlara çıkmak onun için çocuk oyuncağıydı.

Diğer ikisi aşağıdan fısıldıyarak sordular:

— Bir şey görüyor musun?

Ağacın tepesinden sesini kısarak cevap verdi:

— Etraf pek görünmüyor! Her yer çok karanlık!

— Peki ya ada? Görünüyor mu?

— Evet, adayı görebiliyorum.

— Birileri var mı?

Csónakos ağacın tepesinde dallar arasında bir o tarafa bir bu tarafa eğildi. Gözlerini parkın ortasındaki adaya dikmişti. Karanlıkta gözlerini kırpıştırarak adayı görmeye çalışıyordu.

— Ağaçlardan ve dallardan adanın ortasında bir şey görünmüyor, ama köprüde...

Sustu. Biraz daha yukarıya tırmandı. Bir başka dala geçti. Oradan devam etti:

— Evet, evet, orada birileri var. Köprüde nöbetçiler var!

Sonra dallar yine çatırdamaya başladı. Csónakos şimdi artık ağaçtan iniyordu. Bir süre ağacın altında beklediler. Ne yapabileceklerini düşünüyorlardı. Kimseye görünmemek için bir çalılığın arkasında çömelmiş, konuşuyorlardı. Fısıldayarak ne yapmaları gerektiğini tartışıyorlardı.

— Bence, dedi Boka, şimdi bu çalılıkların arkasından sürünerek kale harabelerine kadar ulaşmak lazım. Biliyorsunuz, şurada ilerde, tepenin eteğinde bir kale harabesi var.

Diğer ikisi başlarını salladılar. Harabelerin nerede olduğunu biliyorlardı.

— Kale harabelerine kadar çalılıkların arasından sürünerek gideceğiz. Orada aramızdan biri tepeye tırmanır ve çevreyi kolaçan eder. Eğer kimse görünmüyorsa o zaman yine sürünerek tepeden ineriz. Tepeden doğruca gölün yanına kadar inebiliriz. Oraya ulaşınca da sazlıkların arasına saklanırız. Sonrasına o zaman karar verelim.

Diğer iki çocuk parıltılı gözlerle Boka'nın sözlerini dinliyordu. Csónakos ve Nemecsek için onun söyledikleri kutsaldı.

— Tamam mı?

— Tamam! dedi ikisi de.

— Hadi o zaman, gidelim, harekât başlıyor! Beni takip edin yeter, ben buraları iyi biliyorum.

Kısa çalılıklar arasında emeklemeye başladı. Arkasından diğer iki çocuk da ancak harekete geçmişti ki, uzaktan gelen keskin bir ıslık gecenin sessizliğini böldü.

— Bizi fark ettiler! dedi Nemecsek ve ayağa kalktı!

— Dur, dur! Ne yapıyorsun! Yat aşağı! diye komut verdi Boka ve üçü birden çalılıkların arasına kendilerini yere attılar. Nefeslerini bile tutarak olacakları beklemeye başladılar. Gerçekten onları görmüşler miydi?

Ama gelen giden yoktu. Ağaçların arasında esen rüzgârın hışırtısından başka ses de çıkmıyordu. Boka, "Tamam, tehlike geçti galiba" diye fısıldadı.

Tam o sırada bir ıslık daha yükseldi. Yeniden beklemeye başladılar. Ama gene kimse gelmedi. Nemecsek çalılıkların arasından titreyerek fısıldadı.

— Ağaca çıkıp bakmak lazım.

— Doğru söylüyorsun. Csónakos, ağaca tırman.

Csónakos kaşla göz arasında kedi gibi ağacın tepesine çıkmıştı bile.

— Neler görüyorsun?

— Köprüde birileri var! Dört kişi görüyorum... İkisi şimdi adaya gidiyor.

— Tamam o zaman! dedi Boka rahatlayarak. İnebilirsin, her şey yolunda. Sadece nöbetçileri değiştirdiler.

Csónakos ağaçtan indi. Sonra da üçü birden tepeye doğru emekleyerek yola çıktılar. Koca parkta, esrarengiz bir sessizlik hüküm sürüyordu. Parkta gündüz vakti dolaşanlar, parkın kapandığını haber veren son çan seslerinden sonra parkı terk ederlerdi. O saatten sonra da artık parkta yabancı biri kalmazdı: Sadece karanlık işler peşinde dolaşanlar; ya da şimdi çalılıkların arasında tostoparlak olup emekleyen bizim üç kafadar gibi, savaş planı yapanlar... Görevlerini o kadar önemsiyorlardı ki, birbirleriyle bile konuşmuyorlardı. Aslını soracak olursanız, biraz korktukları da yadsınamaz bir gerçekti. Kızıl Gömlekliler'in, gölün ortasındaki adadaki, ve sadece nöbetçilerin beklediği bir tahta köprüyle ulaşılabilen bu karargâhlarına girmeyi planlamak için çok cüretkâr olmak gerekiyordu.

"Belki de tam da Pásztor'lar bunlar" diye düşündü Nemecsek. Güzel bilyalar geldi aklına. Renk renk bilyalar arasında cam bilyalar da vardı. Tam sıra ona geldiğinde ve bütün bilyaları kazandığında *"einstand"* diye bağırmışlardı alçaklar! Düşündükçe içini öfke bürüdü.

— Ahh! diye bağırdı Nemecsek.

Diğer ikisi emeklemeyi bırakıp korkarak geri döndüler.

— Ne oldu?

Nemecsek dizlerinin üzerinde oturmuş parmağını emiyordu.

— Ne oldu, söylesene!

— Isırganların arasına girdim! dedi Nemecsek.

— Em parmaklarını, em babacım! dedi Csónakos biraz da alay ederek. O önlemlerini almış, daha emeklemeye başlamadan eline mendilini dolamıştı.

Emeklemeye devam ettiler. Kısa bir süre sonra da tepeye ulaştılar.

Tepenin yamacında küçük bir kale harabesi inşa edilmişti. Eski kalelere benzeyen, daha doğrusu eski kalelerin görünüşüne sadık kalınarak inşa edilen, üzeri yosunlarla kaplı taşlardan hazırlanmış bir harabeydi bu. Bu tür binalar genellikle zenginlerin bahçelerinde görülürdü.

— İşte harabeye geldik, dedi Boka, ama artık burada çok dikkatli olmalıyız, Kızıl Gömlekliler'in buraya sık sık geldiklerini duymuştum.

Csónakos da lafa karıştı:

— Ne biçim harabe bu? Tarih dersinde hiç böyle bir şey görmedik. Füvészkert'te hiç kale yoktu ki!

— Bu sadece bir harabe! Doğrudan harabe olarak yapılmış!

Nemecsek gülmeye başladı:

— Bu ne iş? Madem inşa edeceklerdi, neden yenisini değil de harabesini yapmışlar? Yüz yıl sonra nasıl olsa kendiliğinden de enkaz olacaktı!

— Bak sen şuna! Keyfi de ne kadar yerinde, dedi Boka. Biraz sonra Pásztor'larla karşılaşınca bakalım bu kadar neşeli olacak mısın?

Bu sözler etkisini gösterdi: Nemecsek'in keyfi kaçıverdi, suratı asıldı. Nemecsek, işlerin yolunda gitmediğini sürekli olarak unutan bir çocuktu. Başının belada olduğunu ona sürekli hatırlatmak gerekirdi. Mürver çalılıkları arasından, kale harabelerini simgeleyen taşların yanından dolaşıp tepeye doğru tırmandılar. Şimdi artık öne Csónakos geçmişti. Emekleyerek giderken birden durdu. Sağ elini kaldırıp işaret verdi. Geriye doğru dönüp ürkek bir sesle fısıldadı.

— Burada biri var!

Yüksek otların içine yüzükoyun yattılar. İyice boy vermiş ayrık otları küçük vücutlarını gözlerden saklıyordu. Sadece birbirlerinin gözlerini görebiliyorlardı. Dikkatle çevrelerini izlemeye başladılar.

— Kulağını yere yapıştır, Csónakos, dedi Boka, Kızılderililer de böyle yapıyorlar. Eğer yakınımızda biri yürüyorsa, ayak seslerini topraktan duyabiliriz.

Csónakos söyleneni yaptı. Otların seyrek olduğu bir nokta bulup kulağını toprağa yapıştırdı. Ama anında başını kaldırması bir oldu.

— Geliyorlar! dedi dehşet dolu bir sesle.

Gerçekten de artık kızılderili yöntemlerini kullanmadan da duymak mümkündü. Biri çalılıkların arasından onların bulunduğu tarafa doğru geliyordu. İnsan mı hayvan mı olduğu henüz belli olmayan bu esrarengiz şeyin yönü tam onlara doğruydu. Çocuklar çalılıkların içine iyice gömüldüler, yüzlerini bile toprağa yapıştırdılar. Kimsenin sesi çıkmıyordu. Sonra Nemecsek'in mırıltısı duyuldu:

— Eve gitmek istiyorum!

Csónakos'un ise hâlâ neşesi yerindeydi:

— Yat aşağı, babacım!

Ama Nemecsek bu alaylı sözlere rağmen mızırtısını kesmeyince Boka kafasını otların arasından çıkardı fısıldayarak elbette, ama gözlerinden öfke saçarak Nemecsek'e doğru kükredi:

— Asker! Çabuk yat aşağı!

Artık yapacak bir şey kalmamıştı, emre uyması gerekiyordu. Nemecsek sesini kesti, otların içine uzandı. Çalılıkların içinde, attığı her adımda kırılan dallardan çıkan çıtırtılarla yürüyen o şey ise ilerlemeye devam ediyordu. Ama bir süre sonra istikametini değiştirdiğini fark ettiler. Artık onlara doğru gelmiyordu. Boka otların arasından kafasını kaldırdı, çevresini kolaçan etti. Tepeden aşağıya doğru ilerleyen bir karaltı gördü: Elindeki sopayla otları, çalılıkları karıştırıyordu.

— Gitti, dedi, sanırım bekçiydi.

— Kızıl Gömlekliler'in nöbetçisi mi?

— Hayır, parkın bekçisi!

Derin bir nefes aldılar. Yetişkin bir insandan korkmuyorlardı. Mesela, Müze'nin bekçisi olan, yüzü siğillerle dolu adam bile onlarla başa çımazdı. Emeklemeye devam ettiler. Ama, anlaşılan bekçi birtakım sesler duymuş olmalıydı, çünkü durup kulak kabartmaya başladı.

— Bizi fark ettiler, diye kekeledi Nemecsek. Şimdi her iki oğlan da Boka'ya bakıyordu, onun durumla ilgili komut vermesini bekliyordu.

— Çabuk, harabeye, dedi Boka.

Üçü birden apar topar kendilerini harabeye doğru attılar. Biraz önce yavaş ve sessiz tırmandıkları bayırdan şimdi gürültüyle iniyorlardı. İndikleri yerde harabenin ayakta kalan duvarlarında süslü pencereler de vardı. Ama ilk pencerenin demir parmaklıkla kaplı olduğunu irkilerek fark ettiler. İkinci pencere de parmaklıklıydı. Sonunda duvarda sığabilecekleri büyüklükte bir delik gördüler ve içeri süzüldüler. Karanlık odada nefeslerini de tutarak yaklaşan adımlara kulak kabarttılar. Gece bekçisinin siluetinin pencerenin yanından geçtiğini fark ettiler. Bekçi yoluna devam etti, Üllöi Caddesi'nin öbür yüzündeki evine doğru gittiği belliydi.

— Tanrım! dedi Csónakos, bunu da atlattık!

Şimdi çevrelerine bakınmaya başladılar. Kapağı attıkları bu yer bir mahzene benziyordu: Havada ağır bir nem ve küf kokusu vardı. El yordamıyla etrafı kontrol etmeye başladılar. Boka birden durdu. Ayağı bir şeye takılmıştı. Eğildi, ayağıyla hissettiği şeyi yerden aldı. Diğer ikisi de hemen

Boka'nın yanına gittiler. Akşamın içeri süzülen alacakaranlığında, bu yerde buldukları şeyin, bir balta olduğunu gördüler. Hikâye ve romanlardan bildikleri, kızılderililerin savaşta kullandıkları baltaların benzeriydi bu. Tahtadan yapılmıştı ve ağız kısmı gümüş renkli bir kâğıtla kaplanmıştı. Karanlıkta ürkütücü bir şekilde parıldıyordu.

— Bu onların olmalı, dedi Nemecsek biraz da hayranlıkla.

— Evet, doğru, dedi Boka. Eğer bu buradaysa, başka şeylerin de olması lazım!

Aramaya başladılar. Bir köşede yedi balta daha buldular. Buradan sonuca gitmeleri kolay oldu: Demek ki sekiz Kızıl Gömlekli'nin yeriydi burası!

Kızıl Gömlekliler'in silah deposunu bulmuş olmalıydılar. Csónakos, buldukları silahları, sekiz baltayı savaş ganimeti olarak götürme taraftarıydı.

— Hayır, dedi Boka, bunu yapamayız, bu adi bir hırsızlık olur.

Csónakos utandığını hissetti.

— Hadi bakalım, şimdi bir şey söyle, babacım! dedi fırsat kollayan Nemecsek, ama Boka dirseğiyle hafifçe dürtünce, susmasının daha uygun olacağının farkına vardı.

— Haydi, zaman kaybetmeyelim. Buradan çıkalım ve tekrar tepeye tırmanalım. Onlar daha oradayken adaya varmalıyız!

Bu cüretkâr düşünce ve onları bekleyen macera çocukları yeniden heyecanlandırdı. Baltaları odanın sağına soluna attılar. Birinin onları keşfettiğinin anlaşılmasını istiyorlardı. Sonra duvardaki delikten dışarı çıkıp tepeye yöneldiler. Artık çok daha cesur hareket ediyorlardı. Tepeden çok uzakları görebiliyorlardı. Yan yana durup etrafa bakındılar.

Boka cebinden bir paket çıkardı. Gazete kâğıtlarını açarak paketteki şeyi eline aldı. Bu üzeri sedefle kaplı küçük bir dürbündü.

— Csele'nin ablasının dürbünü bu, dedi ve adayı gözlemeye başladı. Aslında ada dürbünsüz de görünebiliyordu. Küçük adanın etrafı çeşit çeşit su bitkisiyle dolu olan minik bir gölle kaplıydı. Gölün kıyısı ise çepeçevre sazlıktı. Adanın göğe yükselen ağaçları ve çalılıkları arasında minik bir ışık fark ettiler. Işığı görünce ciddileştiler.

— Oradalar! dedi Csónakos kısık bir sesle.

Nemecsek'in ise fener çok hoşuna gitmiş olmalıydı:

— Fenerleri bile var, diye mırıldandı.

Adadaki küçük ışık bir o tarafa bir bu tarafa hareket ediyordu. Bazen çalılıkların arasında kayboluyor, bazen adanın kıyısında yeninden görünüyordu. Biri feneri elinde taşıyor olmalıydı.

— Sanırım, dedi Boka elindeki dürbünü bir an bile olsun gözlerinden ayırmadan, sanırım bir şeyler için hazırlık yapıyor bunlar! Ya gece tatbikatı yapmaya hazırlanıyorlar... ya da...

Birden sustu.

— Ya da? diye ısrar etti öbür iki çocuk endişeyle.

— Aman tanrım! dedi Boka, gözünü dürbünden ayırmadan, feneri taşıyan, o feneri taşıyan, o...

— Kim o? Kim?

— Tanıdık biri! Yoksa?

Daha iyi görebilmek için biraz daha yukarı çıktı. Ama bu sırada fener de çalılıkların içinde yeniden kaybolmuştu. Artık kimse görünmüyordu. Boka dürbünü indirdi.

— Kayboldu! dedi.

— Peki ama kimdi? dedi çocuklar ısrarla.

— Söyleyemem! Tam olarak göremedim. Biraz daha incelemek isterken de ortadan kayboldu. Kesin olarak emin olmadan kimse hakında konuşmak istemiyorum.

— Bizimkilerden biri mi yoksa?

Başkan derin bir kederle yanıt verdi:

— Sanırım!

— Ama bu ihanet! diye bağırdı Csónakos. Sessiz olmaları gerektiğini unutmuştu.

— Tamam sus artık, dedi başkan, oraya ulaştığımızda nasılsa her şey ortaya çıkacak. O zamana kadar sabırlı ol.

Şimdi artık duydukları bu karşı konulmaz merak nedeniyle de bir an önce ulaşmak istiyorlardı. Boka biraz önce gördüğü elinde fener taşıyan o kişinin kime benzediğini söylemiyordu. Tahminler yürütmeye çalıştılar, ama başkan bunu da yasakladı: "Kimseyi töhmet altında bırakmak olmaz!" dedi. Tepeden indikten sonra düzlükte yine emekleyerek ilerlemeye başladılar. Şimdi artık yolları üzerine çıkan dikenlere, ısırganlara ya da keskin çakıl taşlarına dikkat bile etmiyorlardı. Sessizce ve mümkün olduğunca çabuk bu esrarengiz gölün kıyısına ulaşmak istiyorlardı.

Nihayet vardılar. Orada artık ayağa kalkabilirlerdi çünkü sazlar ve diğer su bitkileri o kadar sık ve uzundu ki, onlar için mükemmel bir sığınak işlevi görüyordu. Boka soğukkanlılıkla komut vermeye başladı.

— Buralarda bir yerde bir sandal olması lazım. Ben Nemecsek'le birlikte sağa doğru arayacağım. Csónakos sen de sola doğru ilerle. Kim önce sandalı bulursa, diğerlerini beklesin. Nasıl olsa bir yerde buluşacağız.

Hiç konuşmadan işe koyuldular. Ama daha birkaç adım atmışlardı ki Boka sazların arasına saklanmış sandalı keşfetti.

— Bekleyelim, dedi.

Beklemeye başladılar, ama Csónakos'un gölün etrafını tamamen dolaşarak tekrar yanlarına gelmesi zaman alacaktı. Kıyıya oturup yıldızlı gökyüzünü seyretmeye başladılar. Sonra adaya kulak kabarttılar, oradan kıyıya ulaşacak konuşmaları duymaya çalıştılar. Nemecsek akıllıca bir şeyler söylemek istiyordu.

— Bana bak, dedi, istersen kulağımı toprağa yapıştırıp dinlemeyi deneyeyim.

— Hayır, boş ver, diye yanıtladı Boka, su kıyısında kulağınla toprağı dinlemek işe yaramaz. Eğer kulağını suyun üzerine doğru yaklaştırırsan daha iyi duyabilirsin. Ben Tuna kıyısında balıkçılar görmüştüm. Biri bir kıyıda, öteki öteki kıyıdaydı ve suyun üzerinden böyle konuşuyorlardı. Su hele akşamları, sesi çok iyi taşır.

Suyun üzerine eğilip, karşıdan gelecek sesleri dinlemeye çalıştılar. Ama anlaşılır şeyler duymuyorlardı. Sadece fısıltılar, garip hışırtılar geliyordu ada yönünden. Biraz sonra da Csónakos geldi. Sandalı bulamadığı için üzgündü:

— Yok, hiçbir yerde yok!

— Üzülme babacım, diye teselli etti Nemecsek, merak etme, biz bulduk!

Sonra da sandala doğru yöneldiler.

— İçine oturalım mı?

— Hayır, burada değil, dedi Boka. Önce sandalı adanın köprüyle ters tarafına çekmemiz lazım. Böylece biz geçerken bizi köprüden görmeleri ihtimali azalır. Köprüye en uzak noktaya kadar çeke çeke götürelim ve oradan kürek çekerek adaya ulaşaşırız. Böylece bizi görüp peşimizden koşsalar bile köprüden geçmek zorunda kalacakları için çok büyük bir mesafe koşmaları gerekecek.

Bu çok dâhice plan diğer iki oğlanın hoşuna gitmişti. Liderlerinin bu kadar zeki olması ve hesaplı davranması onları da cesaretlendiriyordu. Başkanları devam etti:

— Kimin cebinde bir parça ip var?

Csónakos'un ipi vardı. Bu şehirde, Csónakos'un cebindeki kadar çeşitli malzemesi olan dükkân herhalde yoktur. Her şey bulunurdu cebinde: Çakı, ip, bilya, bakır kapı kolu, çivi, anahtar, paçavra bez, not defteri, gazoz açacağı ve tanrı bilir daha neler neler. Cebinden ipi çıkardı. Boka da ipi sandalın ucundaki demir halkaya taktı. Sonra da kayığı yavaş yavaş kıyıdan adanın öbür yüzüne doğru çekmeye başladılar. Bunu yaparken bir yandan da adayı gözlüyorlardı. Sandala binecekleri noktaya kadar gelince, biraz önceki keskin ıslığı tekrar duydular. Ama şimdi artık bu onları korkutmadı. Bunun köprüde nöbetçi değişikliği anlamına geldiğini artık öğrenmişlerdi. Kaldı ki, artık savaşın heyecanı da ruhlarını sarmıştı. Bu yüzden de paniğe kapılmıyorlardı. Gerçek savaşa giden askerlere de böyle olurdu. Askerler de düşmanı görünceye kadar, her çalılıktan irkilirlerdi. Ama kafalarının etrafında ilk kurşun vızıldadığı zaman cesaretlenir, neredeyse kendilerinden geçer ve ölüme koştuklarını bile unuturlardı.

Çocuklar sandala bindiler. Önce Boka atladı. Ardından da Csónakos. Nemecsek bataklıklı kıyıda ürkek ürkek adım atmaya çalışıyordu.

— Hadi artık babacım, diye cesaret veriyordu Csónakos.

— Geliyorum babacım! dedi Nemecsek, ama daha lafını bitirmeden ayağı kaydı, sazlara tutunmaya çalıştı, onu da beceremeyince gıkını bile çıkaramadan suya gömüldü. Boğazına kadar gölün soğuk sularına batmıştı, ama sesini çıkarmaya cesaret edemiyordu. Hemen ayağa kalktı. Çok komik bir görüntüsü vardı: Sırılsıklamdı, ama tutunduğu ve düşerken kopup elinde kalan incecik sazı hâlâ bırakmıyordu.

Csónakos kahkahasını tutamadı, bir yandan ağzını eliyle kapatmaya çalışırken de söylemeden de edemedi:

— Sen içki mi içtin babacım?

— Hayır, tabii ki içmedim, dedi küçük sarışın oğlan panik içinde. Islak, çamurlu elbiseleriyle sandala otururken her tarafından sular damlıyordu. Korkudan beti benzi atmıştı.

— Bu akşam banyo yapacağım aklıma bile gelmezdi, dedi usulca.

Kaybedecek zamanları yoktu. Boka ve Csónakos birer taraftan küreklere yapıştılar ve onların yardımıyla sandalı kıyıdan göle doğru ittiler. Hantal sandal, ağır bir tempoda, çevresindeki sularda minik dalgalanmalar yaratarak göle açılabildi. Küreklerini sesizce suya daldırıyorlardı. Çevrede çıt çıkmıyordu, öyle ki, kayığın burun kısmında oturan Nemecsek'in titrerken dişlerinin çıkardığı tıkırtılar rahatça duyulabiliyordu. Biraz sonra adaya ulaştılar. Aceleyle sandalı terk edip, bir çalılığın arkasına saklandılar.

— Nihayet buraya kadar ulaştık, dedi Boka ve hafif meyilli kıyıdan usulca yukarıya doğru tırmanmaya başladı. Oğlanlar da onu takip ettiler.

— Hop, durun! diye döndü Boka, sandalı burada kaderine terk edemeyiz. Eğer sandalı görürlerse bir daha adadan kaçamayız. Köprüde de nöbetçileri var. Sen sandalda kal, dedi Csónakos'a, nasıl olsa adın da o anlama geliyor.* Eğer biri sandalı görürse, o zaman parmaklarını ağzına soktuğun gibi dehşetli ıslıklarından birini öttür! O zaman biz koşa koşa gelir, sandala atlarız. Sen de sandalı göle doğru itersin.

Csónakos kayığa doğru geri döndü. Aslında, için için belki de keyfime göre şöyle okkalı bir ıslık çalarım diye de seviniyordu.

* "Csónakos" Macarcada "kayıkçı" anlamına gelir (Ç.N.)

Boka ise kıyı boyunca minik sarışın oğlanla ilerliyordu. Çalılıkların yüksek olduğu yerlerde ayağa kalkıyorlar, çevrelerine bakınıyorlardı. Sonra yine böyle yüksek bir çalılıkta durdular. Elleriyle çalıları ayırıp, adanın içlerine doğru bakındılar. Adanın ortalarında küçük bir düzlük vardı ve tam o sırada Kızıl Gömlekliler'i gördüler. Nemecsek'in kalbi deliler gibi çarpmaya başladı. Farkına bile varmadan iyice Boka'ya yaklaştı.

— Korkma, diye fısıldadı kulağına başkan.

Düzlüğün ortasında bir taş vardı, taşın üzerinde de bir fener. Kızıl Gömlekliler fenerin etrafında halka oluşturup çömelmişlerdi. Gerçekten de hepsinin gömleği kırmızının tonlarındaydı. Feri Áts'ın yanında iki Pásztor kardeş oturuyordu, küçük Pásztor'un yanında ise biri daha vardı. Bu çocuğun gömleği kızıl değildi.

Boka yanında Nemecsek'in titremeye başladığını hissetti.

— Bana bak! dedi Nemecsek, ama sadece bunu söyleyebiliyordu, ağzından başka kelime çıkmıyordu: "Bana bak... bana bak..." Sonra zar zor devam etti:

— Sen de görüyor musun?

— Evet görüyorum, dedi Boka derin bir kederle.

Orada Kızıl Gömlekliler'in arasında oturan çocuk Geréb'di! Yani tepeden adaya doğru baktığında gördüğü doğruydu demek! Gerçekten de biraz önce dürbünle bakarken elinde fenerle dolaşan kişiyi Geréb'e benzetmişti. Şimdi dikkat kesilip Kızıl Gömlekliler'i izlemeye başladılar. Fenerin titrek ışığı Pásztor'ları ve diğerlerinin kızıl gömleklerini garip bir şekilde aydınlatıyordu. Sessizce bir şeyler anlatan Geréb'i dinliyorlardı. Söyledikleri Kızıl Gömlekliler için çok ilginç olsa gerekti, çünkü hepsi Geréb'e doğru eğiliyor, ağzından çıkanları kaçırmamak için özen gösteriyorlardı. Akşamın sessizliğinde Pál Sokağı'nın iki çocuğu da Geréb'in söylediklerini duyuyordu. Şunları diyordu:

— Arsa'ya iki istikametten de girilebilir. Pál Sokağı'ndan da giriş var, ama oradan biraz zor, çünkü Arsa'ya giren herkesin, girdikten sonra kapıyı içerden sürgülemesi zorunlu. Bunun için kanun var. Diğer giriş Maria Sokağı'ndan. Burada kerestecinin kapısı her zaman açık olur. Kereste yığınlarının arasından kolayca Arsa'ya ulaşılabilir. Ama bunun zorluğu da şu: Bu güzergâh üzerinde kereste yığınları arasında kale burçları var.

— Biliyorum, dedi Feri Áts. Kalın sesi Pál Sokağı Çocukları'nı irkiltti.

— Bilmen lazım, çünkü sen oradaydın, dedi Geréb, burçların üstünde nöbetçiler olur, eğer gelen birini fark ederlerse hemen işaret verirler. Yani oradan gelmenizi tavsiye etmem.

Demek ki Kızıl Gömlekliler Arsa'ya gelmeye hazırlanıyorlardı!

Geréb sözlerine devam etti:

— Bence en iyisi geleceğiniz tarihi önceden kararlaştırmak. O tarihte Arsa'ya en son ben girerim ve küçük kapıyı açık bırakırım. Arkasından sürgülemem.

— Tamam, dedi Feri Áts, bu iyi bir plana benziyor. Arsa'da kimse yokken orayı ele geçirmek aklımın köşesinden bile geçmedi. Savaşla ele geçireceğiz orayı, savaş nasıl oluyorsa, öyle! Raconuna göre! Eğer Arsa'larını koruyabilirlerse, mesele yok, ama koruyamazlarsa, o zaman zaptedeceğiz ve kızıl bayrağımızı da burçlarına dikeceğiz! Kıskançlıktan yapmıyoruz bunu, biliyorsunuz...

Pásztor'lardan biri konuşmaya başladı:

— Çünkü top oynayacak yerimiz yok! Burada oynanmıyor! Eszterházy Sokağı'nda her zaman yer kavgası oluyor. Bize de top sahası lazım! İşte bu kadar!

Demek ki gerçek askerleri savaşa götüren nedenler gibi gerekçelerle savaş kararı almışlardı! Ruslara deniz lazımdı, o yüzden Japonlarla savaşa tutuşmuşlardı. Kızıl Gömlekliler'e top oynayacak alan lazımdı, başka türlü olmayınca, o zaman top sahasını savaş yoluyla elde etmek istiyorlardı.

— Anlaştık o zaman! dedi Kızıl Gömlekliler'in lideri Feri Áts, şimdi burada konuştuğumuz gibi, Pál Sokağı tarafındaki kapıyı sen açık bırakacaksın.

— Tamam, dedi Geréb.

Zavallı küçük Nemecsek için artık bu kadarı fazlaydı. Sırılsıklam kıyafetleriyle orada duruyor ve hayretten açılmış gözleriyle uzakta ışığın etrafında toplanan Kızıl Gömlekliler'i ve aralarındaki haini seyrediyordu. Acı çekiyor, yüreği sızlıyordu! O kadar ki, Geréb "Tamam" diye yanıtlayınca, ki bu onun Arsa'ya ihanet ettiği anlamına geliyordu, ağlamaya başladı.

Boka'nın boynuna sarıldı, sessiz hıçkırıklarla ağlıyor, bir taraftan mırıldanıyordu:

— Başkanım, başkanım, başkanım...

Boka usulca itti arkadaşını:

— Şimdi ağlayarak bir şey elde edemeyiz.

Aslında onun da içi yanıyordu. Geréb'in burada tanık oldukları sözleri gerçekten çok üzücüydü.

Sonra birden Feri Áts'ın işareti üzerine Kızıl Gömlekliler ayağa kalktılar.

— Artık eve gidiyoruz, dedi liderleri, herkesin silahı yanında mı?

— Evet! diye bağırdılar hep bir ağızdan. Ardından hepsi ayaklarının dibinde, yerde duran tahta mızraklarını ellerine aldılar, havaya kaldırdılar. Mızrakların ucuna kırmızı bayraklar takmışlardı.

— İleri! diye komut verdi Feri Áts, mızrakları çalılıkların arasına yerleştirin.

En başta Feri Áts olmak üzere hep birlikte küçük adanın ortasına doğru yöneldiler. Geréb de onlarla birlikte gidiyordu. Ortadaki taş ve taşın üzerindeki fenerle küçük meydan şimdi bomboştu. Ayak sesleri giderek uzaklaşıyordu. Çocuklar mızraklarını saklamak için adanın ortasındaki çalılıklara doğru yürüyorlardı.

Boka kıpırdandı.

— Hadi, tam sırası! dedi Nemecsek'e. Elini cebine attı.

Kırmızı pusulayı cebinden çıkardı. Pusulanın üzerinde bir raptiye de hazırdı. Çalılıkların dallarını elleriyle iki yana itti ve geriye dönerek Nemecsek'e:

— Beni burada bekle! Sakın kımıldama! dedi.

Ardından da biraz önçe Kızıl Gömlekliler'in oturduğu düzlüğe doğru var gücüyle koşmaya başladı. Nemecsek nefesini tutmuş izliyordu. Boka doğruca meydanın kıyısında kocaman gövdesi ve dev gibi dallarıyla adanın üzerinde bir şemsiye gibi yükselen ağaca koştu. Yıldırım hızıyla elindeki pusulayı ağacın gövdesine raptiyeledi. Ardından yine hızla fenere doğru koştu. Fenerin camını kaldırdı, üfledi ve içindeki mumu söndürdü. Nemecsek karanlıkta bir an için Boka'yı gözden kaybetti. Ama daha gözleri karanlığa alışmamıştı ki, Boka yanına gelmişti bile. Nemecsek'i kolundan tuttu:

— Çabuk beni takip et! Bütün gücünle koş!

İkisi birden kıyı boyunca sandala doğru koşmaya başladılar. Csónakos onları görünce sandala atladı ve küreği de kıyıya dayayarak kayığı harekete hazır hale getirdi. İki çocuk nefes nefese kendilerini sandala attılar. Csónakos küreği bütün gücüyle itiyordu, ama sandal kımıldamıyordu. Çünkü buraya gelirken kıyıya hızla çarpmışlar ve böylece sandalın burnu kıyıdaki yumuşak toprağa saplanmıştı. Birinin sandaldan inmesi ve kayığın burnunu göle doğru itmesi gerekiyordu. Ama o sırada düzlükten de sesler gelmeye başladı. Kızıl Gömlekliler silahlarını sakladıkları çalılıklardan geri dönmüşler ve fenerlerinin söndüğünü fark etmişlerdi. Önce feneri rüzgârın söndürdüğünü düşündüler, ama Feri Áts fenerin camının açık olduğunu gördü:

— Buraya biri gelmiş! diye haykırdı! Sesi öyle güçlüydü ki, sandalın içindeki çocuklar bile rahat duyabiliyorlardı.

Feneri yaktıklarında da ağacın üzerine raptiyeyle tutturulmuş kırmızı pusulayı fark ettiler: *"Pál Sokağı Çocukları buradaydılar!"* Kızıl Gömlekliler birbirlerine baktılar.

— Madem buraya geldiler, o zaman hâlâ burdalar! diye haykırdı Feri Áts. Beni takip edin!

Sonra da adanın her tarafından duyulan bir alarm ıslığı çaldı. Köprüden koşarak gelen nöbetçiler, oradan kimsenin geçmediğini söylediler.

— Kayıkla geldiler o zaman, dedi küçük Pásztor.

Sandalı suya itmeye çalışan üç çocuk, kendileriyle ilgili bu konuşmaları dehşetle dinliyorlardı.

— Haydi, arayalım onları! diye bağırdı meydandan biri.

Tam da bu haykırış yükseldiğinde Csónakos nihayet sandalı suya itmeyi başarmış ve ardından kendi de sandala atlamıştı. Küreklere asılmaya başladılar. Bütün güçleriyle karşı kıyıya doğru kürek çekiyorlardı.

Bu arada Feri Áts da çığlık çığlığa komutlar veriyordu:

— Wendauer sen ağaca çık çevreye bak! Pásztor'lar siz köprüye. Çabuk olun! Biriniz sağdan, diğeriniz soldan gölün etrafını tarayın!

Artık her şeyin bittiğini hissettiler. Kıyıya varmaları için daha dört beş tempo kürek çekmeleri gerekiyordu. O zamana kadar Pásztor'ların köprüyü geçip onları yakalaması mümkündü. Diyelim Pásztor'lar gelmediler, o zaman da ağaca çıkan çocuk onları görecek ve nerede olduklarını tespit ettiğinden hepsi üzerlerine çullanacaktı. Kayıktan Feri Áts'ın elinde fenerle kıyıda koştuğunu gördüler. Sonra da tahta köprünün üzerindeki ayak seslerini duydular: Pásztor'lar şimdi köprüden adaya doğru koşuyorlardı.

Gözcü ağacın tepesine tırmanana kadar onlar da kıyıya ulaşmışlardı.

— Kayık kıyıya vardııı! diye haykırdı ağacın tepesindeki gözcü. Buna yanıt da liderlerinden geldi:

— Herkes beni takip etsin!

Ama bunlar olurken üç Pál Sokağı çocuğu tabanları yağlamıştı bile. Var güçleriyle koşuyorlardı.

— Ne olursa olsun yakalanmamamız lazım! Bizden çok daha kalabalıklar, dedi nefes nefese Boka.

Önde Boka, arkada diğer ikisi çimenlerin üzerinde koşuyorlardı. Karşılarında parkın serası vardı.

— Çabuk seraya girelim! diye bağırdı Boka. Camekânlı binanın kapısı açıktı. Hızla içeri dalıp, çam fidanlarının arkasına saklandılar. Dışarısı sessizdi. Anlaşılan peşlerindekiler izlerini kaybetmişlerdi.

Üç çocuk soluk soluğaydı. İçinde bulundukları binanın duvarları ve çatısı tamamen camdandı. Akşamın alacakaranlığında şehrin ışıkları, içeri süzülüyordu. İlginç bir binaydı bu. Seranın sol kanadındaydılar. Uzun binanın devamında, orta bölüm ve sonra da sağ kanat geliyordu. Seranın uçsuz bucaksız gibi görünen koridorlarında yayvan ve geniş saksılara yerleştirilen kısa gövdeli, yeşil yapraklı ağaçlar sıralanmıştı. Uzun, yatık saksılarda ise mimozalar ve eğreltiotları vardı. Seranın orta bölümünün yüksek ve geniş kubbesinin bulunduğu alanda başları nerdeyse çatıya değen palmiyeler sıralanmıştı. Akdeniz bitkileri burayı bir ormana çevirmişti. Ormanın ortasında, içinde altın renkli balıkların yüzdüğü bir havuz vardı. Havuzun yanına ise oturmak için banklar konulmuştu. Ardından yine ağaçlar: Defne fidanları, portakal ve manolya ağaçları ve dev eğreltiotları. Bu tropikal ağaçlardan yükselen keskin baharat kokuları, bir koku cümbüşü yaratmış, serayı tamamen sarmıştı. Devasa sera buhar kazanları tarafından ısıtılıyordu. Ağaçlar için gerekli olan ve yukarıdan püskürtülen nem nedeniyle, dallardan, yapraklardan sular damlıyordu. Kalın yapraklara gürültüyle düşen damlalar ve bu sırada yapraklardan çıkan sesler çocukları ürkütüyordu. Zaman zaman bu sıcak ve nemli ormanın içinde, koca saksıların arasında tropikal bölgelerin garip hayvanlarının koştuğu hissine kapılıyorlardı. Sonra alıştılar, kendilerini burada güvende hissetmeye başladılar. Ne zaman buradan çıkacaklarını düşünüyorlardı.

— İnşallah bu serayı biz içerdeyken kilitlemezler, dedi fısıltıyla Nemecsek. Bir palmiyenin dibinde bitkin bir şekilde oturuyordu. İçerisinin sıcaklığı ona çok iyi geliyordu, çünkü göle düştüğü için hâlâ sırılsıklamdı, üşüyordu.

— Korkma, madem şimdiye kadar kilitlemediler, bundan sonra da kilitlemezler.

Uzun bir süre yerlerinden bile kalkmadan beklediler. Dışardan hiç ses gelmiyordu. Onları bu binanın içinde aramak Kızıl Gömlekliler'in aklına gelmemişti herhalde. Sonra kalkıp dolaşmaya, ortalığı karıştırmaya başladılar. Her taraf raflarla doluydu ve raflarda çeşit çeşit yeşil bitkiler, kokulu otlar ve çiçekler vardı. Dolanırken de Csónakos raflardan birine çarptı. Nemecsek ise yardımcı olmak istiyordu:

— Dur, dedi, sana yardım edeyim.

Ve daha Boka'nın bir şey söylemesine zaman bırakmadan cebinden bir kibrit çıkarıp çaktı. Kibritin minik alevi, yanar yanmaz söndü, çünkü Boka Nemecsek'in eline vurmuştu!

— Deli misin sen! Serada olduğumuzu unuttun mu! dedi kızgınlıkla, buranın duvarları da camdan! Şimdi mutlaka bizi görmüşlerdir!

Durup dışarıya kulak kabartmaya başladılar. Gerçekten de Boka haklıydı. Bir an için de olsa parlayan kibrit alevi, bütün serayı aydınlatmıştı. Ve dışarıdan çakıl taşlarının üzerinde yaklaşan ayak seslerini duydular. Seranın sol kanadına doğru geliyorlardı. Peşlerindeki çocukları yönlendiren liderleri Feri Áts'ın sesi duyuluyordu:

— Pásztor'lar, siz sağdaki küçük kapıdan, Szebenics ortadakinden. Ben de buradan...

Pál Sokağı Çocukları anında saklandılar. Csónakos bir rafın altına süzüldü.

Nemecsek'i ise altın balıkların bulunduğu havuza gönderdiler. Nasıl olsa sırılsıklam ıslaktı. Küçük sarışın oğlan, palmiyelerin de bulunduğu taraftan havuza girdi, ağaçların dibine, dalların arasına saklandı. Bütün vücudu suyun içindeydi, sadece kafası dışarda kalmıştı. Boka'nın çok zamanı yoktu. Son anda kendini açık kapının arkasına attı. Yani duvarla kapı arasına saklanmıştı.

Feri Áts, yanında arkadaşlarıyla beraber seraya daldı. Elinde fener vardı. Fenerin aydınlattığı ortamda Boka, Feri Áts'ı net olarak görüyordu. Boka Kızıl Gömlekliler'in liderini hayatta sadece bir kez, Müze'nin bahçesinde böyle yakından görmüştü. Uzun boylu, yakışıklı bir oğlandı. Şimdi de fenerin aydınlattığı gözleri heyecanla parlıyordu. Biraz sonra Feri Áts çevresindekilerle birlikte kapının yanından uzaklaşmıştı bile. Bütün serayı aradılar. Sağ kanattaki rafların altına baktılar, ama havuzu kontrol etmeyi akıl edemediler. Csónakos da yakalanmaktan son anda kurtuldu. Kızıl Gömlekliler'den biri tam onun bulunduğu rafa yaklaşırken, Feri Áts'ın Szebenics diye seslendiği çocuk arkadaşlarını çağırdı:

— Bence onlar çoktan bu sağdaki kapıdan kirişi kırmışlardır.

Szebenics birini görmüş gibi kapıya doğru hamle yapınca diğerleri de peşi sıra gittiler. Koşarak uzaklaşan Kızıl Gömlekliler'in ayak sesleri giderek azaldı. Yükselen gürültü patırtı onların da seraya çok özen göstermediklerini kanıtlıyordu. Sonra herkes gitti ve camekânlı binaya yine sessizlik çöktü.

Önce Csónakos sığındığı yerden çıktı:

— Babacım! Kafama bir saksı devrildi, her tarafım toprak içinde!

Ağzı burnu kumlu toprak içindeydi. Tükürüyor, ağzını temizlemeye çalışıyordu. Ardından, Nemecsek havuzdan bir su canavarı gibi yükseldi. Zavallı çocuk yine sırılsıklamdı. Bu akşam kaderi böyleydi. Ağlamaklı bir sesle:

— Benim hayatım bundan böyle hep su içinde mi geçecek? Kurbağa mıyım ben?

İstemediği halde suya sokulan bir fino köpeği gibi silkindi.

— Mızıldanma! dedi Boka, hadi gidelim, bu kâbus gibi gece bitsin artık!

Nemecsek içini çekti:

— Evde olmayı ne kadar çok istiyorum bir bilseniz!

Ama o an aklına, eve gidince, üzerinin böyle ıpıslak olduğunu gördüklerinde işiteceği azarlar geldi:

— Aslını sorarsanız, o kadar da çok istemiyorum.

Seradan çıkıp çürük tahtaperdenin yanındaki akasya ağacına doğru koşmaya başladılar. Birkaç dakika içinde oraya ulaşmışlardı. Önce Csonákos tırmandı ağaca. Ama tahtaperdeyi aşmadan önce parka doğru baktı. Korkuyla bağırdı:

— Dikkat, geliyorlar!

— Ağaca geri dön, dedi Boka.

Csónakos hemen ağaca döndü ve iki arkadaşının tırmanmasına yardımcı oldu. Üçü birden, ağaçtan yola doğru atlayacaklarına, ağacın en tepesine tırmandılar ve dallar arasına saklandılar. Artık tam kurtulmak üzereyken yakalanma tehlikesiyle karşı karşıya kalmalarına fena halde içerlemişlerdi.

Kızıl Gömlekliler koşarak ağacın yanına geldiler. Pál Sokağı'nın üç kafadarı ise nefeslerini tutmuş, ağacın dalları arasında kıpırdamamaya çalışıyorlardı.

Yine önce Szebenics, yani işgüzarlığıyla seradan kurtulmalarını sağlayan çocuk konuştu:

— Gördüm onları duvarın üstünden atladılar!

Anlaşılan aralarında en budalaları oydu. Ve insanlar arasında genellikle en budala kişi aynı zamanda en geveze de olduğundan, en çok onun sesi duyuluyordu. Çoğunluğu atletik yapıya sahip olan Kızıl Gömlekliler kaşla göz arasında duvarı aştılar. Feri Áts en son çıktı. Çıkmadan önce de feneri söndürdü. O da, akasya ağacına tırmanarak duvarı aştı. Kafasını kaldırsa, üç çocuğu ağacın üst dallarında görecekti.

Hatta daha tehlikeli bir durum da doğdu. Kiremitleri parçalanmış bir çatıdan sızan sular gibi elbiselerinden su akan Nemecsek'ten süzülen damlalardan birkaçı tam da Feri Áts'ı buldu. Feri Áts "Yağmur geliyor!" dedi ve eliyle ensesini silip, arkadaşlarının peşinden sokağa atladı.

Sokaktan biraz sonra yine dehşetli bir çığlık duydular: "Ordalar, gördüm onları!" Sonra bir sürü çocuk koşmaya başladı. Tabii bu bağıran yine Szebenics'ti. Boka derin bir nefes aldı:

— Eğer bu Szebenics olmasaydı şimdiye dek çoktan enselenmiş olurduk!

Şimdi artık kesin olarak kurtulduklarını hissediyorlardı. Kızıl Gömlekliler yolda kendi halinde bir yerlere giden iki çocuğun peşine düşmüşlerdi. Elbette o çocuklar da, birden peşlerinden koşan çocukları görünce dehşetli bir korkuya kapılıp koşmaya başladılar. Kaçan çocukların görüntüsü Kızıl Gömlekliler'i daha da tahrik etti. Savaş çığlıkları atarak, Pál Sokağı Çocukları olduğunu düşündükleri oğlanları kovalamaya başladılar. Gürültü artık yavaş yavaş Józsefváros sokaklarına doğru uzaklaşıyordu.

Duvardan atlayıp ayaklarının altında güvenlikli caddeyi hissedince rahat, derin bir nefes aldılar. Yolda yaşlı bir teyze yürüyordu, biraz sonra birkaç kişi daha gördüler. Çok şükür tekrar şehir hayatına dönmüşlerdi ve burada başlarına kötü şeyler gelmesi mümkün değildi. Yorgundular ve karınları zil çalıyordu. Pencereleri ışıl ışıl aydınlık olan yakındaki yetimhane binasında akşam yemeği için zil çalındığını duydular.

Nemecsek titriyordu:

— Hadi acele edelim, dedi.

— Dur bir dakka, dedi Boka. Sen atlı tramvayla git. Para vereyim sana.

Elini cebine attı, ama başkanın cebinde sadece 3 krajcár vardı. Bir de, arada mavi mürekkebin sızmaya devam ettiği hokka. Paraları çıkardı, Nemecsek'e uzattı.

— Sadece bu kadar param var.

2 krajcár da Csónakos'un cebinden çıktı. Küçük sarışın oğlan ceplerini yoklarken, aklına şans parası olarak taşıdığı 1 krajcár geldi. Böylece toplam 6 krajcár denkleştirmişlerdi. Atlı tramvaya binebilirdi.

Boka caddede durmuş, kederli bir şekilde olup bitenleri

düşünüyordu. Geréb konusu aklından çıkmıyordu. Ama bu ihaneti henüz bilmeyen Csónakos son derece neşeliydi:

— Şimdi bana bak babacım, dedi Boka'ya ve iki parmağını ağzına sokup, kuvvetli bir ıslık çaldı. Sonra da ağzını silip, çevresine bakındı. Sanki bu ıslıkla karnı doymuş gibiydi. Bütün gece bu anı bekledim, dedi neşeyle, zor tuttum kendimi, ama artık tutmama gerek yok, öyle değil mi babacım!

Ardından da hâlâ üzgün bir şekilde duran Boka'nın koluna girdi ve uzun Üllöi Caddesi boyunca yürümeye başladılar.

IV.

Sınıftaki saat tam birde çaldı. Çocuklar kitaplarını toplamaya giriştiler. Rácz öğretmen elindeki kitabı kapattı, sandalyesinden kalktı. Birinci sıranın başında oturan ve her zaman hizmete hazır Csengey yerinden fırladı, öğretmenin paltosunu giymesine yardım etmeye çalıştı. Sınıfın farklı sıralarında oturan Pál Sokağı Çocukları bakışlarıyla birbirlerini aradılar. Boka'nın komutlarını bekliyorlardı. Bugün saat ikide Arsa'da toplantı olacağını, üç kişilik öncü müfrezenin Füvészkert'te olup bitenler hakkında rapor vereceğini biliyorlardı. Aslında, olup biteni özet olarak öğrenmişlerdi: Pál Sokağı Çocukları'nın başkanı Kızıl Gömlekliler'in kendi Arsa'larına yaptığı ziyarete gerekli cesur cevabı vermişti. Ama maceranın ayrıntılarını bilmiyorlardı. Yaşadıkları tehlikeleri, karşı karşıya kaldıkları ürkütücü anları çok merak ediyorlardı. Ketum Boka'nın ağzından bir şey öğrenmek çok zordu. Csónakos ise tam tersine, ileri geri konuşuyor, bir sürü gevezelik sıralıyordu. Neler anlatmamıştı ki: Füvészkert'te karşılaştıkları yaban hayvanlarından da bahsetmişti, Nemecsek'in gölde boğulduğundan da. Kızıl Gömlekliler'in kocaman bir ateş yakıp vahşiler gibi çepeçevre ateşin etrafında dizildiklerini de söylemişti. Yani bir sürü gevezelik ediyor, ama tam da önemli noktaları atlıyordu. Kaldı ki, sohbetini sonuna kadar dinlemek de mümkün değildi, çünkü laf arasında sık sık coşup, insanın kulağının zarını patlatan ıslıklar çalıyordu. Bu ıslıkları tıpkı cümle bitişlerine konulan nokta işareti gibi kullanıyordu.

Nemecsek ise kendi rolünü öylesine önemsemişti ki, bir şey sorduklarında, sır gibi saklıyor, "Kusura bakmayın, söyleyemem" diyordu. Çok sıkıştırırlarsa, o zaman:

— Başkana sorun, deyip topu Boka'ya atıyordu.

Herkes Nemecsek'i fena halde kıskanmaya başlamıştı. Sıradan rütbesiz bir asker olmasına rağmen böyle muhteşem bir macera yaşamıştı. Teğmenler ve üsteğmenler artık bu basit askerin yanında kendi önemlerinin azaldığının farkındaydılar. Hatta bazıları Nemecsek'in kısa sürede terfi edeceğini, böylece Arsa ordusunda köpek Hektor'un dışında rütbesiz asker kalmayacağını söylüyor, memnuniyetsizliklerini dile getiriyorlardı.

Daha Rácz öğretmen bile sınıfı terk etmemişti ki, Boka iki parmağını kaldırarak Pál Sokağı Çocukları'na işaret verdi: Bu saat ikide toplantı olacağı anlamına geliyordu. Pál Sokağı Çocukları başkanlarının işareti üzerine asker selamı verdiler, yani komutu anladıklarını ifade ettiler. Bütün bunlar olup biterken sınıftaki diğer öğrenciler Pál Sokağı Çocukları'nı fena halde kıskanıyorlardı.

Tam herkes sınıfı terk etmeye hazırlanıyoru ki Rácz öğretmen kürsüde bir an için durdu, çocuklara döndü.

— Bir dakka, daha kimse çıkmasın, dedi.

Sınıf derin bir sessizliğe gömüldü:

Öğretmen cebinden bir liste çıkarıp okumaya başladı:

— Weisz!

— Burdayım öğretmenim, dedi Weisz korkuyla.

Öğretmen devam etti:

— Richter! Csele! Kolnay! Barabás! Leszik! Nemecsek!

İsmi okunan herkes ayağa kalkıyor ve

— Burdayım! diyordu.

Rácz öğretmen listeyi katladı, cebine koydu, çocukları süzdü ve şöyle dedi:

— Şimdi siz eve gitmiyorsunuz, benimle birlikte öğretmenler odasına geliyorsunuz. Biraz işim var sizle!

Bu sözlerin ardından da bu garip liste işine ve çağrıya bir açıklama getirmeden sınıfı terk etti.

Sınıf derhal bir arı kovanı gibi vızıldamaya başladı:

— Neden çağırıyor acaba?

— Niye burada kalmamız lazım?

— İşe bak ya! Ne istiyor bizden!

Öğretmenler odasına çağrılanlar birbirlerinden bunları soruyorlardı.

İsmi okunanların her biri Pál Sokağı'ndandı ve çocuklar Boka'nın etrafında toplanmışlardı.

— Sizi neden çağırdıklarını bilmiyorum, dedi başkan, öğretmenler odasına gidin, ben sizi koridorda bekleyeceğim. Sonra da diğer çocuklara döndü:

— Arkadaşlar, beklenmeyen bir engel çıktı: İkide değil, üçte buluşuyoruz.

Okulun koridorları birden hareketlenmişti: Sınıflardan koridorlara akın akın öğrenciler çıkıyor, başka zaman sakin olan bu dev pencereli koridorlar gürültüyle, koşuşturmalardan çıkan ayak sesleriyle inliyordu. Herkes bir yerlere doğru acele ediyordu.

— Ceza mı aldınız? diye sordu bir çocuk öğretmenler odasının kapısında korkuyla bekleşen gruba.

— Hayır, dedi Weisz gururla.

Soruyu soran oğlan cevabı beklememişti bile. Neşeyle, koşarak uzaklaşmıştı. Öğretmenler odasının kapısında titreşenler, artık evine giden bu oğlanın peşinden gıptayla baktılar.

Birkaç dakika sonra öğretmenler odasının buzlu camlı kapısı açıldı ve kapıdan Rácz öğretmenin uzun boylu silueti belirdi.

— İçeri gelin bakalım, dedi öğretmen ve önden yürüdü.

Öğretmenler odasında onlardan başka kimse yoktu. Uzun yeşil masanın etrafına dizildiler. Ölümcül bir sessizlik vardı odada. En son giren çocuk, saygılı bir ifadeyle, usulca kapıyı çekti. Rácz öğretmen de masanın başına oturdu ve bir uçtan bir uca herkesi tek tek süzdü.

— Hepiniz burada mısınız?

— Evet!

Aşağıdan neşeyle evlerine koşan çocukların gürültülü çığlıkları geliyordu. Rácz öğretmen pencereyi kapattırdı. Duvarları kitaplarla kaplı odada şimdi sessizlik daha bir dayanılmaz olmuştu. Ve bu ağır sessizliği Rácz öğretmenin konuşması böldü:

— Şimdi gelelim meseleye: Siz kendi aranızda bir dernek kurmuşsunuz! Böyle bir şey duydum. Macun Derneği mi ne, öyle bir şey! Bunu bana haber veren kişi, bu derneğin üyelerinin adının listesini de verdi. Siz bu derneğe üyesiniz! Öyle değil mi?

Kimse cevap vermedi. Başlarını öne eğmişler, öyle duruyorlardı. Birbirlerinin yanında, kafaları eğik duruşlarından çıkan sonuca göre: Evet, öğretmenin söyledikleri doğruydu.

Öğretmen konuşmaya devam etti:

— Peki o zaman sırayla gidelim: Her şeyden önce şunu öğrenmek istiyorum: Bu derneği kim kurdu? Ben her zaman size söylemiyor muyum? Bu okulda hiçbir cemiyete, derneğe izin yok diye! Bunu kaç defa söyledim size? Ha?

Sessizlik devam ediyordu.

Mırıltı gibi bir ses yükseldi sonra:

— Weisz!

Öğretmen kızgın bakışlarını Weisz'e çevirdi.

— Weisz! Sen kendin söylesen olmaz mı?

Weisz'in sesi incecikti:

— Olur tabii öğretmenim!

— Peki o zaman neden söylemiyorsun?

Zavallı Weisz'in verecek cevabı yoktu tabii. Rácz öğretmen bir puro yaktı, dumanını havaya doğru üfledi.

— Peki o zaman, sırayla gidelim, dedi, önce söyle bakalım, bu macun hikâyesi nedir?

Cevap yerine, Weisz cebinden kocaman bir topak macun çıkardı, masaya bıraktı. Bir süre baktı, sonra da ancak duyulabilecek kadar alçak bir sesle mırıldandı:

— İşte macun bu!

— Peki ama ne bu?

— Bu, biliyorsunuz, bir tür yapıştırıcı. Camcılar, pencereye yeni cam taktıkları zaman, bu macunu camın kenarına sürüyorlar, sonra da biz gidip tırnaklarımızla oradan çıkarıyoruz.

— Macun ne demek biliyorum elbet, dedi öğretmen kızgınlıkla, Ama sizde ne arıyor? Bunları sen mi topladın?

— Hayır efendim, dedi Weisz, bu bütün derneğin macunu!

— Ne demek o?

Weisz cesaretlenmeye başlamıştı:

— Bunu dernek üyeleri birlikte topladılar. Genel kurul da bana emanet etti, muhafaza etmem için. Daha önce Kolnay muhafaza ediyordu, çünkü mali sorumlumuz oydu. Ama macun ondayken hep kuruyordu. Çünkü o hiç çiğnemiyordu.

— Peki bunu çiğnemek de mi lazım? dedi öğretmen iğrenme dolu bir ifadeyle.

— Evet, çiğnemezseniz kurur. O zaman da bir daha esnek olmaz, bir değeri kalmaz, yani elinizle şekil veremezsiniz. O yüzden ben her gün çiğniyorum.

— Peki ama neden tam da sen?

— Çünkü tüzük öyle diyor! Tüzüğümüze göre, başkan her gün, günde en az bir defa macunu çiğnemek zorunda. Çünkü çiğnenmezse macun kuruyor.

Konuşmasının tam bu noktasında Weisz ağlamaya başladı. Gözyaşları arasında burnunu çeke çeke:

— Şimdi ben başkanım, başkanlık sırası bende öğretmenim, dedi.

Durum çok ciddiydi. Öğretmen kaşlarını çatarak herkesi bir daha süzdü:

— Bu kadar çok macunu nereden topladınız?

Sessizlik devam ediyordu. Öğretmen Kolnay'a döndü:

— Kolnay! Nereden topladınız bunları?

Kolnay kekeleyerek bildiği her şeyi sıralamaya başladı. Samimi itirafının durumunu kolaylaştıracağını umuyor olmalıydı.

— Öğretmenim, aşağı yukarı bir aydır birikti bu. Ben bir hafta kadar çiğnedim, ama o zaman daha azdı. İlk parti macunu Weisz getirdi. Zaten dernek de o ilk macundan sonra kuruldu. Babası onu kapalı bir faytonla bir yere götürmüş. Faytonun camının kenarında macun varmış. O da oradan tırnağıyla sökmüş. O zaman tırnağı kan içindeydi. Sonra, sonra bir gün okulda müzik salonunun camı kırıldı. Ben bütün öğleden sonra burada bekledim. Camcı saat beşe doğru geldi.

Camı takarken ben camcıdan bana biraz macun vermesini istedim, ama o bana cevap bile vermedi, veremezdi, çünkü ağzı burnu macun doluydu.

Öğretmen kaşlarını iyice çattı:

— Ne demek ağzı burnu? Sen nasıl konuşuyorsun?

— Yani öğretmenim, ağzı demek istedim. Yani macun çiğniyordu o da! Sonra yanına gittim, o orada çalışırken, bakmama izin vermesini rica ettim. Elini salladı, seyredebilirsin, anlamında. Ben de seyretmeye başladım. Sonra işini bitirip, camı yerine takıp gitti. Ben de o gidince cama yaklaştım, tırnaklarımla taze macunu oradan çıkardım, götürdüm! Ama öğretmenim, yemin ederim kendim için çalmadım! Dernek için! Ama, ama...

O da ağlamaya başlamıştı.

— Ağlama, dedi öğretmen.

Weisz de bütün bunlar olurken, parmaklarıyla paltosunun kenarını çekiştiriyordu. O kadar mahcuptu ki, ne yapacağını bilemez halde:

— Şimdi ağlayacak, diye mırıldandı.

Kolnay çoktan hıçkırmaya başlamıştı. Derinden gelen, insanı kedere boğan seslerle hıçkırıyordu.

Weisz usulca Kolnay'a seslendi:

— Ağlama.

Ama bunu söylerken o da tekrar ağlamaya başlamıştı. İki çocuğun hıçkırıklarla ağlaması Rácz öğretmeni de duygulandırmıştı. Hızla bir iki nefes çekti purosundan. Tam o sırada, her zaman şık ve süslü olan Csele bir adım öne çıktı, dimdik durdu. Duruşu, bakışı gururluydu. Karar vermişti: Karakterli olacaktı. Boka'nın her zaman yaptığı gibi, herkesin hayranlıkla izlediği gibi alnı dik olacaktı. Kararlı bir sesle konuşmaya başladı:

— Öğretmenim, ben de derneğe macun getirdim.

Bakışları öğretmenin gözlerine kilitlenmişti. Çatık kaşlı Rácz öğretmen sordu:

— Nerden getirdin?

— Evden, dedi Csele. Olay şöyle oldu, evde kuşumuzun yıkandığı camdan bir kutu vardı. O kırıldı. Annem camcı çağırdı, bu kutuyu tamir ettirdi. Ben ise hemen macunu söktüm. Kimse görmedi tabii. Ama Mandi, yani kuşumuz yıkanırken sular halının üzerine aktı. Ama kuş yıkanır mı? Mesela serçelerin yıkandığını hiç gördünüz mü? Oysa hiç kirlenmiyorlar da!

Rácz öğretmen sandalyesinden çocuğa doğru eğildi:

— Bakıyorum keyfin çok yerinde Csele! Şimdi gösteririm sana gününü, bekle biraz! Sen devam et Kolnay!

Kolnay burnunu çekti, bir iki derin nefes aldı, sonra sordu: "Neye devam edeyim, öğretmenim?"

— Başka nereden aldınız?

— Şimdi Csele de anlattı öğretmenim. İşte böyle yerlerden. Sonra bir defasında dernek bana 60 krajcár verdi, macun bulayım diye.

Bu durum öğretmenin hiç hoşuna gitmemişti:

— Parayla da aldınız, öyle mi?

— Yok, hayır öğretmenim! Benim babam doktor. Öğleden önceleri kapalı bir faytonla hastalarını ziyaret eder. Bir defasında beni de götürmüştü ve ben gizlice faytonun camlarının kenarından macunları çıkarmıştım. O macun yumuşacıktı. İşte o nedenle, dernek bana 60 krajcár verdi, faytona bineyim ve yine macun bulayım diye. Ben de öğleden sonra tek başıma faytona bindim. Faytonla subaylar kulübünün bulunduğu yere kadar gittim ve camların tümünden macunları çıkardım. Geri dönmek için faytona param kalmadığı için orada inip yürüyerek geri döndüm.

— Dur bakalım, dedi öğretmen, bu seninle Ludovika semtinde karşılaştığımız gün mü oldu?

— Evet!

— Ben sana bir şey sormuştum, sen ise cevap vermemiş, sadece başını sallamıştın.

Kolnay başını utançla önüne eğdi, sonra da üzgün bir ses tonuyla cevap verdi:

— Çünkü ağzım macun doluydu.

Ve tekrar ortalık karıştı: Kolnay yine ağlamaya başladı, Weisz tekrar heyecanlandı, paltosunun kenarlarını çekiştirmeye başladı ve kendi kendine mırıldandı:

— Şimdi yine ağlayacak!

Daha bunu söylerken kendi gözyaşlarına hâkim olamamış, o da ağlamaya başlamıştı. Öğretmen yerinden kalktı, odada bir aşağı bir yukarı yürümeye başladı. Kafasını sağa sola sallıyordu:

— Ne biçim iş bu böyle! Peki, başkan kimdi?

Bu soru üzerine Weisz ağlamayı kesip gururla öne çıktı:

— Benim öğretmenim!

— Mali sorumlu kim?

— Kolnay!

— Çıkar bakalım derneğin parasını!

— Buyurun öğretmenim!

Kolnay hemen elini cebine attı. Onun cebi de Csónakos'un cebi gibiydi. Eliyle cebini karıştırmaya, bulduğu şeyleri masanın üzerinde sıralamaya başladı. Her şeyden önce 1 forint 34 krajcár çıktı. Sonra iki tane 5 krajcár'lık pul, bir mektup kâğıdı, iki adet 1 kron'luk damga pulu, sekiz yeni kurşunkalem, bir de renkli bilya. Öğretmen paraları saydı. Paraları görünce ciddileşmişti.

— Peki, paraları nereden buluyordunuz?

— Üye aidatı! Herkes her hafta 6 krajcár veriyor.

— Neden?

— Derneğin parası olsun diye. Weisz başkanlık maaşı istemedi nasıl olsa!

— Başkanlık maaşı mı? Ne kadardı o?

— Haftada 5 krajcár. Pulları ben getirdim. Mektup kâğıdını Barabás, damga pullarını Richter. Onun babası... O babasından...

Öğretmen sözünü kesti:

— Çaldın mı?

Richter öne çıktı. Gözleri yerdeydi.

— Çaldın mı yoksa?

Richter onaylar gibi başını yukarıdan aşağıya doğru salladı.

— Ne kadar çirkin bir şey! Baban ne iş yapıyor?

— Benim babam avukat, efendim! Çaldım ama pişman oldum. Sonra dernek yardımıyla pulu tekrar geriye götürüp koyduk, efendim!

— Nasıl yani?

— Çünkü ben babamdan pulu aşırdım, ama sonra da korkmaya başladım. Bunun üzerine dernek para verdi ve o parayla pul aldım ve babamın çalışma masasına, evrakların içine fark ettirmeden geri koydum. Ve bunu yaparken de yakalandım efendim. Aşırırken değil, geriye koyarken yakalandım yani, ve enseme bi tane geçirdi bu yüzden.

Ama bu argo deyimi duyan öğretmenin kaşlarını çattığını görünce hemen kendini toparladı:

— Yani dövdü ve pulu almadığımı, aksine getirdiğimi duyunca bir tokat daha attı bana. Nerden aşırdığımı sordu. Ben doğruyu söylemek istemedim, çünkü o zaman kesin bir tokat daha atardı, o yüzden dedim ki, Kolnay'dan aldım. Dedi ki, derhal al bunu Kolnay'a geri götür, çünkü babam Kolnay'ın da pulu bir başka yerden aşırdığını düşünüyordu. Ben de Kolnay'a götürdüm pulu. İşte derneğin bu yüzden iki pulu var.

Rácz öğretmen düşüncelere dalmıştı:

— Peki ama, dedi, yeni pul almaya ne gerek vardı? Neden babandan aşırdığın pulu geri götürmedin?

— Geri götüremezdim, çünkü pulun arkasına derneğin damgasını basmıştık.

— Damgasını mı? Derneğinizin damgası da mı var?

— Barabás damga sorumlusu!

Şimdi sıra Barabás'a gelmişti. Bir adım öne çıktı, ama bu arada Kolnay'a doğru onu öldürecekmiş gibi bakmayı da ihmal etmedi. Kolnay'a zaten kızıyordu. Arsadaki şapka tartışmasını da unutmuş değildi. Öne çıktı ve lastikten yapılma mührü ve küçük teneke kutuya koydukları mürekkepli keçeyi öğretmenin önündeki masaya bıraktı. Öğretmen damganın üzerindeki yazıya baktı: *"Macun Biriktirme Derneği, Budapeşte, 1889."* Rácz öğretmen yüzünde gayri ihtiyari oluşan gülümsemeyi eliyle saklamaya çalıştı. Yine hayret eder gibi başını salladı. Bundan cesaretlenen Barabás da mührü geri almak için elini masaya uzattı. Ama öğretmen elini eşyaların üzerine koymuştu bile:

— Ne istiyorsun? dedi Barabás'a kızgınlıkla.

— Efendim, dedi Barabás, ben mührü canım gibi koruyacağım diye yemin ettim. Kimseye vermeyeceğime, gerekirse hayatımı bile feda edeceğime söz verdim.

Öğretmen mührü cebine atmıştı bile.

— Susuun! diye haykırdı.

Ama artık Barabás'ı susturmak mümkün değildi:

— O zaman Csele de bayrağı teslim etsin!

— Neee? Bayrak da mı var? Çabuk çıkar! dedi öğretmen Csele'ye dönerek. Csele elini cebine attı ve ucuna tel takılmış minik bir bayrak çıkardı. Bunu da, tıpkı Arsa'nın bayrağı gibi, ablasına yaptırmıştı. Genellikle, böyle dikiş gerektiren işleri Csele'nin ablasından isterlerdi. Bu bayrak da yeşil ve kırmızı renkteydi ve üzerinde şöyle yazıyordu: *"Macun Biriktirme Derneği, Budapeşte, 1889. And içeriz ki, bir daha asla esir halk olmayacağız!"**

— Hmm, dedi Rácz öğretmen, kim o "bir daha"yı bitişik yazan acemi çaylak? Kim yazdı bunu?

Kimse cevap vermedi. Öğretmen bu kez gök gürültüsü gibi bir sesle tekrarladı:

— Kim yazdı bunu?

O an Csele'nin aklına iyi bir fikir geldi. Arkadaşlarını beladan kurtarması lazımdı. Aslına bakılacak olursa "birdaha"yı Barabás yazmıştı, ama Barabás'ın başı neden derde girsin diye düşündü ve şöyle dedi:

— Efendim, ablam yazdı.

Sonra da utançla yutkundu. Ahlaklı bir şey değildi yaptığı, ama böylece arkadaşını kurtamıştı. Öğretmen tepki göstermedi. Ama artık çocukları tutmak mümkün değildi. Hepsi bir ağızdan konuşmaya başladılar.

— Efendim, siz de takdir edersiniz ki, Barabás jurnalcilik yaptı! Bayrağımız olduğunu ihbar etti! dedi Kolnay kızgınlıkla.

— Senin derdin de hep benle! dedi Barabás, Madem benden mührü aldılar, o zaman zaten derneğin de sonu gelmiş demektir!

— Susuuunnn! Ben gösteririm size gününüzü! Şu anda dernek mernek yok artık! Bir daha da duymayayım dernekçilikle uğraştığınızı! Hepiniz "hal ve gidiş"ten birer ihtar cezası alacaksınız! Weisz'e iki ihtar, çünkü başkan oymuş!

* Bayraktaki cümle Macaristan'ın "özgürlük şairi" Sandor Petőfi'nin bir şiirinden alınmıştır (Ç.N.)

— Öğretmenim, dedi Weisz usulca, ben aslında son olarak bugün başkandım. Çünkü bugün genel kurul yapacaktık ve yeni başkan seçecektik. Bu ay başka biri adaydı artık.

— Kolnay başkan olacaktı, dedi sırıtarak Barabás.

— Benim için hiç fark etmez! dedi öğretmen, yarın, öğle paydosundan sonra saat ikiye kadar hepiniz ceza olarak okulda kalacaksınız! Ben size gösteririm! Şimdi gidebilirsiniz!

— Hoşça kalın öğretmenim! diye seslendiler hep bir ağızdan ve yerlerinden kalktılar. Herkesin kapıya doğru yöneldiği anda, Weisz kimseye fark ettirmeden macuna doğru uzanmak istedi, ama öğretmen Weisz'in macuna doğru uzattığı elini görmüştü.

— Ne yapıyorsun? Çek elini çabuk!

Weisz masum bir yüzle:

— Macunumuzu geri vermeyecek misiniz?

— Tabii ki vermeyeceğim! Hatta, herhangi birinizde daha kalmışsa ve bana vermediğinizi öğrenirsem, disiplin kurulunda görüşürüz!

Bu sözler üzerine, o ana kadar sessizce bekleyen Leszik öne çıktı. Ağzındaki bir parça macunu çıkardı ve masanın üzerinde duran derneğin topak macununa yapıştırdı. Eli ağzı macun içindeydi.

— Başka var mı?

Cevap vermek yerine Leszik ağzını açtı, öğretmene gösterdi. Ağzı boştu. Öğretmen de ayağa kalktı, şapkasına uzandı.

— Bir daha da dernek falan kurduğunuzu duyarsam eğer... Şimdi defolun evlerinize!

Çocuklar sessizce öğretmenler odasını terk ettiler. Sadece biri sınıftan çıkarken kısık bir sesle:

— Hoşça kalın, öğretmenim, diyebildi. Bu Leszik'ti. Biraz önce herkes öğretmenle vedalaşırken, o bir şey söyleyememişti. Çünkü o zaman ağzında daha macun vardı!

Öğretmen gittikten sonra feshedilen Macun Derneği'nin üyeleri koridorda yalnız kaldılar. Çocuklar şaşkın bir şekilde birbirlerine bakıyorlardı. Kolnay öğretmenler odasında yaşananları, onları merakla bekleyen Boka'ya anlattı. Boka derin bir nefes aldı:

— Çok korktum, dedi. Biri öğretmene Arsa'yı anlattı sandım!

Bu sırada Nemecsek de diğer çocukların yanına gitmişti:

— Bana bakın, dedi. Sizi sorguya çekerlerken ben de pencerenin yanında bekliyordum... Pencereye de yeni cam takılmıştı herhalde.... Çünkü...

Avcunu uzattı. Parmaklarıyla küçük bir parça macun tutuyordu. Camdan tırnaklarıyla söktüğü macun da henüz çok tazeydi. Çocuklar hayranlıkla macuna bakıyorlardı. Weisz'in gözleri parladı:

— Bana bakın! Madem macun var, o zaman dernek de faaliyette demektir! Arsa'da genel kurulumuzu yapabiliriz.

— Arsa'yaa! Arsa'yaaa! diye bağırdı hepsi bir ağızdan. Birbirlerini geçmeye çalışarak koşuyorlardı. Evlerine gidiyorlardı. Ayak sesleri merdivenlerde yankılanırken, bir yandan da Pál Sokağı Çocukları'nın parolasıyla birbirlerine sesleniyorlardı.

— Hahoo ho! Hahoo ho!

Herkes okul binasını koşarak terk etmişti. Sadece Boka koşmuyordu. Tek başına okuldan çıkmış, canı sıkkın yürüyordu. O, Geréb'i düşünüyordu. İhanet eden, Füvészkert'teki adacıkta elinde fenerle dolaşan Geréb'i. Kafasını kurcalayan bu düşüncelerle eve gitti. Yemek yedi ve ertesi günkü Latince dersinin ev ödevlerini yapmaya koyuldu.

Kim bilir bu kadar çabuk gelmeyi nasıl becerdiler, ama Macun Derneği'nin üyeleri saat iki buçukta Arsa'daydılar. Barabás'ın yemek masasından kalkıp geldiği belliydi: Çünkü elinde hâlâ bir dilim ekmek vardı. Kapıda kavga etmek, hesap sormak için Kolnay'ın gelmesini bekliyordu.

Herkes Arsa'ya ulaştığında Weisz çocukları arkaya, ağaç yığınlarının oraya çağırdı. Sonra da çok ciddi bir sesle:

— Genel kurulu açıyorum, dedi.

Kolnay ve Barabás bu arada ilk boğuşmalarından sonra artık ciddi olarak dernek işiyle ilgileniyorlardı. Kolnay'a, göre öğretmenin kesin yasaklamasına rağmen dernek işlerine devam edilmeliydi.

Barabás'a göre bunun nedeni başkaydı:

— Başkan olma sırası ona geldiği için böyle diyor! Bence bu Macun Derneği işi çok sıktı! Siz sırayla başkanlık yapıyorsunuz, bize ise sırayla macun çiğnemek düşüyor. Ben artık macun gevelemekten nefret ediyorum! Ağzıma bu iğrenç şeyden başka bir şey girmiyor!

Şimdi de Nemecsek söz almak istiyordu:

— Söz istiyorum! dedi başkana.

— Sekreterimiz de söz istiyor, dedi ciddi bir tavırla Weisz ve elindeki minik çıngırağı çalarak işin önemini vurguladı.

Macun Derneği'nin sekreteri olan Nemecsek tam söze başlayacaktı ki, odun yığınlarının arasında duran Geréb'i gördü ve neredeyse dili tutuldu. Burada Nemecsek'in dışında kimse Geréb'in aslında kim olduğunu, neler yaptığını bilmiyordu. Bunu şu an Arsa'daki çocuklar arasında bir o biliyordu. Çünkü o unutulmaz geceye Boka'yla birlikte sadece o tanık olmuştu. Geréb bir süre odun yığınlarının arasında durdu, sonra da Slovak'ın yaşadığı küçük barakaya doğru koşmaya başladı. Nemecsek bu hainin her hareketini izlemek zorunda olduğunu hissediyordu. Boka kendisi Arsa'ya gelinceye kadar Geréb'i kuşkulandırma diye ikaz etmişti. Geréb Kızıl Gömlekliler'le birlikte fenerin etrafında otururken görüldüğünü bilmemeliydi. "Varsın, kimse durumun farkında değil sansın" demişti.

Ama işte Geréb buradaydı ve Slovak'ın kulübesine doğru gidiyordu. Nemecsek şimdi bunun nedenini öğrenmeliydi. Acaba gece bekçisinden ne istiyordu? Hızla karar verdi ve çevresine oturanlara şunları söyledi:

— Sayın başkan, bana söz verdiğiniz için çok teşekkür ederim, ama birden bir işim olduğu aklıma geldi. Konuşmamı ertelemek istiyorum.

Weisz elindeki küçük çıngırağı bir daha çaldı:

— Sayın sekreterimiz konuşmasını erteliyor.

Ama sekreter çoktan koşup gitmişti bile. Hızla koşuyordu ama Geréb'e doğru değil, avcunun içi gibi bildiği bu yollardan hızla geçerek Geréb'den önce kulübeye ulaşmak istiyordu. Önce boylu boyunca Arsa'yı geçti, sonra Pál Sokağı tarafındaki çıkıştan fırladı, buradan Maria Sokağı'na döndü ve deliler gibi koşarak hızar makinesinin bulunduğu binanın ön kapısına yöneldi. Az kalsın binanın kapısından çıkan bir odun arabasıyla çarpışıyordu. Demir baca her zamanki gibi beyaz dumanları püskürtüyor ve arada gurultulu, homurtulu sesler çıkarıyordu. Binanın içindeki buharlı hızar makinesi ise çığlıklar atarak çalışıyordu. Sanki "Dikkaaaaat! Dikkaaaaat!" diye bağırıyor gibiydi.

— Dikkat ederim, sen merak etme, diye düşündü bir taraftan da koşarken Nemecsek. Düzgün sıralanmış kereste öbeklerinin arasından geçip Slovak'ın kulübesine doğru ilerledi. Kulübenin önünde yağmur yağdığında altına sığınılabilecek bir veranda vardı. Verandanın çatısı da neredeyse barakanın hemen yanındaki kereste yığınına değecek kadar yakındı. Nemecsek hızla bu kereste yığının üzerine tırmandı ve en tepede yüzüstü yattı. Yandan doğru aşağıda olup bitenleri gözlemeye hazırlandı. Acaba Geréb gece bekçisinden ne isteyecekti? Acaba Kızıl Gömlekliler yeni bir tuzak kurmaya mı hazırlanıyorlardı? Her ne pahasına olursa olsun konuşmayı dinlemeye karar verdi. Bu konuşmayı dinlerse büyük bir iş başarmış olacaktı. Böylece belki de yeni ihaneti de o ortaya çıkaracaktı.

Hayaller kurup heyecanla beklerken, birden Geréb'in geldiğini fark etti. Geréb yavaş ve temkinli hareket ediyordu. Sık sık kafasını çevirip geriye bakıyor, birinin kendini takip edip etmediğini kontrol ediyordu. Sonunda ardından kimsenin gelmediğinden kesinlikle emin olunca barakaya yöneldi. Bekçi verandadaki bankta oturuyor, çocukların zaman zaman onun için biriktirip evlerinden getirdiği puro izmaritlerinden çıkardığı tütünleriyle tüttürdüğü piposunun tadını çıkarıyordu. Herkes bekçi Janó'ya evinden izmarit toplar getirirdi.

Bekçinin yanındaki köpek ayağa fırladı, havlamaya başladı, ama gelenin yabancı olmadığını fark edince yerine geri döndü. Geréb bekçinin yanına yaklaştı. Verandanın çatısı Nemecsek'in görüş açısını kapatıyordu. Ama şimdi artık sarışın ufaklık iyice cesaretlenmişti. Sessizce kerestelerin üzerinden verandanın çatısına kaydı. Yüzüstü yatıp, çatının üzerinde yavaş yavaş çatının en uç noktasına kadar tırmanmaya çalışıyordu. Orada başını uzattığında aşağıdakileri görebileceğini umuyordu. İlerlerken bazen tahtalardan çatırtılar çıkıyordu. Böylesi durumlarda Nemecsek kanının donduğunu hissediyordu. Bir süre sonra yeniden ilerlemeye başlıyordu. Sonunda çatının ucuna kadar geldi ve başını ileri uzattı. Eğer o an Geréb ya da bekçi başını gökyüzüne doğru kaldıracak olsa, sarışın oğlanla göz göze gelebilirlerdi. Nemecsek ise gözlerini kocaman açmış, aşağıdaki konuşmanın tek bir kelimesini kaçırmamaya çalışıyordu.

Geréb bekçinin yanına gitti ve dostça bir tavırla:

— Merhaba Janó! dedi.

— Merhaba, diye aldı onun selamını bekçi. Ama piposunu ağzından çıkarmamıştı bile.

Geréb bekçiye doğru eğildi:

— Sana puro getirdim!

Bu lafın üzerine bekçi pipoyu ağzından çıkardı. Puro lafını duyunca gözleri parıldamıştı. Zavallı yoksul gece bekçisine bütün bir puro içmek hayatta pek kısmet olmazdı. O çoğu kez, artık başkasının bitirdiği puroları, yani izmaritleri içerdi.

Geréb cebinden üç tane puro çıkardı, Janó'nun avcuna koydu. "Neler oluyor?" diye düşündü Nemecsek, "buraya gelmekle akıllılık ettim. Böyle purolar getirdiğine göre bekçiden bir şeyler isteyecek."

Geréb alçak bir sesle mırıldandı:

— Benle barakaya gel, sana bir şeyler söylemem lazım, ama burada olmaz. Bizi görmelerini istemiyorum. Çok önemli bir şey. Eğer, istediğim olursa, sana daha bir sürü puro getirebilirim.

Ve ardından cebinden bir tutam puro daha çıkardı.

"Çok pis bir iş olmalı bu" diye düşündü Nemecsek, "bu kadar puro getirdiğine göre..."

Tabii puro lafını duyan bekçi memnuniyetle içeri yöneldi, barakaya peşinden Geréb, onun ardından köpek girdi. Nemecsek öfkelenmişti: "Kahretsin! Hiçbir şey duymayacağım!

Bütün planım boşa çıktı! Oysa ne güzel olacaktı!" diye söylendi kendi kendine.

Şimdi, gizli işler çeviren bu iki insanın peşi sıra barakaya giren köpeği de fena halde kıskanıyordu. İçeri girmişler, köpeği de yanlarında götürüp kapıyı da sıkıca kapatmışlardı. Nemecsek şimdi masallardaki gibi, çirkin bir büyücüyle karşılaşmayı ne kadar da çok isterdi. Masallarda olurdu hani: Cadı prensi köpeğe çevirirdi. Şimdi Nemecsek on hatta yirmi bilyasını bile feda edebilirdi böyle bir büyücüyle karşılaşmak için. Bir süreliğine seve seve Hektor'un kılığına girebilirdi. Ne fark eder, nasıl olsa Hektor da sarışın ufaklık da, Arsa ordusunun rütbesiz askerleriydi...

Ama koca burunlu cadı değilse de, tahtaları oyan güveler yardıma koştular. Bir zamanlar çatının kalaslarına yuva yapan sonra da bütün ailesiyle birlikte kirişleri kemiren ve karnını doyuran güve herhalde bir gün gelip de bu işin Pál Sokağı Çocukları'nın işine yarayacağını hiç düşünmemiştir. Ama işte o gün gelmişti. Güvelerin oyduğu kalas iyive incelmiş, içerideki sesleri dışarıya sızdırır olmuştu. Kulağını tahtaların üzerine yapıştıran Nemecsek içerdeki konuşmaları duyabiliyordu. Nemecsek önce uzaktan uzağa fısıltılar halinde gelen sesleri kulağını tahtaya tam olarak yapıştırdığında net olarak duymaya başladı. Her kelimeyi anlayabiliyordu. Geréb alçak bir sesle konuşuyordu. Sanki burada da başkaları tarafından işitilmekten korkuyor gibiydi. Slovak'a şunları söyledi:

— Janó, aklını başına al! Benden sana istediğin kadar puro! Ama bunun için bir şeyler yapman lazım!

Janó'nun kalın sesini duydu:

— Ne yapmam lazim pekı?

— Çocukları Arsa'dan kovalaman lazım! Burada top oynuyorlar! Kereste yığınlarını deviriyorlar! Taşıyorlar!

Şimdi bir süre ses duyulmadı. Nemecsek bu sessizlikten Slovak'ın söylenenler üzerinde düşündüğü sonucunu çıkarmıştı. Sonra yeniden Slovak'ın sesini duydu:

— Kovalamak mi?

— Evet!

— Neden?

— Çünkü buraya başkaları gelmek istiyor da ondan! Bunlar başka çocuklar! Hepsi zengin! İstediğin kadar puro içebilirsin! Hatta para da olacak!

Bu son cümle etkili olmuştu:

— Para da mi?

— Evet, para da...

Para vaadi işi bitirmişti.

— Tamam o zaman, dedi Slovak. O zaman onların defteri kapandi!

Kapı kolu gıcırtıyla döndü, kapı açıldı. Geréb barakadan çıktı. Ama o zamana kadar Nemecsek çoktan çatıyı terk etmişti. Bir kedi çevikliğiyle çatıdan inmiş, kalasların arasındaki aralıklardan hızla Arsa'ya doğru koşuyordu. Sarışın ufaklık çok heyecanlıydı. Arsanın kaderinin, çocukların geleceğinin şu an kendi elinde olduğunun bilincindeydi. Arkadaşlarını görünce uzaktan bağırmaya başladı.

— Boka!

Ama kimse cevap vermiyordu.

Yeniden haykırdı:

— Boka? Başkan?

Biri seslendi:

— Daha gelmedi.

Nemecsek rüzgâr gibi koşuyordu şimdi. Olup bitenleri bir an önce anlatması gerekliydi. Bir şeyler yapmak lazımdı, hemen şimdi. Daha onları Arsa'dan atmalarına fırsat vermeden harekete geçmeliydiler. Son kereste yığınını da geride bıraktığında, tahtaların yanında hâlâ toplantı halinde olan Macun Derneği üyelerini gördü. Weisz, sarışın ufaklığın koşarak gittiği andan bu yana hâlâ çok ciddi bir yüz ifadesiyle toplantıyı yönetiyordu. Nemecsek'i görünce seslendi.

— Hahoo, ho! Sayın sekreter?

Nemecsek bir yandan koşarken bir yandan da "Şimdi vaktim yok" gibi bir el işareti yaptı.

— Sayın sekreter! diye bağırdı peşinden Weisz. Sözlerine ciddiyet ve ağırlık vermesi için elindeki minik çıngırağı da çaldı.

— Şimdi olmaz! diye seslendi geriye doğru Nemecsek. Bir yandan da koşuyordu. Boka'yı bulmalıydı. Boka evde olmalıydı. Weisz o an son çareye başvurdu: Bütün gücüyle haykırdı:

— Asker! Dur!

Artık yapacak bir şeyi kalmamıştı. Durmak zorundaydı. Weisz üsteğmendi, kendisi ise sıradan bir er. Çok kızgındı, gözlerinden öfke fışkırıyordu, ama yine de durdu. Çünkü Weisz ona şimdi rütbesiyle seslenmişti.

— Emredin üsteğmenim!

Bu arada hazırola geçmişti.

— Rahat, dedi, Macun Derneği başkanı. Şimdi tam şunu konuşuyorduk: Macun Derneği bugünden itibaren gizli bir teşkilat olarak çalışacak! Yeni bir başkan seçiyoruz

Çocuklar sevinçle ve hep bir ağızdan yeni başkanın adını bağırdılar:

— Yaşasın yeni başkan Kolnay!

Sadece Barabás, sırıtarak, tersini mırıldanıyordu:

— Kahrolsun Kolnay!

Bu arada başkan da sözlerine devam ediyordu:

— Eğer sayın sekreterimiz sekreterlik görevine devam etmek istiyorsa, şimdi bizle birlikte burada şerefi üzerine gizlilik yemini etmesi lazım, çünkü Rácz öğretmen duyacak olursa bizim gizli dernek kurduğumuzu..

Tam bu esnada Nemecsek odun öbeklerinin arasındaki yolda Geréb'in biraz da gizlenerek ilerlediğini gördü. "Eğer şimdi Geréb giderse, bu her şeyin sonu olur", diye düşündü. Her şeyin sonu olurdu: Kalelerin de, Arsa'nın da... Sarışın ufaklık hırsından ağlamak üzereydi. Başkanın sözünü kesti:

— Sayın başkan, kusura bakmayın, gitmem lazım. Gitmem lazım...

— Sayın sekreter, dedi başkan Weisz yüzündeki ciddi bir ifadeyle, korkuyor musun yoksa? Ortaya çıkar da yakalanırız diye mi korkuyorsun?

Ama Nemecsek artık Weisz'e dikkat bile etmiyordu. Gözleri Geréb'in üzerindeydi, onu kaçırmamaya çalışıyordu. Geréb kereste yığının arkasına gizlenmiş, çocukları gözlüyordu. Belliydi ki, onların başka tarafa dikkat ettiği bir an, fırlayıp Arsa'dan kaçmanın planlarını kuruyordu.

Nemecsek bunu görünce, hiçbir şey söylemeden, etrafına da bakmadan, paltosunun iki yakasını iki eliyle tutup yıldırım gibi koşmaya başladı. Arsayı boydan boya geçti ve soluğu sokakta aldı. Macun Derneği üyeleri arkasından bakakalmışlardı.

Genel Kurul üyeleri olup bitenin şaşkınlığıyla derin bir sessizlik içindeydiler. Bu derin sessizliği sonunda başkanın derinlerden gelen sesi bozdu:

— Saygıdeğer arkadaşlar. Ernö Nemecsek'in nasıl davrandığını hep birlikte gördük. Ben burada ilan ediyorum ki, Nemecsek bir korkaktır!

— Evet evet, doğru diye bağırdı herkes bir ağızdan.

Hatta Kolnay şunu ekledi:

— Hain!

Richter heyecan içinde söz istedi:

— Bizi, derneği yalnız bırakan bu hain korkakla ilgili bir öneri sunmak istiyorum! Dernek sekreterliği görevinden azledelim! Hatta dernek üyeliğinden de ihraç edelim! Hatta dernek defterine de adıyla birlikte o bir haindir diye karar yazalım!

— Evet, yaşasın, yaşasın! diye bağrıştılar. Ve ardından başkan derin bir sessizliğe bürünen genel kurulda alınan kararı söyledi:

— "Genel kurulumuz Ernö Nemecsek'in korkak bir hain olduğunu ilan eder ve adı geçen şahsın sekreterlik görevinden alınmasına ve hatta dernek üyeliğinden de atılmasına karar verir." Sayın yazman?

— Buradayım, diye öne çıktı Leszik.

— Hemen deftere genel kurulun Ernö Nemecsek'i hain ilan ettiğini kaydet ve onun adını da küçük harfle yaz!

Genel Kurul'da şaşkınlık ifadesi bir mırıldanma yükseldi. Tüzüğe göre verilebilecek en ağır ceza buydu. Herkes Leszik'in etrafında toplandı. Çevresindeki çocukların oluşturduğu halka içinde yere oturan Leszik dernek defteri olarak kullandıkları 5 krajcár'lık defterini kucağında açtı ve kocaman harflerle yazmaya başladı.

— ernö nemecsek bir haindir...

Bu arada Ernö Nemecsek ya da deftere yazıldığı biçimiyle "ernö nemecsek" nefes nefese Boka'ların oturduğu Kinizsi Sokağı'na doğru koşuyordu. Arkadaşı bu sokakta küçük mütevazı bir evde oturuyordu. Var gücüyle kapıya doğru koştu ve az kalsın arkadaşıyla çarpışıyorlardı.

— Hop dedik, dedi Boka biraz kendine gelince, sen burada ne arıyorsun?

Nemecsek nefesi tıkanarak duyduklarını anlatmaya, gördüklerini sıralamaya çalıştı. Bir taraftan da Boka'yı paltosundan yakalamış, Arsa'ya doğru çekiştiriyordu. Şimdi artık Arsa'ya doğru beraber koşuyorlardı.

— Sen bunların hepsini kendi kulağınla mı duydun?

— Evet, hem duydum hem de gördüm.

— Peki Geréb hâlâ orada mı?

— Eğer acele edersek onu orada yakalayabiliriz, bence...

Hastane civarında durmak zorunda kaldılar. Zavallı Nemecsek öksürmeye başlamıştı. Duvara dayandı, nefes alamıyor, öksürüyordu.

— Sen... sen... dedi, sen yalnız git! Ama acele et! Ben... ben, öksürüğüm geçsin arkadan gelirim.

Çok kötü öksürüyordu. "Üşüttüm galiba" dedi yanından ayrılmayan Boka'ya, "Füvészkert'te üşüttüm herhalde...Göle düşmem çok önemli değildi... ama içeride, serada havuz buz gibiydi! Çok kaldım havuzun içinde... çok üşüdüm... titredim..."

Pál Sokağı'na doğru döndüler. Tam o sırada, yani tam köşeyi döndüklerinde Arsa'nın tahtaperdesindeki kapının açıldığını gördüler. Telaşlı adımlarla Geréb çıktı kapıdan. Nemecsek aniden Boka'nın paltosuna sarıldı.

— İşte o! Orada!

Boka ellerini borazan gibi yapıp bağırdı:

— Geréb!

Geréb durdu, geriye döndü! Boka'yı görünce bir kahkaha attı. Ve gülerek Körut tarafına doğru, yani ters yönde koşmaya başladı. Pál Sokağı Geréb'in sesiyle çınlıyordu. Geréb kahkaha atarak onlarla alay ediyordu.

İki çocuk sokağın başında donup kalmışlardı. Sanki oraya çivilenmiş gibiydiler. Geréb gözden kaybolduğunda her şeyi kaybettiklerini düşündüler. Geréb'i ellerinden kaçırmışlardı. Birbirleriyle bile konuşmadan, sessizce yürüyerek Arsa'ya girdiler. İçerden top oynayan çocukların çığlıkları yükseliyordu. Sonra da bir grup çocuğun "Yaşasın" diye bağırdıkları duyuldu. Macun Derneği üyeleri yeni başkanlarını kutluyorlardı. Arsa'daki çocukların hiçbir şeyden haberleri yoktu. Bu Arsa'nın, bu bir avuç toprak parçasının belki artık elerinden alınacağını da bilmiyorlardı. Onlar için sabahları Amerikan bozkırı, öğleden sonra Macar ovası olan, yağmur yağarken deniz, kış aylarında kuzey kutbu haline gelen, onların çocuk ruhları için sonsuzlukla, özgürlükle, coşkuyla eşanlamlı olan, onları eğlendirmek için kılıktan kılığa giren bu dost toprak parçasını, yani iki evin arasına sıkışan bu ufacık engebeli Arsa'yı belki artık sonsuza dek yitirmişlerdi.

— Gördün mü, dedi Nemecsek kederle. Onların haberi bile yok!

Boka kafasını öne eğdi:

— Evet, dedi, haberleri yok!

Nemecsek'in bütün umudu Boka'daydı. Bu akıllı, sakin sevgili arkadaşının bir şeyler yapacağına inanıyordu. Bu yüzden de şimdiye dek ümidini yitirmemişti. Ama Boka'nın gözünde gözyaşlarını gördüğünde ve başkan kendi kendine konuşur gibi "Peki ama şimdi ne yapacağız?" diye mırıldandığında, işte o zaman, gerçekten korkmaya başladı.

V.

Bu gelişmelerin üzerinden iki gün geçmişti. Bir perşembe akşamı, Füvészkert Parkı artık karanlığa bürünürken küçük köprünün başında bekleyen iki nöbetçi birinin yaklaştığını fark etti.

— Selam duuur! diye komut verdi nöbetçilerden biri.

Köprübaşını tutan nöbetçiler hazırola geçtiler, çünkü gelen Kızıl Gömlekliler'in lideri Feri Áts'tı. Nöbetçiler ellerindeki uçları yaldızlı kâğıtlarla kaplı olan ve ay ışığında parıldayan tahta mızrakları gökyüzüne doğru kaldırdılar.

Komutan hızlı adımlarla köprüye ulaştı.

— Herkes geldi mi? diye sordu köprüdeki nöbetçilere.

— Evet komutanım.

— Geréb de burada mı?

— İlk gelen oydu, komutanım.

Komutan elini kaldırıp selam vermekle yetindi. Nöbetçiler de mızraklarını göyüzüne doğru yükseltip yeniden selam durdular. Kızıl Gömlekliler mızraklarını başlarının üzerine kaldırıp selam veriyorlardı.

Kızıl Gömlekliler adanın ortasındaki küçük düzlükte toplanmışlardı. Herkes oradaydı.

Feri Áts'ın geldiğini görünce Pásztor kardeşlerin büyüğü "Selam dur" diye haykırdı. Kızıl gömlekli askerler mızraklarını kaldırıp komutanlarını selamladılar. Yaldızlı mızraklar ay ışığında parıldıyordu.

Komutan da askerleri selamladı:

— Arkadaşlar, acele etmemiz lazım. Biraz geç kaldım. Hemen işe başlayalım. Feneri yakın.

Lider gelmeden feneri yakmak yasaktı. Fener yanıyorsa, bu Feri Áts'ın artık adada olduğunun işaretiydi. Pásztor kardeşlerden küçük olanı feneri yaktı, ortaya koydu. Kızıl Gömlekliler de fenerin etrafında halka oluşturup yere oturdular. Lider konuşmaya başlamadan birinin söz alması âdetten değildi.

— Rapor vermek isteyen var mı?

Szebenics elini kaldırdı:

— Evet?

— Efendim, dedi, komutanın Pál Sokağı Çocukları'nın topraklarına gizlice girip ganimet olarak el koyduğu küçük kırmızı bayrak kayboldu! Silah depomuzdaydı ve sonra baktık ki yok!

Komutan kaşlarını çattı:

— Peki silahlardan da eksik var mı?

— Hayır, dedi, silah deposu sorumlusu. Buraya gelince her zamanki gibi ilk işim depoyu kontrol etmek oldu. Mızraklar ve baltalar yerli yerinde duruyor. Her şey tamam, hiçbir şeye el sürülmemiş, ama bir bayrak eksik! Onu biri çaldı, bu kesin...

— Peki ayak izi tespit edebildin mi?

— Evet! Her gece olduğu gibi, dün gece de kurallara göre davrandım, silah deposunda yere kum serptim. Depoya girince her zamanki gibi hemen yerleri kontrol ettim ve gerçekten de kumların üzerinde ayak izi gördüm. Yerde deponun girişinden, bayrağın olduğu köşeye doğru giden ve sonra da tekrar geri gelen ayak izleri vardı. Ama izler sonra kayboluyor, çünkü toprak sert ve çimenli olduğu için görünmüyor.

— İzler küçük bir ayağa mı ait? Yoksa büyük bir ayağa mı?

— Küçük ayak izleri bunlar! Hem de çok küçük. O kadar küçük ki, Wendauer'in ayaklarından bile küçük. Oysa bizim aramızda onun ayakları en küçüktür.

Kızıl Gömlekliler'in oturduğu düzlüğe derin bir sessizlik çöktü.

— Anlaşıldı, depoya yabancı biri girdi demek, bu hem de Pál Sokağı Çocukları'ndan biri olmalı!

Kızıl Gömlekliler arasında tehdit edici sesler yükseldi. Bu gelişme kimsenin hoşuna gitmemişti.

— Şu nedenle bu sonuca vardım, dedi Áts, Çünkü başka biri girmiş olsa mutlaka silahlarımızı da alırdı, hiç olmazsa bir silahı yanında götürürdü. Ama bu giren sadece bayrağı almış. Büyük bir ihtimalle Pál Sokağı Çocukları aralarından birine bayrağı çalması için görev vermiş. Bu konuda bir bilgin var mı Geréb?

Demek ki Geréb artık bir ajan olarak görev yapıyordu.

Ayağa kalktı:

— Hayır, hiçbir bilgim yok.

— Peki, oturabilirsin. Biz bunu ortaya çıkarırız. Ama şimdi önce işlerimizi tamamlayalım. Biliyorsunuz geçen akşam burada onurumuzu kıran bir şey yaşandı. Hepimiz adadayken düşman geldi ve şu ağaca kırmızı bir kâğıda yazılmış bir not bıraktı. Hem de hepimiz buradayken. Bu işi o kadar ustaca yaptılar ki, yakalayamadık bile. Sonunda parktan çıkıp Memurlar Sitesi'ne kadar bazı çocukları kovaladık. Sonra anlaşıldı ki, onlar bizi görünce korktukları için kaçan, olaydan tamamen habersiz çocuklarmış. Yani onları boşuna kovalamışız. Bu arada Pál Sokağı Çocukları da bizi atlattılar, ellerini kollarını sallayarak evlerine gittiler. Bu ağaca yapıştırılan pusula bizi rezil etti ve bu yüzden intikam almamız şart. Arsalarının ele geçirilmesini de ertelemiştik. Çünkü Geréb bize, Pál Sokağı'yla ilgili bilgiler getirecekti. Şimdi Geréb'in vereceği raporu dinleyelim sonra da savaşı ne zaman başlatacağımıza karar veririz.

Sonra Geréb'e döndü:

— Geréb, ayağa kalk!

Geréb oturduğu yerden kalktı.

— Rapor vermeye başlayabilirsin. Neler yaptın, anlat bakalım.

— Bence... diye başladı oğlan sıkılarak. Ben şöyle düşündüm: Belki Arsa'yı hiç savaş yapmadan da ele geçirebiliriz. Düşündüm, taşındım, çünkü ben de bir zamanlar onlarla beraberdim... Neden ben olayım? Neden benim yüzümden olsun? Yani uzun lafın kısası orada gece bekçiliği yapan Slovak'a rüşvet verdim. O, oranın gece bekçisi, yani o Arsa'da onun lafı geçer. Ve şimdi o adam Arsa'dan onları kovacak.. yani oradan...

Geréb sözlerine devam edemedi. Feri Áts gözlerini dikmiş, ürkütücü bir ifadeyle Geréb'e bakıyordu. Sonunda, o herkesin korktuğu, kızdığında herkesi haşlayan gür sesiyle bağırdı:

— Hayır! diye haykırdı. Anlaşılan sen hâlâ Kızıl Gömlekliler'i tanımamışsın. Biz kimseye rüşvet vermeyiz! Biz kimseyle pazarlık etmeyiz! Eğer kendi rızalarıyla vermezlerse, varsın vermesinler: Biz gider alırız! Bize ne Slovak lazım, ne de onun oradakileri kovması! Kendi başına neler karıştırıyorsun sen!

Şimdi herkes suspus olmuştu. Özellikle de Geréb! Utançla gözlerini yere indirmişti.

Feri Áts ayağa kalktı:

— Korkuyorsan evine dön!

Kızgınlık dolu gözlerle Geréb'e bakıyordu. Geréb ise çok korkmuştu. Eğer şimdi Kızıl Gömlekliler onu buradan kovarlarsa, artık bu dünyada gideceği yeri olmadığının farkındaydı. Başını kaldırdı, cesur olduğunu hissettirmeye çalışan bir ses tonuyla şunları söyledi:

— Hayır ben ödlek değilim! Sizle birlikteyim ve sizle birlikte de olacağım... Size sadakat sözü verdim!

— Tamam, bu artık benim de hoşuma giden bir konuşma, dedi Feri Áts, ama tavrından aslında aralarına yeni katılan bu kişiden hoşlanmadığını da belli ediyordu.

— Eğer bizle beraber kalacaksan, o zaman bizim yasalarımıza uygun davranacağına söz vermelisin.

— Seve seve! dedi Geréb, derin bir nefes aldı, rahatlamıştı.

— Uzat bakalım elini!

El sıkıştılar.

— Bundan böyle sen bizim aramızda bir üsteğmensin! Szebenics sana mızrak ve balta versin ve adını da gizli defterimize kaydetsin. Şimdi artık beni dinle. Artık bu işi uzatamayız. Saldırının yarın olmasına karar verdim. Yarın öğleden sonra hepimiz önce burada toplanıyoruz. Askerlerimizin yarısı Mária Sokağı tarafından Arsa'ya girecek ve oradaki kaleleri ele geçirecek. Askerlerimizin diğer yarısı ise Pál Sokağı tarafından gelecek ve onlara kapıyı sen içerden açacaksın. O zaman Arsa'dakiler için kaçacak iki yol var: Ya Arsa'yı bırakıp sokağa doğru gidecekler ya da keresteci tarafına kaçacaklar, ki o durumda da o taraftaki askerlerimiz, yani kaleleri ele geçirenler onlara saldıracak. Bize top oynayacağımız alan lazım. Ne olursa olsun bu arsayı ele geçireceğiz!

Bu sözler Kızıl Gömlekliler'in ruhlarını ateşlemişti. Ayağa fırlayıp bağırdılar:

— Yaşasın!

Mızraklarını başlarının üzerine kaldırdılar.

Lider "Susun" işareti yaptı.

— Sana bir şey sormak istiyorum. Sence Pál Sokağı Çocukları senin bizimle birlikte olduğundan şüpheleniyorlar mı?

— Sanmıyorum, dedi üsteğmen. Geçen hafta onlardan birileri buradaydı, ağaca pusulayı yapıştırdılar, ama beni görebildiklerini sanmıyorum, çünkü hava artık iyice karanlıktı.

— Demek ki, yarın oraya gitmende, onların arasına karışmanda bir sakınca yok, öyle mi?

— Evet, rahatça gidebilirim.

— Şüphelenmeyecekler mi?

— Hayır! Zaten şüphelenseler bile, onların arasından birinin çıkıp da bir şey sormaya cesaret edebileceğini sanmıyorum. Onlar arasında tek bir cesur çocuk bile yok.

Birden bir haykırış Geréb'in konuşmasını kesti:

— Olmaz olur mu hiç!

Herkes birbirine baktı. Feri Áts hayret içinde kalıştı:

— Kim konuşuyor?

Kimse cevap vermedi. Derin sessizlikte aynı ses bir daha yükseldi:

— Olmaz olur mu hiç!

Şimdi artık herkes net olarak duymuştu: Bu ses, altında oturdukları ağacın tepesinden geliyordu. Dallar hışırtılarla oynamaya başladı. Biraz sonra ağaç dallarının arasında birinin ağaçtan indiği görüldü: Sarışın ufaklıktı bu. Yere atladıktan sonra üstünü temizledi, dimdik durdu ve çevresindeki şaşkın

Kızıl Gömlekliler'i süzdü. Kimse bir şey söyleyemiyordu. Gökten toplantılarının tam ortasına inen bu sarışın ufaklık herkesi şaşkına çevirmişti.

Geréb sapsarı bir yüzle:

— Nemecsek! dedi.

Sıra şimdi ufaklıktaydı:

— Evet, Nemecsek! Benim! Silah deponuzdan Pál Sokağı Çocukları'nın bayrağını kim çaldı diye aramanıza gerek yok artık! Ben aldım onu! Bakın işte burada! Ayağı Wendauer'den bile küçük olan benim işte! Ve seslenmeseydim, kendimi ele vermeseydim orada olduğumu ruhunuz bile duymazdı! Öğleden sonra saat üç buçuktan beri oradayım! Ama Geréb'in sözlerini duyunca, bizim aramızda kimsenin cesur olmadığı yalanını söylediğini duyunca dayanamadım! "Şimdi gösteririm sana gününü!" diye düşündüm, "Pál Sokağı Çocukları arasında cesur biri yok ha! Başka kimse yoksa bile, şu an ben buradayım! Küçük asker Nemecsek!" İşte burdayım! Toplantınızı başından sonuna dinledim! Bayrağımızı kurtardım! İşte buradayım! İstediğinizi yapabilirsiniz bana! İsterseniz döversiniz! Bayrağı isterseniz elimden çeker alırsınız! Ama benim rızamla bu bayrağı size uzatmayacağımdan emin olabilirsiniz! Hadi, hadi istediğinizi yapın! Buradayım, tek başımayım! Siz ise on kişisiniz, hatta daha da çoksunuz!

Heyecandan yüzü kızarmıştı. Konuşurken kollarını iki yana açıyordu. Bir elinde, Kızıl Gömlekliler'in silah deposundan aşırdığı küçük bayrak vardı. Kızıl Gömlekliler ise şaşkınlıktan kendilerine gelemiyorlardı. Aralarına sanki gökten zembille inen, korkmadan yüksek sesle onlardan hesap soran bu ufaklığın yaptığına akıl erdiremiyorlardı. O kadar cesurdu ki, sanki buradaki herkes, Feri Áts, Pásztor kardeşler bir araya gelse bile onunla başa çıkamayacaklarmış gibi kendinden emindi.

Önce Pásztor kardeşlerin aklı başına geldi. Sarışın ufaklığı iki tarafından sıkıştırıp kollarından tuttular. Pásztor'lardan küçük olanı Nemecsek'in sağındaydı. Uzanıp onun kolunu tuttu, arkaya doğru çevirip bayrağı elinden sökmek istedi. Feri Áts'ın sesi duyuldu:

— Durun! Zarar vermeyin!

Pásztor'lar şaşkınlıkla liderlerine baktılar.

— Canını acıtmayın! dedi Áts. Bu çocuk hoşuma gitti benim! Cesur bir oğlansın sen! Nemecsek miydi adın, neydi? Gel bakalım, tokalaşalım! Bize katıl, Kızıl Gömlekliler'in arasına katıl!

Nemecsek hayır der gibi başını iki yana salladı.

— Hayır, asla!

Sesi titriyordu. Ama bu titrek sesin nedeni korku değil, heyecandı. Soluk bir yüzle orada durmuş, gözlerini dimdik gözlerine dikmiş, Kızıl Gömlekliler'in liderine bakıyordu. Sonra bir daha tekrarladı:

— Hayır, hayır, asla!

Feri Áts gülümsedi:

— Sen bilirsin! Madem istemiyorsun! Ben daha hiç kimseyi aramıza çağırmadım. Çevrene bir bak! Buradaki herkes bize katılmaya kendi can attı. Sen benim, aramıza katılmaya çağırdığım ilk ve tek çocuksun. Ama madem katılmak istemiyorsun, sen bilirsin.

Feri Áts arkasını döndü.

— Peki ne yapalım şimdi bunu? diye sordular Pásztor'lar.

Liderleri artık başını bile çevirmedi:

— Bayrağı alın elinden.

Büyük Pásztor Nemecsek'in güçsüz kolunu arkaya kıvırıverdi. Kırmızı yeşil renkli bayrağı kolayca söktü aldı. Ufaklığın kolu acımıştı, çünkü Pásztor'ların pençeleri demir gibi güçlüydü, ama dişlerini sıktı, acıya dayandı, gık demedi.

— Bayrak tamam reis! dedi Pásztor.

Herkes şimdi ne olacağını merak ediyordu. Acaba herkesin önünde tir tir titrediği Feri Áts nasıl bir ceza bulacaktı? Nemecsek ise hâlâ dişlerini sıkmış, dimdik duruyordu.

Feri Áts onlara doğru döndü, eliyle Pásztor'a işaret verdi.

— Bu oğlan çok küçük, dövmeye bile değmez. Ne yapalım, biliyor musunuz? Banyo yaptırın ona biraz!

Kızıl Gömlekliler sevinçle kahkahayı bastılar. Feri Áts da gülüyordu. Pásztor'lar da kahkaha atıyorlardı. Szebenics şapkasını havaya fırlattı. Wendauer palyaço gibi yerinde zıp zıp zıplıyordu. Geréb bile ağacın altında gülüyordu. Bu neşeli grup içinde ciddiyetini koruyan tek bir kişi kalmıştı: Nemecsek. Günlerdir hastaydı, günlerdir kötü öksürüyordu. Annesi bugün sokağa çıkmasını da yasaklamıştı, ama ufaklık evde kapalı kalmaya dayanamamış, saat üç buçukta evden kaçmıştı. O saatten beri de ağacın tepesindeydi. Ama bunu asla söylemezdi. Ne yani? Hastayım, yapmayın mı desindi? O zaman daha çok gülerlerdi. Geréb de gülerdi. Şimdi bile ağzı kulaklarında, nasıl da eğleniyordu. İyisi mi susmaktı. Hiç ses çıkarmadan susmak. Kahkahalar içinde göl kıyısına sürüklediklerinde, hiç direnmedi. İki Pásztor, iki koluna girip kafasına kadar suya soktular. Çok güçlü oğlanlardı bu Pásztor'lar. Biri arkadan iki kolunu tuttu. Diğeri de ensesinden iterek suyun içine bastırdı. Kafası suyun içinde kaybolduğunda adadaki herkes çılgınlar gibi eğleniyordu. Kızıl Gömlekliler seviçten haykırıyor, şapkalarını havaya atıyor, dans ediyorlardı.

— Huyyyaaa! Hop! Huyyyaaa hop!

Onlar da böyle bağırırlardı.

Bu neşeli "huyyaa hop" çığlıkları, kahkahalara karışıyor, adada akşamın sessizliğini dağıtıyordu. Nemecsek ise, suyun kenarında, üzerinden sular akan küçük bir kurbağa gibi, etrafındaki bu çılgınca gülen çocuklara bakıyordu. Herkesin keyfi yerindeydi. Geréb bile kafasıyla, kederle bakan sarışın ufaklığı işaret ediyor, elleriyle dizine vurarak gülüyordu.

Sonunda Pásztor'lar kollarını bıraktılar. Nemecsek yavaş yavaş sudan çıktı. Asıl çılgınlık şimdi başlamıştı. Üzerinden sular sızan çocuk kıyıya çıkınca çamur içindeki kıyafetleriyle, kollarını indirdiğinde paltosundan boşalan sularla herkesi pek eğlendiriyordu. Suya düşmüş bir fino köpeği gibi, suları silkelemeye çalıştı. Çevresindekiler üzerlerine damlayacak sulardan kaçmak için sağa sola zıplarken bir taraftan da alay ediyorlardı:

— Kurbağa seni!

— Su da içtin mi bari?

— Keşke yüzseydin biraz!

Cevap vermedi. Yüzünde acı bir gülümseme vardı. Elleriyle paltosunu sıvazlıyordu. Ama o sırada önüne Geréb dikildi. Neşe içindeydi. Ağzı kulaklarındaydı. Keyifle başını yana doğru eğdi ve şöyle dedi:

— Nasıldı?

Nemecsek koca mavi gözlerini onun yüzüne dikti:

— İyiydi, dedi usulca. Kıyıda durup, bana bakıp gülüp eğlenmekten, benle alay etmekten çok daha iyiydi! Arkadaşlarımın düşmanlarıyla ittifak kurmaktansa, bir yıl bu soğuk suyun içinde kalmaya razıyım ben! Ne olmuş suya batırdınızsa? Geçen gün kendim düştüm bu göle! O zaman da seni burada, bu yabancılar arasında görmüştüm! Beni aranıza istediğin kadar çağırın! İstediğiniz hediyeleri verin! Beni kandırmaya çalışın! Benim sizle işim olmaz! Bir daha suya da soksanız, hatta yüz kere, bin kere suya batısanız, beni yıldıramazsınız! Yarın da gelirim, yarından sonra da gelirim! Beni göremeyeceğiniz, fark edemeyeceğiniz bir yere saklanırım! Hiçbirinizden korkmuyorum! Ve bizim Arsa'mıza, bizim toprağımıza, Pál Sokağı'na geldiğiniz zaman, evet, biz orada olacağız! Sizi bekleyeceğiz! Ve göreceksiniz o zaman! Şimdi benle, konuşmamla alay ediyorsunuz, ama o zaman görürsünüz! Biz de on kişi olduğumuzda nasıl konuştuğumuzu görürsünüz! Benle burada uğraşmak kolay! Güçlü olan yener elbet! Pásztor'lar da Müze bahçesinde bilyalarımı çalarlarken güçlüydüler! Bir kişiye karşı on kişi olmak çok kolay! Ama sizden korkmuyorum! İsterseniz beni dövün! O zaman da korkutamazsınız! İsteseydim beni suya atmanızı engellerdim! Aranıza katılabilirdim! Ama ben, beni suda boğsanız bile sizin aranıza katılmam! Beni öldürseniz bile sizle olmam! Ben, asla işte şurda duran gibi hain olmam!

Elini uzattı, Geréb'i gösterdi. Biraz önce kahkahalar atan Geréb artık gülmüyordu. Fenerin ışığı o sırada tam Nemecsek'in üzerine düşmüştü. Suların sızdığı sarışın saçlarıyla çevrilmiş güzel yüzü, ıpıslak elbiseleri, ışığın altında parıldıyordu. Gözleri cesaretle, gururla ışıl ışıldı. Geréb bu bakışa dayanamadı. Sanki tonlarca ağırlık üzerine yıkılmıştı. Ciddileşti, başını önüne eğdi. Ama susan sadece o değildi. Kızıl Gömlekliler'in şamataları da arka arkaya kesildi. Birden ağaçların altına derin bir sessizlik çöktü. O kadar sessizdi ki ortam, Nemecsek'in elbiselerinden sızan damlaların yere düşerken çıkardığı sesler duyulabiliyordu.

Sessizliği Nemecsek'in sesi böldü:

— Gidebilir miyim?

Kimse cevap vermedi. Bir daha sordu:

— Yani, beni öldürmeyecek misiniz? Gidebilir miyim?

Bu sefer de cevap alamadı. Bunun üzerine hiç acele etmeden, sessizce döndü, köprüye doğru yürümeye başladı. Herkes büyülenmiş gibi küçük oğlana bakıyordu. Şimdi herkes bu ufacık, minicik sarışın oğlanın gerçek bir kahraman olduğunu düşünüyordu. Yetişkin olmayı bile hak eden gerçek bir kahraman. Köprüye ulaştığında, köprünün başında dikilen, bütün gece de olup biteni oradan seyreden nöbetçilerin yanından geçerken de kimse müdahale etmedi. Köprüye ayağını bastığında geriden Feri Áts'ın sesi gürledi:

— Selaaaam dur!

İki nöbetçi reislerinin komutuna uydu: Mızraklarını başlarının üzerine kadar kaldırıp hazırola geçtiler. Ama asker selamı veren sadece bu iki nöbetçi değildi. Adadaki bütün çocuklar sessizce mızraklarını kaldırıp, topuklarını birleştirip hazırola geçmişlerdi. Kızıl Gömlekliler suspustu. Ayışığında mızrakların ucu parıldıyor, sadece köprüde ilerleyen Nemecsek'in adımları duyuluyordu. Sonra bu ayak sesleri de iyice azaldı. Sadece uzaklardan, ve giderek azalan, ıslak bir ayakkabının içinde bir ayağın yürürken çıkardığı şıpırtı duyuluyordu, sonra o da kesildi. Nemecsek gitmişti.

Adada Kızıl Gömlekliler mahçup bir şekilde birbirlerine baktılar. Feri Áts adanın ortasında duruyordu, başı önündeydi. O sırada yanına Geréb geldi. Yüzü bembeyazdı. Mırıldandı:

— Biliyorsun, ben... diye konuşmaya başladı.

Ama Feri Áts cümlesinin devamını beklemedi, sırtını döndü. Geréb bu kez de büyük Pásztor'un yanına gitti:

— Bana bak, ben.. diye bir şeyler söylemeye çalıştı, ama Pásztor da liderinden nasıl davranması gerektiğini görmüştü artık: O da sırtını döndü. Geréb şimdi adanın ortasındaki düzlükte ne yapacağını şaşırmış, öylece duruyordu. Sonunda derinden gelen bir sesle:

— Anlaşılan benim sizin aranızda yerim yok! Gidebilirim demek...

Bu kez de kimse konuşmadı. Ve Geréb de biraz önce küçük Nemecsek'in dimdik ilerlediği yoldan yürümeye başladı. Köprünün girişindeki nöbetçiler de yüzlerini göle doğru çevirmişlerdi. Geréb'in de ayak sesleri giderek azaldı.

Kızıl Gömlekliler adada yalnız kaldıklarında Feri Áts yerinden doğruldu, büyük Pásztor'u yanına gitti. İyice yaklaştı. Neredeyse yüzleri birbirine değecekti. Neredeyse fısıldar gibi, ama ürkütücü bir sesle:

— Bu çocuğun bilyalarını Müze'nin bahçesinde sen mi aldın?

Pásztor usulca başını salladı:

— Evet!

— Kardeşin de yanında mıydı?

— Evet!

— *Einstand* mı yaptınız?

— Evet!

— Peki, siz benim Kızıl Gömlekliler'e bunu yasakladığımı, ufak çocukların oyuncaklarına el koyulmayacağını söylediğimi bilmiyor musunuz?

Pásztor'lar susuyorlardı. Feri Áts'a karşı gelinmezdi! Şef gözlerini dikmiş, yok edici bakışlarla Pásztor'ları süzüyordu. Sonra da, sakin, ama tartışmayı bile reddeden, hükmedici bir ses tonuyla konuştu:

— Siz de yıkanacaksınız!

Pásztor'lar anlamsız bakışlarla reislerine baktılar.

— Anlamadınız mı? Böyle, kıyafetlerinizle birlikte suya gireceksiniz! Hemen şimdi!

Sonra da çevresindeki çocukların bazılarının yüzünde gülümseme belirdiğini fark etti.

— Gülmeye cüret eden de onlarla birlikte göle girecek! Haberiniz olsun!

Gülümsemeler çocukların yüzünde donuverdi. Áts, Pásztor'lara baktı. Şimdi artık biraz daha yüksek bir ses tonuyla:

— Ne bekliyorsunuz? Hadi! Bir, iki!

Sonra da diğerlerine döndü.

— Siz ne bakıyorsunuz? Geriye dön!

Kızıl Gömlekliler hemen sırtlarını göle doğru döndüler. Hatta Feri Áts bile Pásztor'ların emrini nasıl yerine getirdiklerine seyretmedi. Pásztor'lar ise, usul usul ilerleyerek, komutanlarının söylediğini yaptılar. Boyunlarına kadar suya girdiler. Kimse onları görmüyordu, ama suda çıkan seslerden göle girdiklerini anlıyorlardı. Sonra Feri Áts göle baktı. Pásztor'ların sadece yüzleri dışarda kalacak şekilde gölün sularına daldıklarından emin olunca yeniden komut verdi:

— Silahları yerine koymaya! Marş marş!

Silahlar depo olarak kullanılan bölmeye yerleştirildi ve ada boşaltıldı. Nöbetçiler de feneri söndürüp diğerlerine katıldılar. Kızıl Gömlekliler, kıtalar halinde, askerler gibi uygun adım yürüyorlardı.

Bu arada Pásztor'lar da sudan çıktı. Birbirlerine baktılar, her zaman yaptıkları gibi ellerini pantolonlarının ceplerine soktular ve onlar da yola koyuldular. Birbirleriyle bile konuşmuyorlardı. Düştükleri durumdan utanç duyuyorlardı.

VI.

Ertesi gün, saat iki buçuktan itibaren Pál Sokağı Çocukları Arşa'da toplanmaya başladılar. Arsa'yı sokaktan ayıran tahtaperdenin iç tarafında, dört köşesinden çivilerle duvara tutturulmuş büyük bir kâğıt vardı.

Bu büyük kâğıt bir bildiriydi ve gece Boka tarafından hazırlanmıştı. Büyük harflerle ve siyah mürekkeple yazılmıştı. Ama cümlelerin ilk harfleri kırmızı bir mürekkeple belirgin hale getirilmişti. Bildiride şunlar yazıyordu:

BİLDİRİ!!!

ARTIK HERKESE GÖREV DÜŞÜYOR!
İMPARATORLUĞUMUZ TEHLİKEDE,
EĞER YETERLİ CESARETİ GÖSTEREMEZSEK,
BÜTÜN TOPRAĞIMIZI KAYBEDEBİLİRİZ!
ARSAMIZ TEHLİKEDE!
KIZIL GÖMLEKLİLER BİZE SALDIRMAYA
HAZIRLANIYORLAR!
AMA BİZ ORADA OLACAĞIZ, VE EĞER GEREKİRSE

İMPARATORLUĞUMUZU CANIMIZ PAHASINA KORUYACAĞIZ!
HERKES SORUMLULUĞUNU YERİNE GETİRSİN!

BAŞKAN

Bugün artık kimsenin canı topla oynanan çelik çomak oynamak istemiyordu. Top Richter'in cebindeydi, çünkü top sorumlusu oydu. Çocuklar Arsa'da volta atıyor, yaklaşan savaşı konuşuyorlardı. Sonra tekrar tahtaperdeye gidiyorlar, bildiriyi tekrar okuyorlardı. Herkesi heyecanlandıran bu satırları on kere yirmi kere okumuşlardı. Bazıları neredeyse ezberlemişlerdi. Ezberleyenlerden bazıları tahta yığınlarının üzerine tırmanıyor ve bildiride yazanları aşağıda toplananlara oradan nutuk atar gibi söylüyorlardı. Aşağıda toplananların birçoğu da ezbere biliyordu artık aslında, ama varsın olsun, herkes heyecanla ağzı açık dinliyordu. Sonra bildirinin okunması bitince hep birlikte yine tahtaperdeye gidiyor, bir daha, bir daha okuyorlardı. Sonra bu kez okuyanlar kerestelerin üzerine tırmanıyor, aşağıdakilere bildiriyi ezbere tekrarlıyorlardı.

Arsa tarihinde yazılan bu ilk bildiri herkes için çok önemliydi. Eğer Boka böyle bir şey yapma gereğini duymuşsa, altına imzasını da atıp bir bildiri yayınlamışsa, bu, durumun çok vahim olduğunu ortaya koyuyordu.

Bazıları artık ayrıntıları da öğrenebilmişti. Mesela konuşmalar arasında sık sık Geréb'in adı geçiyordu. Ama bölük pörçük bilgilerin dışında, durum hakkında kesin bir şey bilinmiyordu. Nedendir bilinmez, başkan Geréb'le ilgili bilgilerin gizli kalmasında yarar görmüştü. Bunun en önemli nedeni, başkanın Geréb'i burada, yani Arsa'da yakalayabileceğine hâlâ inanmasıydı. Eğer burada yakalanırsa hain hemen savaş mahkemesine çıkarılabilirdi. Tabii başkan küçük Nemecsek'in kimseye haber vermeden Füvészkert'e gideceğini, orada düşman karargâhının tam göbeğinde büyük bir olaya imza atacağını hesaba katmamıştı. Bunu bugün okulda öğrenmişti. Latince dersinden sonra okul hademesinin el altından çocuklara yağlı ekmek sattığı okulun bodrum katındaki koridorda Nemecsek'le karşılaşmış ve ufaklık her şeyi başkanına anlatmıştı. Arsada ise bugün saat iki buçuğa gelirken bile hâlâ kesin bir şey bilinmiyordu. Herkes heyecanla başkanın gelmesini bekliyordu. Bu arada, genel durumla ilgili heyecan içinde, tansiyonu arttıran bir başka gelişme daha yaşanmıştı: Macun Derneği'nin macunu kurumuştu. Tamamen sertleşmiş, çatlamış ve kullanılamaz hale gelmişti. Yani artık macuna kil gibi elle şekil vermek imkânsızdı. Bu kesinlikle başkanın suçuydu. Çünkü macunu çiğneyerek sürekli yumuşatmanın başkanın görevi olduğunu herkes biliyordu. Kolnay, yani derneğin başkanı bu görevini alçakça ihmal etmişti. Bu durumda başkanla en çok kavga edenin kim olduğunu tahmin etmek zor değil: Önce Barabás başkanı topa tuttu. Macun Derneği üyelerini sırayla dolaşıyor, başkanı eleştiriyor, görevini yerine getirmediğini anlatıyordu. Bunda başarılı da oldu, çünkü beş dakika içinde dernek üyelerinin çoğunluğu olağanüstü bir kongre yapma konusunda ikna olmuştu. Kolnay da durumun farkındaydı elbet.

— Tamam, dedi, kabul, ama şu anda Arsa'nın durumu her şeyden önce geliyor. Olağanüstü genel kurulu yarın yaparız.

Ama bunu Barabás'a kabul ettirmek kolay olacağa benzemiyordu:

— Bunu kabul edemeyiz! diye bir çığlık attı. Başkan korkuyor!

— Senden mi korkuyorum?

— Hayır, benden değil, ama genel kuruldan bal gibi korkuyorsun işte! Bugün genel kurulu toplamalısın! Bugün!

Kolnay tam cevap vermeye hazırlanıyordu ki Arsa'nın giriş tarafından yükselen sesleri duydular:

— Hahoo, ho! Hahoo, ho!

Herkes kafasını girişe doğru çevirdi. Küçük kapıdan Boka girmişti, yanında da Nemecsek vardı. Nemecsek boynuna el işi örme kocaman kırmızı bir kaşkol sarmıştı. Başkanın gelmesi tartışmaya da nokta koydu. Kolnay:

— Tamam, genel kurulu bugün toplarız, dedi. Ama şimdi önce başkanı dinleyelim.

— Anlaştık o halde, dedi Barabás da. Zaten o zamana kadar Macun Derneği'nin üyeleri, Arsa'daki diğer çocuklarla beraber Boka'nın etrafına toplanmışlardı. Her kafadan bir ses çıkıyor, herkes bir şeyler söylüyordu.

Boka "Sessiz olun" der gibi bir el işareti yaptı. Sonra da herkesin pür dikkat olduğu anı bekleyip konuşmaya başladı:

— Arkadaşlar! Bildirimizi okumuşsunuzdur. Arsamız çok büyük bir tehlikeyle karşı karşıya! Casuslarımız düşman karargâhının kalbine kadar girdiler ve Kızıl Gömlekliler'in yarın bize karşı bir saldırı düzenleme planı kurduklarını haber aldılar.

Bu sözler herkesi galeyana getirdi. Gürültüyle konuşmaya başladılar. Kimse yarın böyle ansızın bir savaş olabileceğini aklının köşesinden bile geçirmemişti.

— Evet, yarın, diye devam etti Boka. Ve ben bugünden itibaren Arsa'da olağanüstü hal ilan ediyorum. Bu andan itibaren herkes rütbece kendinden yüksek olanlara itaat etmek zorunda. Ve en üst rütbeli subaylar da benim emirlerimi yerine getirecekler. Ama bu işin çocuk oyuncağı olacağını sanıyorsanız fena halde yanılıyorsunuz. Kızıl Gömlekliler hem çok güçlü çocuklar ve hem de sayıca bizden fazlalar. Çok zorlu bir kavga olacağı kesin. O nedenle ben kimseyi bu işe zorlamak istemem. Şimdi burada sizden şunu istiyorum: Bu kavgaya girmek istemeyenler bir adım öne çıksın!

Yine derin bir sessizlik oldu. Kimse yerinden kıpırdamadı. Boka tekrar sordu:

— Bu savaşa katılmak istemeyen bir adım öne çıksın! Kimse yok mu?

Arsadaki herkes bir ağızdan haykırdı:

— Hayıııır!

— O zaman anlaştık. Yarın saat ikide Arsa'da olmamız lazım. Şimdi herkes bana tek tek söz versin.

Herkes sırayla Boka'nın önüne geldi ve yarın saat ikide Arsa'da olacağına söz verdi.

Boka herkesin tek tek elini sıktı. Arkasından kararlı bir sesle konuştu:

— Ama yarın en geç saat ikide burada olmayan sözünü tutmayan bir alçaktır! Bunu aklınızdan çıkarmayın! Eğer böyle bir şey yapan olursa, bir daha buraya gelmesin, çünkü onu sopayla kovalarız!

Leszik bir adım öne çıktı:

— Başkanım, dedi, hepimiz buradayız, ama Geréb yok.

Yeniden derin bir sessizlik oldu. Herkes Geréb'e ne olduğunu fena halde merak ediyordu. Ama Boka, planlarını öyle sık sık değiştirecek bir reis değildi. Onun amacı herkesin gözü önünde Geréb'in ipliğini pazara çıkarmaktı. O zamana kadar da kimseye bir şey söylememeye kararlıydı.

Bu arada diğer çocuklar da sormaya başlamışlardı:

— Gerçekten, ne oldu Geréb'e? Nerede o?

— Hiç, önemli değil, dedi başkanları, Bunu sonra konuşuruz. Şimdi bizim işimiz bu savaşı kazanmak. Ama savaş planlarına geçmeden önce size başka bir şey daha söylemek istiyorum: Eğer aranızda birbiriyle dargın olan varsa, bu dargınlıklar bitmeli. Şimdi dargınların barışmasını istiyorum.

Kimseden çıt çıkmadı.

— Yok mu dargın olan? Kimse kimseye küs değil mi?

Weisz alçak bir sesle söz aldı:

— Bana kalırsa...

— Evet? Ne diyorsun, söyle.

— Bence.. Kolnay... ve Barabás...

— Doğru mu bu?

Barabás'ın yüzü kıpkırmızı oldu.

— Evet, dedi, ama bence Kolnay...

Kolnay ise şöyle dedi:

— Bence de Barabás...

— Çabuk barışın, elinizi uzatın birbirine, diye köpürdü Boka. Yoksa ikinizi de kovarım buradan! Dargınlıkla, küskünlükle savaşa gidilir mi? Bu savaşı ancak birbirimizle çok iyi dost olursak kazanabiliriz!

İki dargın kafadar nazlanarak Boka'nın yanına geldiler. Ellerini birbirlerine uzattılar. Ama daha tokalaşmayı bitirmemişlerdi ki Barabás konuşmaya başladı:

— Başkanım!

— Evet?

— Bir şartım var.

— Neymiş o?

— Şöyle ki... eğer Kızıl Gömlekliler bize saldırmayacak olurlarsa... o zaman... o zaman... ben yine Kolnay'a küsmeyi sürdürmek istiyorum!

Boka Barabás'a doğru ateş püsküren gözlerle baktı. Bakışıyla çocuğu yok edebilirdi.

— Kes sesini! Seni duymak istemiyorum!

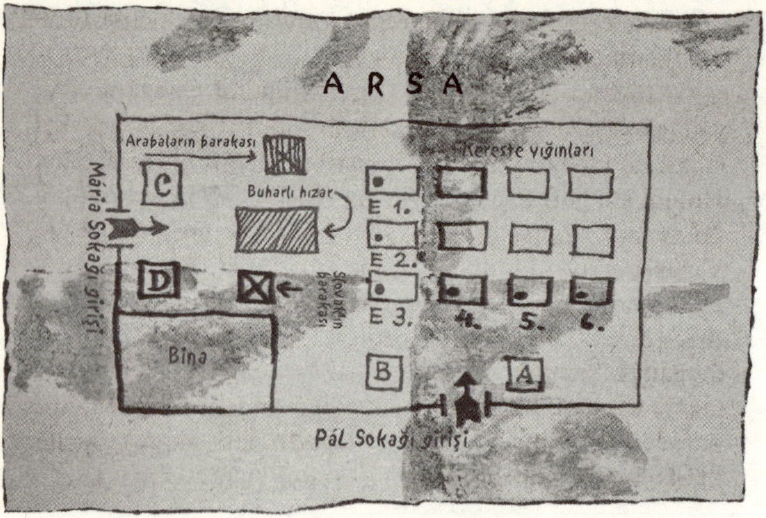

Barabás sustu. Ama susması korktuğu anlamına gelmiyordu. Şimdi, şu bıyık altından sırıtan Kolnay'a yandan bir patlatmak için neler vermezdi.

— Peki şimdi gelelim savaş planına, dedi Boka. Asker, planı çıkar!

Nemecsek hizmete hazır bir şekilde bekliyordu: Cebinden bir kâğıt çıkardı. Bu planı Boka bugün öğle yemeğinden sonra hazırlamıştı.

Plan şöyleydi: (Çizelgeye bakınız.)

Boka planı içeren kâğıdı taşların üzerine serdi, çocuklar kâğıdın etrafında halka oluşturdular. Herkes savaşta kendine nasıl bir görev düşeceğini, nerede mevzilenmesi gerektiğini anlamaya çalışıyordu. Boka savaş planını anlatmaya başladı.

— Şimdi bu plana iyi bakın. Planı anlıyorsunuz değil mi? Bu bir harita, bizim imparatorluğumuzun haritası. Casuslarımızdan gelen bilgilere göre düşman iki yönden saldıracak.

Hem Pál Sokağı tarafından, hem de Mária Sokağı tarafından. Sırayla bakalım: Şu üzerinde A ve B yazan iki kare, kapıyı korumakla görevli müfrezeleri gösteriyor. A müfrezesinde üç kişi olacak. Başlarında ise Weisz. B müfrezesinde de üç kişi olacak, onlara da Leszik kumanda edecek. Mária Sokağı'na açılan kapıyı da iki müfreze koruyacak: C müfrezesinin başında Richter, D müfrezesinin başında da Kolnay olacak!

— Peki neden ben değil de Kolnay? dedi bir ses.

— Kim o? diye hırsla başını kaldırdı Boka.

Barabás ayağa kalktı.

— Gene mi sen! dedi Boka. Eğer bir daha gıkını çıkarırsan seni savaş mahkemesine gönderirim! Otur yerine!

Barabás bir şeyler homurdanarak yerine oturdu. Boka ise planı anlatmaya devam etti.

— Planda üzerinde E harfi ve yanlarında sayılar bulunan yerler bizim kalelerimiz. Bu kalelere bugünden kum taşımamız lazım. Her kale için iki üç kişi yeter. Kumla kolayca savaşabiliriz. Zaten bu kaleler birbirine çok yakın olduğu için, eğer birine düşman saldırırsa, diğer kaleler de kum bombası atarak rahatça o kalenin yardımına koşabilirler. 1, 2 ve 3 numaralı kaleler Arsa'yı Mária Sokağı tarafından saldıracak olanlara karşı koruyacak. 4, 5 ve 6 numaralı kaleler ise kum bombalarıyla A ve B müfrezesindekilere yardım edecekler. Hangi kalede kimin görev yapacağını sonra söyleyeceğim. Müfreze komutanları ise kendi müfrezelerinde kimin olacağına kendileri karar verecekler. Yanlarına ikişer kişi seçecekler. Anlaşıldı mı?

— Evet, dedi çocuklar hep bir ağızdan.

Çocuklar şaşkın ve hayran bir şekilde bu muhteşem savaş planını dinliyorlardı. Hatta bazıları not defterlerini çıkarmış ordularının başkomutanı tarafından sıralanan ayrıntıları deftere kaydetmeye çalışıyorlardı.

— Şimdiye kadar anlattıklarım, savaş alanında nasıl yerleşeceğimizle ilgiliydi, dedi komutan. Asıl savaş planı şimdi geliyor: Herkes şimdi çok dikkatli dinlesin! A ve B müfrezeleri, kalelerin üzerine yerleştirilen gözcü "Kızıl Gömlekliler geliyor" diye rapor verdiğinde, kapıyı ardına kadar açacaklar!

— Kapıyı açacaklar mı?

— Evet, kapıyı açacaklar! Biz kapıları kapatarak savunma yapmak istemiyoruz. Biz onların teklifini kabul ettik, onlarla resmen savaşacağız! Önce içeri bir gelsinler bakalım! Biz onları savaşarak da buradan püskürtürüz, siz merak etmeyin. Yani kapıları açacağız ve onları içeri bırakacağız. Son askerleri de içeri girince müfrezeler saldırıya geçecek. Bu arada 4, 5 ve 6 numaralı kaleler kum bombaları atmaya başlayacaklar. Bu bir taraftaki askerlerin görevi. Yani Pál Sokağı tarafındaki kolordunun. Eğer başarabilirseniz, onları dışarı atacaksınız. Yok, diyelim ki başaramadınız, o zaman ise göreviniz o kapıdan giren düşman askerlerinin Arsa'da ilerlemesini engellemek olacak. Ne yapıp ne edip onların 3, 4, 5 ve 6 numaralı kaleler tarafından oluşturulan hattın ötesine geçmemelerini sağlayacaksınız. Diğer kolordu; yani Mária Sokağı kolordusunun görevi ise daha zor. Richter ve Kolnay, beni iyi dinleyin. C ve D müfrezesi Mária Sokağı'na gözcü gönderecek. Gözcü Mária Sokağı'ndan düşmanın yaklaştığını bildirdiği anda müfrezeler savaş için hazırlanacak ve yerlerini alacaklar. Düşman kapıdan girer girmez müfrezeler taktik olarak kaçmaya başlayacaklar. Haritaya bakın! Görüyor musunuz? C müfrezesi, yani Richter'in müfrezesi at arabalarının bulunduğu şu depoya kaçacak.

Parmağıyla kâğıtta bir noktayı işaret etti:

— İşte tam buraya!

— Anladım!

— D müfrezesi ise, yani Kolnay'ın askerleri ise Janó'nun kulübesine doğru koşacaklar. Şimdi çok iyi dinleyin, planın en can alıcı yeri burası: Bir taraftan da haritaya bakın. Kızıl Gömlekliler kaçanları kovalarken kereste fabrikasının etrafında sağdan ve soldan dolanacaklar. Yani birden kendilerini 1, 2 ve 3 numaralı kalelerle karşı karşıya bulacaklar. Kaleler derhal bombardımana başlayacak! Aynı anda da iki müfreze girdikleri barakadan, yani araba barakasından ve Janó'nun kulübesinden çıkıp düşmana arkadan saldıracak. Şimdi düşman burada iki ateş arasında kalacağı için, eğer cesurca savaşırsak teslim olacaktır. O zaman onları sürüp Janó'nun kulübeye kilitleriz. Bu gerçekleşince C müfrezesi kulübenin yanından, D müfrezesi ise kereste yığınlarını dolanarak 6 numaralı kalenin yanında belirip A ve B müfrezelerinin yardımına koşacak. 1 ve 2 numaralı kaleler ise derhal 5 ve 6 numaralı kalelere geçip oradaki bombardımana yardım edecekler! Bu an artık A, B, C ve D müfrezeleri tek hat halinde Pál Sokağı tarafındaki düşmana saldıracak. Bütün kaleler de kendi askerlerimizin üzerinden düşmana bomba yağdıracak. Bu durumda düşman bizim birleşik güçlerimize karşı koyamayacak, bu kesin! Böylece biz de onları Pál Sokağı'ndaki kapıdan sürüp sokağa atacağız! Planı anladınız mı?

Çocuklar muazzam bir sevinç gösterisine başladılar. Şapkalar havaya fırlatılıyor, atkılar sallanıyordu.. Nemecsek bile boynundaki kırmızı kaşkolunu çıkarmış sallıyor, genizden çıkan nezleli sesiyle haykırıyordu:

— Yaşasın... yaşasın başkannnn!

— Yaşasın! diye bağırıyordu diğer çocuklar da.

Ama Boka onları yine susturdu.

— Yeter, susun artık! Bir şey daha var: Ben emir subayımla C ve D müfrezelerine yakın olacağım. Emir subayımın ileteceği her emri yerine getirmek zorundasınız. Çünkü o emir benden geliyor, anlaşıldı mı?

Biri şöyle dedi:

— Emir subayın kim olacak?

— Nemecsek!

Birkaç çocuk göz göze geldi. Macun Derneği üyeleri heyecanla birbirlerini ittiler. Bir şey söylemeli, buna karşı çıkılmalı, diye düşünüyorlardı kendi aralarında. Gruptan sesler de yükseldi aslında.

— Hadi söyle artık!

— Söylesene!

— Sen söyle!

— Neden ben? Sen!

Boka şaşkınlıkla olup biteni anlamaya çalışıyordu.

— Bir şey hoşunuza gitmedi mi?

Aralarında konuşmaya cesaret edebilen tek kişi Leszik oldu:

— Evet!

— Ne peki?

— Macun Derneği'nin toplantısında... geçen gün... yani...

Boka'nın sabrı taşmıştı, bağırmaya başladı:

— Yeter! Kes sesini! Sizin bu şapşallığınızdan bıktım artık. Emir subayım Nemecsek olacak, işte o kadar! Kim itiraz edecekse savaş mahkemesinde bulur kendini!

Kabul etmek lazım ki, Boka'nın konuşması biraz sertti, ama herkes savaş zamanında ordunun başka türlü idare edilemeyeceğinin de farkındaydı. Yani herkes emir subayının Nemecsek olacağını, buna karşı çıkamayacaklarını anlamıştı. Macun Derneği'nin önde gelenleri arasında fısıldaşmalar oldu. Bunu Macun Derneği açısından, kendilerine yapılmış bir hakaret gibi görüyorlardı. Genel kurullarında "hain" ilan edilen ve derneğin defterine ismi baştan sona küçük harflerle yazılan bir kişinin savaşta böyle önemli bir göreve layık görülmesini kendi açılarından utanç verici buluyorlardı. Oysa Nemecsek'in neler yaptığını, ne fedakârlıklarda bulunduğunu bir bilselerdi...

Boka cebinden isim listelerini çıkardı. Hangi kalede kimlerin görev yapacağını anlatmaya başladı. Müfreze komutanları da kendi müfrezeleri için ikişer kişi seçtiler. Ciddi ciddi çalışıyor, isimler tespit ediyorlardı. Herkes o kadar heyecanlıydı ki, kimse gereksiz tek bir laf bile etmiyordu. Bu iş de bittikten sonra Boka yeni bir emir verdi:

— Herkes görev yerine geçsin, tatbikat yapacağız.

Anında dağıldılar, çocuk askerler görev yerlerine koşuyorlardı.

— Herkes görev yerinde, ikinci emri beklesin, diye bağırdı arkalarından Boka.

Şimdi Arsa'nın tam ortasında, yanında Nemecsek'le, yani emir subayıyla birlikte tek başına kalmıştı.

— Ernö, dedi şefkatle Boka, kaşkolunu boynuna iyice sar, üşüyeceksin!

Nemecsek sevgiyle arkadaşının yüzüne baktı. Sanki ağabeyinin sözünü dinlermişçesine hemen söylediğini yerine getirdi. Kırmızı örgü kaşkolu boynuna iyice doladı. Şimdi artık sadece kulakları görünüyordu.

— 2 numaralı kaleye emir göndereceğim. Söyleyeceklerimi aklında tut!

Ama Nemecsek o an, hayatta hiç yapmadığı bir şey yaptı, kendinden rütbeli birinin sözünü kesti:

— Afedersin, dedi, ama önce ben bir şey söylemek istiyorum.

Boka kaşlarını çattı:

— Ne oldu?

— Biraz önce Macun Derneği üyeleri...

— Lütfen sen de tekrar başlama, dedi sabırsızlıkla Boka, şimdi sen de mi ciddiye alıyorsun bu aptallıkları?

— Evet, dedi Nemecsek, çünkü onlar da ciddiye alıyorlar. Biliyorum, aptalca bir şey bu. O nedenle onların hakkımda ne düşündüğü beni hiç mi hiç ilgilendirmiyor, ama benim hakkımda senin kötü bir şey düşünmeni istemem.

— Neden kötü şey düşüneyim senin hakkında?

Yüzü kocaman kırmızı atkıya sarılı çocuk artık neredeyse ağlayacaktı:

— Çünkü onlar benim hakkımda "hain" kararı aldılar!

— Hain mi? Sen mi?

— Evet! Benim hakkımda!

— Bu işi merak ettim, dedi Boka.

Bunun üzerine Nemecsek geçen gün olanları, arada bir iyice incelen sesiyle anlattı: Tam dernek üyelerinin yemin edeceği an neden oradan koşarak ayrılmak zorunda kaldığını; dernek üyelerinin ise korktuğu için kaçtığını düşündüklerini; gizli bir derneğe üye olacak cesareti olmadığı için kaçtığını sandıklarını bir bir anlattı. İşte bunun için de onu hain ve şerefsiz ilan etmişlerdi.

Aslında bunun nedeni, teğmenlerin, üsteğmenlerin, yüzbaşıların rahatsız olmasıydı. Çünkü başkan onlarla değil, bu sıradan askerle arkadaşlık ediyor, devlet sırrı gibi sırları subaylarla değil, onunla paylaşıyordu. Bu yüzden onu dışlamışlar, adını kara kitaba küçük harflerle yazmışlardı.

Boka sonuna kadar sabırla dinledi. Ardından da suskunluğa büründü. Arkadaşları arasında bu tür şeyler yaşanması ona acı veriyordu. Boka akıllı bir çocuktu, ama insanların birbirinden farklı olduğunu, bu farklılıkların nedenlerini kavramak için acı çekmemiz gerektiğini henüz öğrenmemişti. Sarışın ufaklığa sevgiyle baktı.

— Tamam Ernö. Şimdi sen git işine bak, bunların da üstünde durma. Savaş bitmeden hiçbir şey söylemek istemiyorum. Ama savaş bir bitsin hele! Ben bu işi çözeceğim. Şimdi sen atına atlayıp hızla 1. ve 2. kalelere git ve oradakilere derhal 4. ve 5. kalelere geçmelerini söyle. Bir kaleden diğerine geçmeleri için ne kadar zamana ihtiyaçları olacak, görmek istiyorum.

Asker hazırola geçti ve selam verdi. Ama bu an aslında Nemecsek üzgündü. Onun şerefiyle oynayanlar hakkında şu an savaş olması nedeniyle bir şey yapılamıyordu. Savaş böyleydi işte. Kederini bastırdı ve şöyle dedi:

— Emredersiniz efendim!

Sonra, dörtnala koşan bir atın sırtında gidiyormuşçasına, ardında tozu dumana katarak koşmaya başladı. Kereste yığınları üzerinde oluşturulan kalelere gidiyordu. Kale burçlarının üzerinden uzanan minik çocuk başları merakla aşağıda olup biteni izlemeye çalışıyordu. Bu yüzlerde heyecanın izi vardı. Bu heyecan, cesur savaş muhabirlerinden öğrendiğimiz gibi, gerçek savaştaki askerleri de etkisine alan, çarpışma öncesinin heyecanıydı.

Boka artık Arsa'nın ortasında tek başınaydı. Bu dört tarafı çevrili araziye dışardan gelip geçen arabaların gürültüsü yansıyordu elbet, ama Boka buna rağmen kendini bir şehrin göbeğinde boş bir arazide değil, uzaklarda, yabancı topraklarda, yarın büyük bir çarpışmanın gerçekleşeceği bir savaş meydanında gibi hissediyordu. Sanki bu savaş, ulusun kaderini belirleyecekti. Çocuklardan çıt çıkmıyordu. Herkes görev yerinde duruyor, sessizlik içinde komutanın emrini bekliyordu. Boka şimdi artık her şeyin kaderinin kendine bağlı olduğunu hissetti. Bu küçük arkadaş grubunun kaderi ve geleceği kendine bağlıydı. Gün boyu neşe içinde geçen saatler, top oyunları, başka oyunlar, eğlenceler hep onun görevini iyi yapıp yapmayacağına bağlıydı. Boka şimdi böyle bir görevi olduğu için, bunun üstesinden geleceği için mutluluk duyuyordu.

— Evet, diye mırıldandı kendi kendine, Sizi koruyacağım!

Arsada çevresine baktı. Yönünü kereste yığınları tarafına çevirdi. Orada arkada buharla çalışan hızar makinesinin narin demir bacası gökyüzüne yükseliyor, her zaman yaptığı gibi beyaz dumanlar püskürtüyordu. Sanki bugünün diğer günlerden hiçbir farkı yoktu. Sanki her şey tehlikede değildi, sanki bugün bir kader günü değildi.

Boka şimdi kendini çok önemli bir çarpışma arefesindeki bir ordu komutanı gibi hissediyordu. Aklına dâhi komutan Napoleon geldi... Sonra düşünceleri kendi geleceğine yöneldi. Acaba gelecek ona ne getirecekti? Nasıl olacaktı? Hayatta nelerle karşılaşacaktı? Asker mi olacaktı acaba? Gerçek bir asker olarak, üniformalı, gerçek askerlere mi kumanda edecekti? Böyle ufak bir toprak parçası için değil, uzak bir yerlerde, canından çok sevdiği, adına vatan denilen kutsal toprak için mi askerlerine kumanda edecekti? Ya da günbegün hastalıklara karşı hayat ve ölüm arasında savaş veren bir doktor mu olacaktı?

İlkbahar günü yavaş yavaş akşama dönmeye başlamıştı. Boka içini çekti ve kereste yığınlarına doğru yöneldi. Kalelerdeki hazırlıkları denetlemek istiyordu.

Komutanın kalelere yaklaştığını gören çocuklar daha bir hareketlendiler. Hazırlıklara tam gaz devam ediliyordu. Kum bombaları hazırlanıyordu. Komutan yaklaşınca çocuklar kalelerde hazırola geçtiler.

Ama liderleri anısızın duraksadı. Geriye döndü: Sanki orada biri vardı. Biri onları sanki gizli gizli dinliyordu. Hızla kapıya doğru yöneldi. Sokağa açılan küçük kapıyı aniden çekti. Şaşkınlıktan geriye attı kendini.

Geréb duruyordu önünde. O da şaşırmıştı.

— Sen miydin? dedi Geréb korkarak.

Boka birden ne cevap vereceğini bilemedi. Geréb yavaş adımlarla Arsa'ya girdi, ardından da kapıyı çekip kapattı. Boka hâlâ Geréb'in ne istediğini anlamamıştı. Yüzü soluktu. Kederli görünüyordu. Her zamanki neşeli ve sakin görünümünden eser yoktu. Elleriyle paltosunun yakasını çekiştiriyor, sinirli hareketlerle sanki bir şey söylemek istediğinin, ama bir türlü konuşmaya başlayamadığının işaretini veriyordu. Boka da konuşmadı, Geréb de. Bir süre böyle suskun birbirlerini seyrettiler. Ne yapmaları gerektiğine karar veremiyorlardı. Sonunda Geréb konuşmaya başladı:

— Seninle konuşmak... konuşmak için geldim.

Bu sözler Boka'yı kendine getirdi: Sakin, ciddi bir sesle:

— Benim senle konuşacak bir şeyim yok, dedi. En iyisi, şimdi bu kapıdan nasıl gelmişsen, öyle gitmendir.

Ama karşısındaki genç söylediklerine kulak asmıyordu.

— Bak Boka, dedi. Her şeyi bildiğini biliyorum. Sizin hepinizin, benim Kızıl Gömlekliler'le bir olduğumu bildiğinin farkındayım. Ben şimdi buraya casus olarak gelmedim, bir dost olarak geldim.

— Sen buraya bir dost olarak gelemezsin! dedi Boka sakin ve neredeyse kederli bir sesle.

Geréb başını eğdi. Buraya gelirken onunla kaba konuşacaklarını, ona bağıracaklarını, hatta onu kovacaklarını düşünüyordu. Her şeye hazırdı, ama onunla böyle sessiz ve kederli bir şekilde konuşcaklarını ummuyordu. Bu durum ona çok acı veriyordu. Tokat atsalardı, vursalardı daha iyi olurdu. Şimdi o da artık kederli bir sesle konuşmaya başladı.

— Ben hatalarımı düzeltmek için geldim.

— Bu mümkün değil, dedi Boka.

— Ama ben pişmanım... hem de çok pişmanım... Bak, Feri Áts'ın sizden çaldığı bayrağı da geri getirdim. Bak, burada işte, Nemecsek'in geri aldığı, ama sonra da Pásztor'ların zorla elinden aldıkları bayrak...

Bunları söylerken paltosunun altından minik kırmızı-yeşil bayrağı çıkarmıştı. Bayrağı görünce Boka'nın gözleri parıldadı. Bayrak kırış kırıştı, sağı solu zedelenmiş, yırtılmıştı, ama olsun varsın. Uğruna savaşların olduğu belliydi. Tam da bu yüzden güzeldi ve değerliydi bu bayrak. Savaş meydanında zedelenen gerçek bir bayrak gibi buruşmuş ve yıpranmıştı.

— Bayrağı, dedi Boka, biz kendimiz geri alırız Kızıl Gömlekliler'den. Zaten geri alamazsak, her şeyimizi kaybetmişiz demektir ve o zaman artık bayrağın da bir önemi yok. O zaman her şeyin sonu gelmiş demektir... Buradan da çekip gideceğimiz anlamına gelir bu! Bir daha bir arada olmayacağımız anlamına gelir. Uzun lafın kısası böyle elde edilen bayrak lazım değil bize! Sen de lazım değilsin!

Bu sözlerin ardından dönüp gitmek istedi. Geréb'i orada tek başına bırakıp arkadaşlarının yanına dönmeye niyetlendi, ama Geréb paltosundan tutmuştu..

— János, dedi, ben yaptığım ağır hatanın bilincindeyim. Bu hatamı düzeltmek istiyorum! Ne olur beni affedin!

— Ah, dedi Boka. Ben seni affettim!

— Peki geri gelebilir miyim? Aranıza katılabilir miyim?

— Hayır, işte o olamaz!

— Hiçbir şekilde mi?

— Hiçbir şekilde olamaz!

Geréb cebinden mendilini çıkardı, gözlerini silmeye çalıştı. Boka derin bir kederle şunları söyledi.

— Ağlama Geréb! Burada, benim önümde ağlamanı istemiyorum. Hadi evine git, bizi bırak! Bizi unut! Buraya niye geldiğini biliyorum! Çünkü Kızıl Gömlekliler de sana güvenmiyor artık!

Geréb medilini cebine koydu. Şimdi artık yetişkin bir erkek gibi davranmaya çalışıyordu:

— Peki, dedi, giderim ve merak etme beni bir daha görmezsiniz. Ama şunu bil ki, buraya Kızıl Gömlekliler benden nefret ettiği için gelmedim. Bunun başka bir nedeni vardı!

— Neymiş o?

— Bunu sana söyleyemem! Belki ilerde öğrenirsin!

Başkan olup biteni anlamaya çalışıyordu.

— Anlamadım, dedi.

— Şimdi anlatamam, dedi kekeleyerek Geréb ve geldiği küçük kapıya doğru ilerledi. Orada tekrar durdu, geriye döndü.

— Beni yeniden aranıza alın desem, bunun hiçbir yararı olmaz mı?

— Olmaz!

— O halde ben de ısrar etmiyorum! dedi Geréb.

Koşarak dışarı çıktı ve kapıyı çekip kapattı. Boka bir an için tereddüt etti. Hayatında ilk kez birisine karşı bu kadar acımasız davranmıştı. Birden kapıyı açıp peşinden sokağa koşma isteğine kapıldı. Arkasından bağırmak: "Peki gel, ama bundan böyle davranışlarına dikkat et" demek istedi. Ama ardından gözlerinin önünde Geréb'le ilgili bir anı belirdi: Geréb'in bu sokakta kaçtığı ve ona bakarak kahkahalar attığı an. Kahkaha sesleri kulaklarında yankılandı. O anı tekrar ve tekrar yaşadı. Nemecsek'le kaldırımda kalakaldıkları, Geréb'in alaycı kahkahalarının sokakta yankılandığı anı. Geréb o zaman koşarak terk etmişti sokağı.

"Hayır, hayır" dedi kendi kendine, "onu geri çağırmamam lazım. Bunu hak etti!"

Kereste yığınlarının olduğu tarafa doğru gitmek için geri döndü. Ama karşısına çıkan görüntüyle şaşırdı. Bütün çocuklar görev yaptıkları kalelerin üzerinde ayağa kalkmış, olup biteni izliyorlardı. Hatta görev yeri kalelerin üzeri olmayan çocuklar bile oradaydı. Son neferine kadar Arsa'nın tüm ordusu, kale burçlarına dizilmiş, nefeslerini tutmuş, Boka ve Geréb arasındaki konuşmanın nasıl sonuçlanacağını bekliyordu. Geréb Arsa'yı terk edince ve Boka üst üste dizilmiş odunların üzerinde oluşturulan kalelere doğru yönelince, o ana kadar bastırılan duygular patladı, büyük bir gürültü koptu: Bütün ordu, tek bir yürek olmuş "yaşasın" diye bağırıyordu.

— Yaşasın! diye haykırıyordu birçok ince çocuk sesi. Odunların üzerinden şapkalar havaya fırlatıldı.

— Yaşasın başkan!

Sonra da inanılmaz bir ıslık sesi yükseldi. Sanki keresteler arasında bir lokomotif ilerliyordu. Bir zafer çığlığı gibi, coşkulu ve güçlüydü. Tabii Csónakos'tu ıslığı çalan. Yüzünde mutlulukla çevresine bakıyor, gülüyordu:

— Hayatımda bu kadar mutlu bir ıslık çalmadım!

Boka Arsa'nın ortasında durdu. Çok duygulanmıştı. Ordusunu sıcacık duygularla selamladı. Şimdi yine büyük Napoleon'u düşünüyordu. Herhalde o da ordusuna karşı böylesine derin bir sevgi besliyordu.

Herkes olup biteni görmüştü. Şimdi artık herkes Geréb'le ilgili gerçeği biliyordu. Aslında iki çocuğun konuşmaları kalelerin oradan iyi duyulmuyordu, ama onların davranışlarından, birbirlerine karşı olan hareketlerinden her şey açık seçik ortaya çıkmıştı. Boka'nın Geréb'i kovduğu da açıktı. Geréb ağlamış, dışarı çıkmak üzereyken dönüp bir şeyler söylemişti. O an aslında çocuklar biraz korkmuşlardı:

Leszik kendini tutamamış, yanındakilere şöyle fısıldamıştı:

— Aman, sakın affetmesin şimdi...

Ama sonunda Boka "hayır" anlamında başını iki yana sallamış, Geréb de Arsa'yı terk edip gitmişti. İşte o zaman da kutlamalar başlamıştı. Başkan kendilerine doğru dönünce herkes "Yaşasın" diye bağırıyordu. Başkanlarının bir çocuk gibi değil de gerçek bir erkek gibi davranmasından gurur duymuşlardı. Onu bağırlarına basmak, sarılıp öpmek istiyorlardı. Ama savaş günlerindeydiler. Duygusal davranamazlardı. En fazla zafer çığlıkları atabilirlerdi: Onu yaptılar, avazları çıktığı kadar haykırdılar.

— Sen gerçek bir delikanlısın, babacım! diye haykırdı Csónakos, ama sonra da bunun biraz laubali kaçtığını düşünüp söylediklerini düzeltmek istedi:

— Afedersin, babacım demek istememiştim, başkanım demek istemiştim!

Sonra da savaş tatbikatı başladı: Komutlar birbirini izledi. Kereste yığınları arasında müfrezeler o tarafa bu tarafa koşuştular, kaleleri ele geçirdiler, kumtopu bombaları havada uçuştu. Her şey planlara uygun şekilde gerçekleşti. Herkes kendine düşen görevin bilincindeydi ve ona uygun davranıyordu.

— Kazanacağız, sesleri yükseliyordu her yerden.

— Onları buradan kovacağız.

— Esirleri kulübeye kapatacağız!

— Liderleri Feri Áts'ı da yakalayacağız.

Sadece Boka temkinliydi.

— Zafer sarhoşluğuna kapılmayın, dedi. Acele etmeyin, şimdi değil, savaştan sonra sevinebilirsiniz. Bugün artık görevlerimizi bitirdik. İsteyen evine gidebilir. Ama unutmayın: Yarın saat ikiye kadar burada olmayan, "sözünü tutmayan şerefsiz" ilan edilecektir!

Böylece tatbikatın sonuna gelinmişti. Ama şimdi kimse Arsa'yı terk edip evine gitmek istemiyordu. Gruplar oluştu, sohbet başladı, özellikle de Geréb konusu konuşuluyordu.

Barabás'ın cırlak sesi duyuldu:

— Macun Derneği üyeleri! Macun Derneği üyeleri!

— Ne istiyorsun yine? diye sordu çocuklar.

— Genel kurul!

Kolnay biraz önce genel kurul düzenleme sözü verdiğini hatırladı. Bir toplantı yapılacak ve başkan o toplantıda derneğin macununu neden çiğnemeyip de kuruttuğunun hesabını verecekti. Üzgün bir şekilde kaderine razı oldu:

— Peki, ne yapayım? diye düşündü, sonra da toplantıyı ilan etti:

— Değerli üyeler, genel kurul için lütfen bir köşede bir araya gelelim.

Derneğin "değerli" üyeleri, en başta da bu durumdan çok memnun Barabás olmak üzere, kereste yığınları arasından çıkıp tahtaperdeye doğru yürüdüler. Genel kurul orada gerçekleşecekti.

— Başlayalım, başlayalım, dedi sabırsızca Barabás. Kolnay ise resmi bir üslupla toplantıya giriş yaptı.

— Toplantıyı açıyorum. Sayın Barabás söz istiyor.

— Hmm, öhm, Barabás öksürdü, boğazını temizledi. Genel Kurulun sayın üyeleri! Sayın başkanımızın şansı varmış, çünkü tatbikat nedeniyle az kalsın genel kurul erteleniyordu. Bu başkanın şanslı olduğunun işareti, çünkü genel kurul başkanı görevden alacak!

— Hoop hop, dediler bu görüşe karşı olanlar.

— Bana neden hoop hop diyorsunuz, Ben ne dediğimin farkındayım! Sayın başkan savaş tatbikatından yararlanıp olacakları biraz erteledi. Ama artık erteleyemeyecek. Çünkü artık...

Tam o sırada Arsa'yı sokaktan ayıran tahtaperdenin üzerindeki küçük kapının tıklatıldığını duydular. Gergin günler yaşanıyordu. Gelen düşman da olabilirdi. Konuşmayı kestiler.

— Kimdi o? dedi başkan. Herkes pür dikkat kesilmiş, dışardan gelecek sesleri duymaya çalışıyordu.

Kapı tekrar tıkladı, ama bu kez dışardaki kişi artık sabırsız olmalıydı.

— Kapıya vuruyor biri! dedi titreyen bir sesle Kolnay. Sonra da tahtaperdenin üzerindeki aralıklardan dışarıyı gözlemeye çalıştı. Şaşkın bir yüzle arkadaşlarına döndü:

— Bir adam var dışarda.

— Bir adam mı?

— Evet! Sakallı bir adam!

İçerden sürgülü kapıyı açtılar. Gerçekten çok iyi giyimli bir beyefendi Arsa'ya girdi. Sırtında, üstüne de siyah bir pelerin attığı bir ceket vardı. Siyah çember sakallıydı, gözlük takıyordu. çocukları görünce seslendi. Sinirli olduğu hissediliyordu:

— Pál Sokağı Çocukları siz misiniz?

— Evet, diye bağırdı bir ağızdan Macun Derneği üyeleri.

Bu yanıtın ardından siyah pelerinli adam biraz daha yakına geldi. Şimdi onları daha uysal bir ifadeyle süzüyordu.

— Ben Geréb'in babasıyım, dedi ve ardındaki kapıyı çekerek kapattı.

Herkes susmuştu. Geréb'in babası buraya kadar geldiğine göre durum ciddi olmalıydı. Leszik dirseğiyle Richter'i dürttü.

— Koş Boka'yı çağır.

Richter buharlı hızar makinesinin çalıştığı barakaya doğru koşmaya başladı. Boka oralarda bir yerde, bir grup çocuğu toplamış, tam da Geréb'le ilgili gelişmeleri anlatıyordu. Bu arada sakallı beyefendi de Macun Derneği üyelerine dönüp sormuştu:

— Benim oğlumu buradan neden kovdunuz?

Kolnay öne doğru çıktı:

— Çünkü bize ihanet etti! Kızıl Gömlekliler'le birlik oldu!

— Kızıl Gömlekliler de kim?

— Onlar başka bir mahallenin çocukları. Füvészkert'te toplanıyorlar... Ama asıl sorun şu: Burayı, yani bu arsayı bizim elimizden almak istiyorlar. Çünkü top oynayacak sahaları yokmuş! Onlar bizim düşmanımız.

— Oğlum biraz önce ağlayarak eve geldi. Ne olduğunu anlatması için çok ısrar ettim. Söylememek için direndi. Sonunda sabrım tükenince, olup biteni anlatması için azarladım. O da kendisini ihanetle suçladığınızı söyledi. Ben de dedim ki: "Şimdi şapkamı alıp o çocukların yanına gideceğim, onlarla konuşacağım. Bunun ne kadarının doğru olduğunu onlardan soracağım. Eğer bu doğru değilse, onların senden özür dilemesini sağlayacağım. Ama eğer doğruysa o zaman senin başın belaya girecek! Çünkü sen hayatı boyunca şerefiyle yaşayan bir adamın oğlusun! Senin baban, yani ben oğlunun arkadaşlarına ihanet eden bir çocuk olmasına müsaade etmez!" dedim. İşte bunları söyledim oğluma, sonra da buraya geldim. Şimdi lütfen bana doğruyu ve gerçeği anlatın! Ama dürüst olun! Benim oğlum sizlere ihanet etti mi? Benim oğlum bir hain mi?

Bu lafların ardından Arsa'ya bir sessizlik çöktü.

— Evet? dedi Geréb'in babası, benden korkmanız için

bir sebep yok. Sadece gerçeği anlatın. Benim gerçeği bilmek hakkım. Oğlumu haksız olarak mı suçladınız, yoksa haklı mıydınız? Ve oğlumu cezalandırmalı mıyım? Bunları bilmek zorundayım.

Kimse konuşmuyordu. Kimse bu iyi giyimli, oğlunun karakteri üzerine titreyen iyi kalpli adamı yıkmak istemiyordu. Adam Kolnay'a döndü.

— Sen oğlumun size ihanet ettiğini söyledin. Madem bunu söylüyorsun, şimdi bunu kanıtlaman da lazım. Oğlum size ne zaman ve nasıl ihanet etti?

— Ben... ben... sadece duymuştum... dedi kekeleyerek Kolnay

— Duydun mu? Duymak yetmez! Peki tam olarak kim biliyor? Kim gördü? Kim?

Tam o esnada kalelerin olduğu istikametten Boka göründü. Yanında da Nemecsek ve Richter vardı.

Kolnay derin bir nefes aldı.

— Efendim, dedi, işte şu gelen... sarışın olan çocuk! Onun adı Nemecsek! O kendi gözleriyle görmüş! İşin aslını o biliyor!

Üç çocuk iyice yaklaşıncaya kadar konuşmadan beklediler. Ama Nemecsek onlara doğru değil, kapıya doğru gidiyordu. Kolnay bağırdı:

— Boka! Buraya gelin!

— Şimdi sırası değil! diye seslendi Boka. Nemecsek çok kötü! Öksürük krizi tuttu. Evine götürmem lazım...

Pelerinli adam, Nemecsek adını duyunca seslendi:

— Nemecsek sen misin?

— Evet, dedi sarışın ufaklık, sonra da siyah pelerinli adama doğru yöneldi. Adamın yüzünde çok ciddi bir ifade vardı:

— Ben Geréb'in babasıyım. Buraya oğlumun hain olup olmadığını öğrenmeye geldim. Arkadaşların dediler ki, sen görmüşsün. Sen biliyormuşsun. Şimdi bana doğru cevap ver. Oğlum bir hain mi?

Nemecsek'in yüzü ateşten alev alevdi. Artık iyice hasta olduğu her halinden belliydi. Kalbi deliler gibi atıyor, eli yüzü ateşten yanıyordu. Başı dönüyordu, çevresinde her şey sanki uçuşuyordu. Bu sakallı, gözlüklü amca, bu sert bir şekilde sorular soran, Rácz öğretmenin derslerini çalışmayan öğrencilerle konuştuğu gibi konuşan bu adam... Bu çocuklar... savaş... Bu dayanılmaz heyecan; şimdi her şey birbirine karışmıştı. Sorulan bu sorunun ardında yatan tehdit de ortadaydı: Eğer Geréb gerçekten hainse, o zaman Geréb'in başı fena halde belaya girecekti.

— Cevap ver! diye ısrar etti siyah kıyafetli adam. Şimdi konuşun! Cevap ver! Oğlum hain mi?

Sarışın ufaklık ateşten kıpkırmızı olmuş yüzünü kaldırdı, cesaretle adamın yüzüne baktı. Kararlı, ama usulca, sanki burada suçlanan kendisiymiş gibi, bir şeyi itiraf etmesi gerekiyormuşçasına:

— Hayır efendim! dedi. Hain değil.

Baba yüzünü gururla diğer çocuklara çevirdi:

— Demek ki yalan söylediniz!

Macun Derneği üyeleri şaşkın kalakalmışlardı. Kimse sesini çıkaramıyordu.

— Ha ha ha! dedi alaycı bir tavırla sakallı adam. Yalan söylediniz! Ben zaten sizi görür görmez anlamıştım! Benim oğlum dürüsttür!

Nemecsek ayakta zor duruyordu:

— Gidebilir miyim? dedi.

Sakallı adam Nemecsek'in yüzüne baktı:

— Gidebilirsin, seni çok bilmiş yumurcak!

Ve Nemecsek Boka'ya tutunarak sokağa doğru uzaklaştı. Şimdi artık gözlerinin önünde her şey karman çormandı. Dünya garip bir cümbüş içindeydi: Sakallı bir adam dans ediyor, kereste yığınları uçuşuyor, kulaklarında garip kelimeler yankılanıyordu: "Haydi, herkes kalelere!" Sonra bir başka ses uğuldadı kulaklarında: "Benim oğlum hain mi?" Kara sakallı adamın kahkahalarını duyuyordu. Karalar giymiş adamın kahkaha atarken açtığı ağzı büyüyor, büyüyor, okulun kapısı kadar oluyordu. Okulun kapısından Rácz öğretmenin çıktığını fark etti birden.

Nemecsek saygılı bir tavırla şapkasını çıkardı.

— Kime selam veriyorsun? diye sordu Boka. Çünkü yürüdükleri sokakta in cin top oynuyordu.

— Rácz öğretmene selam verdim, dedi mırıldanarak sarışın ufaklık.

Boka ağlamaya başladı. Arkadaşının koltuğunun altından tutup hızla evine doğru götürmeye çalıştı. Bir yandan ağlıyor, bir yandan da bir an önce eve ulaşmak için gücünü toplamaya gayret ediyordu.

Arsada ise Kolnay sakallı adama şunları söyledi:

— Efendim, bu Nemecsek var ya, çok yalancı bir çocuk! Biz zaten ona "hain" demiştik ve derneğimizden atmıştık!

Baba mutluydu. Duyduklarına da sevinmişti:

— Belli zaten yüzünden! Sinsi birine benziyor! Herhalde vicdanı rahat değildir!

Sonra huzurlu bir şekilde evinin yolunu tuttu. Vicdanı artık rahatlamıştı. Oğlunu affetmeliydi. Üllöi Caddesi'nin başlarında Boka'yı ve Nemecsek'i gördü. Hastanenin önünden karşıya geçiyorlardı. Artık Nemecsek de ağlıyordu. Hıçkırıklarla, iki gözü iki çeşme ağlıyordu: Çünkü içi parçalanıyordu.

"Rütbesiz askerliğe" hep isyan eden yüreği artık bu kadarına dayanamıyordu.

— Adımı küçük harflerle yazdılar... Adımı küçük harflerle yazdılar... Benim dürüst, onurlu adımı küçük harflerle yazdılar...

VII.

Ertesi gün, Latince dersinde sınıfta heyecan doruğa çıkmıştı. Öyle ki Rácz öğretmen bile bu olağanüstü durumu fark etti.

Çocuklar sıralarda kıpır kıpırdılar. Derse dikkat etmiyorlar, tahtaya sözlüye kaldırılanı bile doğru dürüst izlemiyorlardı. Sadece Pál Sokağı Çocukları değildi bu garip heyecanı yaşayanlar, bütün sınıf, hatta bütün okul aynı havadaydı. Savaş haberi okulun normal yaşantısını altüst etmişti. Üst sınıflardan, hatta yedinci ve sekizinci sınıflardan çocuklar geliyor, gelişmeleri öğrenmeye çalışıyorlardı. Kızıl Gömlekliler Jázsefváros mahallesindeki fen lisesine gidiyorlardı. O nedenle Pál Sokağı Çocukları'nın lisesinde bütün öğrenciler doğal olarak Pál Sokağı Çocukları'nın yanındaydılar, onları destekliyorlardı. Hatta bazıları bu savaşı liselerinin onur meselesi olarak görüyorlardı.

— Ne oluyor size böyle! dedi Rácz öğretmen. Yerinizde oturamıyorsunuz! Belli ki aklınız başka bir yerlerde.

Ama azarlamaya devam etmedi. İşin gerisinde ne olduğunu bulmak için kurcalamaya da uğraşmadı. Çocuklar için bugünün biraz huzursuz bir gün olduğunu saptamakla yetindi, o kadar. Kışkırtıcı bir şekilde ve biraz da alaylı:

— Tabii, biliyorum, yaz geliyor. Bilya oyunları, top peşinde koşmalar... Bütün bunlar sizi beklerken, kim okula seve seve gelir, öyle değil mi? Ama ben gösteririm size gününüzü!

O sık sık bu tür tehditler savururdu. Rácz öğretmen çok aksi suratlı, ama ruhu yumuşacık bir pedagogdu.

— Oturabilirsin! dedi sözlüye kaldırdığı öğrenciye ve not defterini karıştırmaya başladı. Öğretmen not defterinin sayfalarını çevirirken sınıfta çıt çıkmazdı. Herkes nefesini tutardı. Sözlülerde iyi cevap vermeleriyle tanınanlar bile kaskatı kesilir, öğretmenin yavaş yavaş not defterini karıştıran parmaklarına konsantre olurlardı. Çocuklar kendi isimlerinin defterin nerelerinde olduğunu bile artık kestirebiliyorlardı. Öğretmen defterin sonlarına doğru geldikçe, adı A'yla ya da B'yle başlayanlar derin bir nefes alırlardı. Ama defterin sonundan, hızlı bir hareketle yine başına dönünce, bu kez de isimleri R, S ya da T harfleriyle başlayanlar, sözlüye kaldırılmayı atlattıkları için sevinirlerdi.

Öğretmen başından sonuna kadar defteri karıştırdıktan sonra bir isim söyledi:

— Nemecsek!

— Gelmedi! dedi bütün sınıf bir ağızdan. Biri ekledi:

— Hasta!

— Nesi var?

— Üşütmüş.

Rácz öğretmen gözlerini sıralarda oturan çocukların üzerinde gezdirdi. Sonra şunu söylemekle yetindi:

— Neden kendinize dikkat etmiyorsunuz?

Pál Sokağı Çocukları birbirlerine baktılar. Onlar Nemecsek'in neden ve nasıl hasta olduğunu çok iyi biliyorlardı. Pál

Sokağı Çocukları sınıfta farklı yerlerde otururlardı. Bazıları ilk sıralarda, bazıları ortada. Csónakos ise en arkada. Ama buna rağmen birbirlerine baktılar. Herkes biliyordu ki, Nemecsek çok asil bir iş yaparken hastalanmıştı. Çocukların yüzlerindeki manalı bakışlar bunu ifade ediyordu. Daha basit bir şekilde söyleyecek olursak, zavallı Nemecsek "vatanı için" üşütüp hastalanmıştı. Çünkü tam üç kere buz gibi suya girmek zorunda kalmıştı: Birincisinde tesadüfen, ikincisinde onuru için, üçüncüsünde ise zorunluluktan. Bu bir sırdı ve büyük sırrı kimseye söylemeyeceklerdi. Hayatları pahasına bile. Onlar ne kadar sır tutmaya çalışsalar da, artık herkes bu sırrı biliyordu. Macun Derneği üyeleri bile! Dahası Macun Derneği üyeleri kendi aralarında Nemecsek'in adının kara kaplı kitaptan çıkarılması için kampanya bile başlatmışlardı. Ama anlaşamadıkları konular da vardı: Mesela bazıları önce küçük harflerle yazdığımız ismini büyük harflerle yazalım, sonra defterden silelim diyorlardı. Bazıları ise hiç uğraşmadan ismin derhal silinmesinden yanaydılar. Derneğin başkanı olan Kolnay ismin hemen değiştirilmesinden yana olduğundan, Barabás da doğal olarak önerinin tersini savunuyor, ismin harflerinin önce büyük harfe dönüştürülmesi ve sonra da defterden silinmesi için taraftar topluyordu.

Ama sonuçta bu tartışma çok önemli değildi. Bugün savaş günüydü. Herkes bugün öğleden sonraki, kaderlerini belirleyecek savaşı düşünüyordu. Latince dersinden sonra üst sınıflardan öğrenciler kafileler halinde Boka'yı aradılar. Savaşa katılmak, yardım etmek istiyorlardı. Boka ise hep aynı şeyleri tekrarlıyordu:

— Üzgünüz, ama yardım önerilerinizi kabul edemeyiz. Biz kendi ülkemizi kendimiz savunmak zorundayız. Kızıl Gömlekliler bizden daha güçlü olabilirler, ama olsun, biz de kurnazlıkla ve akılla onları yeneriz. Ayrıca bu işin sonu nereye varırsa varsın, biz tek başımıza savaşmak istiyoruz.

Yardım önerenler sadece diğer sınıflardaki öğrenciler değildi. Derslerin bittiğini müjdeleyen zil çaldığında, herkes yemek için eve koşarken, komşu binanın girişinde tezgâh açan şekerci bile Boka'ya yardım teklif etti.

— Delikanli, dedi, ben oraya gelirsem, hatlerini bildiririm onlara! Başka kimse de gerekmez. Tek başima atarim onlari oradan!

— Sağol, ama sen bu işi bize bırak, dedi Boka, biz hallederiz.

Okulun kapısında diğer öğrenciler Pál Sokağı Çocukları'nın etrafına toplanmışlardı. Herkes bir şeyler öneriyor, savaşta yararlı olabilecek yollar göstermeye çalışıyorlardı. Aralarında, Pál Sokağı Çocukları'na çabuk çelme nasıl takılır dersi vermek isteyenler bile vardı. Bazıları eğer gerek duyulursa Pál Sokağı Çocukları için casusluk yapabileceklerini söylüyorlardı. Bazıları ise sadece savaşı seyretmek için izin koparmaya çalışıyorlardı. Ama onlara da izin yoktu. Boka'nın talimatı kesindi: Savaş başlar başlamaz Arsa'nın kapıları kapatılacak, ancak Kızıl Gömlekliler dışarı püskürtülürken yeniden açılacaktı. Sonuçta okulun önündeki bu gürültülü kargaşa birkaç dakika içinde sona erdi. Çünkü çocuklar evlerine gitmek için acele ediyorlardı. Saat en geç ikide Arsa'da olmaları lazımdı. Daha karınlarını doyuracaklardı ve önlerindeki zaman süratle azalıyordu. Saat biri biraz geçerken okulun çevresinde artık kimse kalmamıştı. Şekerci de yavaştan tezgâhını toplamaya başlamıştı. Sadece okulun önünde, her işe koşturan okul hademesi oturmuş piposunu tüttürüyordu. Uzaktan uzaktan şekerciye de laf atıyordu:

— Yaylan bakalım! Senin tezgâhının da sonu geldi zaten! Yakında o pislik dolu şekerlerini hepten yasaklıyoruz!

Şekerci cevap vermeye bile tenezzül etmedi, omuz silkmekle yetindi. O, kapının önünde oturan bu hademeye göre bir beyefendi sayılırdı. Onun başında kırmızı fes vardı! Böyle hademelerin seviyesine inmez, mahalle atışmasına, laf sokuşturmaya girmezdi. Özellikle bu durumda... Çünkü hademenin söylediklerinde, her ne kadar acı veriyor da olsa gerçek payı olduğunu biliyordu.

Saat tam iki olduğunda Boka, başında, Pál Sokağı Çocukları'nın bayrağının renklerini taşıyan kırmızı-yeşil şapkayla Arsa'nın kapısında belirdiğinde, bütün ordu Arsa'nın ortasında hizaya girmiş onu bekliyordu. Gelebilecek herkes, ama herkes oradaydı. Bir kişi eksikti: Hasta olan Nemecsek! İşte bu yüzden Pál Sokağı Çocukları'nın ordusu savaş günü, yani tam da en gerekli olacağı gün nefersiz kalmıştı. Bu orduda bugün teğmenler, üsteğmenler vardı, hatta yüzbaşı vardı, ama asıl asker, yani ordunun temel direği Rákos Sokağı'ndaki bahçeli evde, küçük yatağında, ateşler içinde kıvranıyordu.

Boka Arsa'ya girer girmez komut verdi:

— Haz'rool!

Herkes topuklarını vurdu, hazırola geçti. Boka yine yüksek sesle komut vermeye başladı:

— Şimdi beni dinleyin! Barış dönemlerinde geçerli olan başkanlık rütbemi bırakıyorum! Şimdi artık savaş dönemine giriyoruz. Bu yüzden bugünden itibaren ben artık bir generalim.

O an herkes çok duygulanmıştı. Gerçekten de insanı yücelten, tarihi bir andı içinde bulundukları an. Savaşın arefesinde, başkanları Boka artık general olarak karşılarında duruyordu. Elbette, bu böyle olmalıydı. Çünkü savaş çıkmıştı ve vatan tehlikedeydi. Boka şöyle devam etti sözlerine:

— Ve şimdi savaş planını, son olarak, bir kez daha anlatacağım. Herkes iyi kulak versin.

Planını baştan sona bir daha anlattı. Aslına bakılırsa savaş planını herkes artık neredeyse ezbere biliyordu Ama buna rağmen hayranlıkla planı bir kez daha dinlediler. General, planı sonuna kadar bir daha anlattı ve ondan sonra da son komutu verdi.

— Şimdi herkes plandaki yerine geçsin!

Sıraya dizilen kıtalar düzen içinde dağıldılar. Herkes planda kendine ayrılan yere koşuşturdu. Kısa sürede mevzilerini aldılar. Boka'nın yanında sadece Csele kalmıştı. Csele her zamanki şıklığıyla, Nemecsek hasta olalı beri Boka'nın emir subaylığını üstlenmişti. Emir subayının bir iple boynuna astığı sarı borazanı da vardı. Borazanı ortak paralarıyla almışlardı. Bu savaş aracının 1 forint 40 krajcar'lık fiyatını denkleştirirken Macun Derneği'nin, Boka'nın savaş var gerekçesiyle el koyduğu parasını, yani 26 krajcar'ı da kullanmışlardı.

Çok güzel bir postacı borazanıydı. Tam bir asker borazanı gibi gürültülü ses çıkarıyordu. Borazanla duyuracakları üç ayrı işaretleri vardı. Biri, düşmanın geldiğini işaret ediyordu. İkincisi, hücum borusuydu. Üçüncü ise, herkesin generalin etrafında toplanması komutunu duyuruyordu. Bunları, yani hangi işaretin hangi anlama geldiğini dünkü tatbikatta iyice öğrenmişlerdi.

Tahtaperdenin üzerine oturup, ayaklarını Pál Sokağı'na doğru dışarı sarkıtan ve gözcülük görevini yerine getiren çocuk seslendi:

— Generalim!

— Ne oldu? Ne var?

— Efendim, bir hizmetçi geldi Arsa'ya, bir mektup getirmiş!

— Kimi arıyormuş?

— Diyor ki, mutlaka generalle görüşmesi lazımmış!

Boka tahtaperdeye doğru ilerledi.

— İyice bak, kız kıyafetine girmiş bir Kızıl Gömlekli olmasın sakın? Belki de casusluk için göndermişlerdir.

Tahtaperdenin tepesine tüneyen nöbetçi, iyice eğildi, baktı. O kadar eğildi ki, az kalsın duvardan aşağıya düşüyordu.

Sonra yine rapor verdi:

— Generalim, iyice baktım, gelen casus değil, gerçek bir hanım!

— Madem gerçek bir hanım, o zaman bırak gelsin!

Gidip kapıyı açtı. Gerçek hanım, içeri girdi, gözleriyle Arsa'yı şöyle bir taradı. Başını eşarpla bağlamamıştı. Ayaklarında ise terlikler vardı, sanki mutfağı yıkarken, hemen bir anlığına dışarı çıkıvermiş gibiydi.

— Geréb ailesinden bu mektubu getirdim, dedi, genç bey diyor ki, çok önemliymiş, çok acilmiş ve yanıt da vermeniz gerekiyormuş!

Boka mektubun zarfını açtı.

"Saygıdeğer Başkan Boka'ya" diye yazıyordu zarfın üzerinde. Aslında buna bir "mektup" demek de çok doğru olmazdı, çünkü sıradan bir mektup değil, bir sürü kâğıda yazılmış koca bir elyazmasıydı. Zarfın içinden mektup kâğıdı, karalama kâğıdı, not defterinden koparılmış bir yaprak, alışveriş kâğıdı çıktı. Yani Geréb eline ne geçmişse bir sürü kâğıda çiziktirmiş, uzun uzun bir şeyler anlatıyordu. Okumaya başladı.

Mektupta şunlar yazıyordu:

Sevgili Boka,

Benimle mektuplar aracılığıyla bile olsa konuşmak istemediğinin farkındayım, ama sizinle ilişkimi tamamen koparmadan önce son bir kez daha şan-

sımı denemek istiyorum. Şimdi artık hata yaptığımı çok iyi biliyorum. Ve sizin benim bu davranışımı hak etmediğinizi de... Babam sizin yanınıza geldiğinde o kadar harika davrandınız ki... Hele Nemecsek! Benim size ihanet ettiğimi babamdan gizleyen, beni ele vermeyen Nemecsek! Babam, benim hain olmadığımın ortaya çıkmasından o kadar mutlu olmuş ki, daha o gün eve gelirken, benim ne zamandır istediğim kitabı bana hediye olarak almış. Eve beni teselli etmek için Jules Verne'den Yanan Ada romanını getirdi. Ben de kitabı hemen Nemecsek'e götürdüm. Hediye olarak. Hiç okumadan, oysa o kitabı okumayı ne kadar çok istemiştim! Babam da ertesi gün kitabın nerede olduğunu sordu. "Kitap nerede? Haylaz çocuk!" dedi. Ben tabii nerede olduğunu söyleyemedim. Babama kitabın nerede olduğu üzerine mantıklı bir cevap veremedim. Bu sefer de babam çok kızdı! "Tabii götürüp sahaflara sattın değil mi? Seni allahın cezası, işe yaramaz çocuk! Bir daha sana asla hiçbir şey almayacağım!" Ceza da hemen başladı tabii. Önce öğle yemeğinden mahrum kaldım.. Ama ben bunları çok dert etmedim. Madem zavallı Nemecsek masum olduğu halde benim yüzümden acı çekiyordu, ben de masum olduğum halde, biraz da onun için seve seve acı çekebilirim, değil mi? Ama şimdi bunları laf arasında anlatıyorum sana, çünkü asıl bahsetmek istediğim konu bu değildi. Dün okulda bütün gün benle konuşmadınız. Ben ise bu süre içinde hatalarımı nasıl düzeltebileceğim üzerine kafa patlatıyordum. Sonunda çözümü buldum! Bu hatayı nasıl işlemişsem, aynı şekil-

de düzeltecektim! Planımı da hemen uygulamaya başladım: Yemekten sonra önce sizin yanınıza geldim ve sizin beni aranıza almayacağınızdan emin olunca da Füvészkert'e gittim: Amacım sizin için bir şeyler öğrenmekti... Nemecsek'in yaptığını yaptım. Biliyorsun, o da adanın ortasındaki ağaca tırmanmıştı. Ben de ağaca çıktım ve beklemeye başladım. Elbette ağaca çıkarken adada daha kimse yoktu. Aşağı yukarı dört civarında gelmeye başladılar. Yukarıdan önce bana küfrettiklerini duydum! Ama beni sevmemeleri ve hakkımda kötü konuşmaları beni rahatsız etmedi. Tam tersine, için için sevindim bile. Çünkü ben kendimi hâlâ Pál Sokağı çocuğu olarak görüyordum. Siz beni aranızdan atmış olsanız da bu böyleydi: Çünkü beni dışlayabilirsiniz, ama yüreğimde olanları değiştiremezsiniz. Bu yüzden, şimdi sen bana gülsen bile, ben o an Feri Áts'ın söylediklerini duyunca çok mutlu oldum. Şöyle dedi: "Bana kalırsa bu Geréb denen çocuk hâlâ bizle değil, düşmanlarımızla birlikte. Gerçek bir hain değil o! Bizi kandırdılar! Pál Sokağı Çocukları herhalde onu bizim aramızda olup biteni öğrenmek için gönderdiler! Casusluk yapması için..." Sonra, savaşı erteleme kararı aldılar, çünkü Nemecsek geçen gün konuşmaları duyduğu için, sizin savaşa hazırlık yapıp, onları bugün orada bekleyeceğinizi düşünüyorlar. Kararlarına göre, yarın saldıracaklar. Hatta bir kurnazlık daha düşündüklerini fark ettim, ama bunu o kadar alçak sesle konuşuyorlardı ki, sesleri benim bulunduğum yere kadar gelmiyordu. Bu yüzden konuşmalarını işitebilmek için ağaçta birkaç dal daha aşağıya inmem gerekti. Ama inerken dallar çatırdadı ve Wendauer şöyle dedi: "Bu ne gürültü! Yoksa Nemecsek yine ağaca mı tırmandı?" Ama bu sadece bir şakaydı ve gülüştüler, kimse kafasını kaldırıp yukarı bakmadı bile. Ama zaten baksalardı da göremezlerdi, çünkü o ağacın yaprakları, biliyorsun çok sıktır. Düşündükleri kurnazlık şu: Yarın saldıracaklar, ama saldırı planında hiçbir değişiklik yapmayacaklar. Yani savaş planı, Nemecsek'in gizlice tanık olduğu ve sana anlattığı planla aynı! Değişiklik yok! Feri Áts söyle düşünüyor: "Bunlar şimdi sanıyorlar ki, Nemecsek planları duydu diye biz yeni bir saldırı planı yapacağız. Tam tersine! Biz planlarda hiçbir değişiklik yapmayacağız! Onlar ise değişiklik beklediklerinden sürprizle karşılaşacaklar." İşte bu kararları aldılar. Sonra da silahlı talim yaptılar! Ben ise altı buçuğa kadar, kuş gibi ağacın tepesinde tünedim! İçinde bulunduğum durum çok tehlikeliydi! Eğer beni fark etselerdi başıma gelebilecekleri tahmin ediyorsundur. Artık tutunmakta bile güçlük çekiyordum, çok yorulmuştum ve eğer altı buçukta talimi bitirip adadan ayrılmamış olsalardı, iyice olgunlaşmış bir şeftali gibi aralarına düşebilirdim! Oysa ne ben bir şeftaliydim ve ne de o ağaç bir şeftali ağacı! Neyse şaka bir yana, şimdi önemli olan sana biraz önce anlattıklarım. Sonunda saat altı buçuğa doğru ada boşalınca ben de ağaçtan indim ve eve gittim. Yemekten sonra da mum ışığında Latince çalışmak zorunda kaldım, çünkü bütün gün öğleden sonra ağaç tepesinde olduğum için Latinceye zaman kalmamıştı tabii. Sevgili Boka! Tüm bunların ardından *senden tek istediğim bana inanmandır! Lütfen bu yazdıklarımın yalan olduğunu sanma! Lütfen sizi kandırmaya çalıştığımı, Kızıl Gömlekliler'in bir ajanı gibi davrandığımı düşünme! Bütün bunları, aranıza yeniden katılabilmek, bunu hak etmek ve beni affetmenizi sağlayabilmek için yazıyorum. Bundan böyle her zaman sizin sadık bir askeriniz olacağım! Beni üsteğmenlikten azletsen bile, kabulümdür! Sizin aranıza rütbesiz bir asker olarak bile katılmaya razıyım! Hele şimdi: Nemecsek hastayken, rütbesiz asker olarak bir tek Janó'nun köpeği kalmışken... Ayrıca o bir köpek, olsa olsa ordu köpeği olabilir! Yani gerçek bir nefer değil! Ben ise bir askerim! Eğer şimdi beni affedersen ve tekrar aranıza katılmama izin verirsen, ben koşa koşa gelirim ve savaşa da katılırım! Ve kendimi sizinle birlikte savaşırken, çarpışmaların içinde affettireceğimden hiç kuşkun olmasın! Lütfen, kararını Mari'ye söyle, beni kabul edip etmediğiniz mesajını bana ilet. Çünkü bu mektubu Arsa'ya getiren Mari orada cevabını beklerken, ben de Pál Sokağı'nda 5 numaralı binanın girişinde senden gelecek cevabı bekliyorum. Daima sadık arkadaşın olarak kalacağım:*

Geréb

Boka mektubun sonuna geldiğinde Geréb'in artık yalan söylemediğine inanıyordu. Hatta artık değiştiğini, tekrar aralarına katılabileceğini de düşünüyordu. Emir subayı Csele'yi yanına çağırdı.

— Üç numaralı boruyu çal, yani herkes toplansın!

— Ne cevap götüreyim? diye sordu mektubu getiren hizmetçi Mari.

— Mari, sizin biraz beklemeniz gerekiyor, dedi general komut verir gibi.

Ve küçük borazan çalmaya başladı. Keskin bir perdeden yükselen borazan sesine ağaçların arasından, mevzilerden yükselen çocuk başları cevap verdi. Ne olduğunu anlayamayan küçük askerler önce tedirgin bir şekilde çevrelerini kolaçan ettiler. Ve generallerinin sakin durduğunu, tehlike olmadığını görünce mevzilerinden çıkıp göz açıp kapayıncaya kadar generallerinin etrafında toplandılar. Boka yüksek sesle mektubu okudu. Sonra da sordu:

— Ne dersiniz? Tekrar aramıza katılmasına izin verelim mi?

Haklarını teslim etmek lazım, bu çocuklar iyi kalpli çocuklardı. Hepsi bir ağızdan bağırdılar:

— Eveet!

Bunun üzerine Boka yanında duran hizmetçi kıza döndü:

— Söyleyin, gelebilir. Cevabımız böyle!

Hizmetçi kız Mari tam bir şaşkınlık içindeydi: Etrafındaki askerlere, silahlara, şapkalara bakıyor, bütün bu olup bitene anlam vermeye çalışıyordu... Sonunda gerisingeri döndü ve hızla kapıya doğru yöneldi.

— Richter! diye seslendi Boka kız gidince, Geréb'e senin yanında görev vereceğim. Ama senin ona dikkat etmen lazım. Eğer şüpheli davranmaya başlarsa hemen karga tulumba odunluğa kapatacaksın. Tamam mı? Aslında öyle bir tehlike olacağını sanmıyorum. Ama yine de dikkat etmemiz lazım. Bugün savaş yok, öyle anlaşılıyor. Bugün için planladığımız her şey yarına kalıyor. Madem onlar savaş planlarını değiştirmediler, o halde biz de değiştirmiyoruz.

Tam sözlerine devam etmek üzereydi ki, hizmetçi kızın biraz önce çıktığı ve henüz tam olarak kapatılmamış olan kapıdan biri hızla içeri girdi. Gelen Geréb'di! Yüzünde bir gülümseme vardı. Sanki kovulduğu cennete geri dönüyor gibi mutluydu. Orduyu görünce gülümsemesi daha da arttı. Boka'ya doğru yaklaştı. Herkesin gözleri onun üzerindeydi. Elini şapkasına götürüp asker selamı verdi. Başında Pál Sokağı Çocukları'nın kırmızı-yeşil şapkası vardı.

— Generalim! Emirlerinizi bekliyorum!

— Tamam, dedi Boka, sıradan bir tavır takınarak, Richter'in yanında olacaksın. Şimdilik bir nefer olarak! Bakalım savaşta nasıl davranacaksın. Eğer hak edersen eski rütbeni tekrar kazanabilirsin.

Sonra askerlere döndü:

— Ve size gelince! Kimse Geréb'le, onun geçmişteki hatalarıyla ilgili bir şey konuşmayacak! Anlaşıldı mı? O günahlarını temizlemek istiyor! Biz de onu affediyoruz. Kimsenin onu üzmeye, hatalarını yüzüne vurmaya hakkı yok. Ona da bu konuda konuşmayı yasaklıyorum. Çünkü bu konu artık kapanmıştır!"

Arsada derin bir sessizlik vardı. Herkes Boka'ya hak veriyor, onun doğru yaptığına inanıyordu. Şöyle düşünüyorlardı:

"Bu gerçekten de çok akıllı bir çocuk! Aramızda general olmayı gerçekten hak ediyor!

Richter de bu arada Geréb'e yarınki çarpışmada görevinin ne olacağını anlatmaya başlamıştı bile. Boka da Csele'yle bir şeyler konuşuyordu. Arsa'daki bu sakin ortam tahtaperdenin üzerinde oturan gözcünün, sokağa doğru sarkıttığı ayağını panik içinde içeri çekmesiyle bölündü. Yüzü korku içindeydi, bir şeyler geveliyordu:

— Generalim... Düşman geliyor!

Boka yıldırım gibi, bir sıçrayışta kapıya ulaştı, kapattı, sürgüledi. Herkes, Richter'in yanında duran, beti benzi sapsarı olmuş Geréb'e bakıyordu. Boka öfkeyle bağırdı:

— Yalan söyledin demek! Yani yine yalan söyledin!

Geréb şaşkınlıktan ne cevap vereceğini şaşırmıştı. Richter koluna sarıldı, sıkıca tuttu.

— Neler oluyor? Ne demek bu! Konuş! diye haykırdı Boka.

Geréb nihayet bir şeyler kekelemeye başladı:

— Belki... Belki beni fark etmişlerdir ağacın üzerinde... Belki bununla sizi yanlış yönlendirmek istediler...

Gözcü tekrar sokağa baktı sonra duvarın üzerinden Arsa'ya doğru atladı ve arkadaşlarının yanında sıraya girdi, silahını doğrulttu:

— Kızıl Gömlekliler geliyor!

Boka kapıya gitti, açtı. Cesaretle kapıdan dışarı çıktı. Yolun ortasında durdu, gelenlere baktı. Kızıl Gömlekliler gerçekten geliyorlardı. Ama sadece üç kişiydiler. Gelenler iki Pásztor kardeş ile Szebenics'ti. Boka'yı görünce Szebenics paltosunun altından beyaz bir bayrak çıkardı ve sallamaya başladı. Elinde barış bayrağıyla seslendi:

— Elçi olarak geliyoruz!

Boka Arsa'ya geri döndü. Şimdi birden ve düşünmeden suçladığı için Geréb'e karşı biraz muhcubiyet duyuyordu. Richter'e seslendi:

— Bırak kolunu! Gelenler sadece elçi! Beyaz bayrakla geliyorlar. Affedersin, Geréb!

Zavallı Geréb derin bir nefes aldı. Suçsuz olduğu halde az kalsın başı tekrar belaya giriyordu. Ama gözcü de payına düşen azarı işitti.

— Sen de, diye bağırdı gözcüye Boka, bundan böyle

ortalığı telaşa vermeden önce gelenin kim olduğuna biraz daha dikkatli bak! Korkak tavuklar gibisin! Sonra da ordusuna yeni komutlar verdi:

— Geriye, herkes ağaç yığınları arasına! Benim yanımda kimseyi görmesinler! Sadece Csele ve Kolnay kalabilir!

Ordu uygun adım kereste yığınlarının arasına doğru kaçtı, saklandı. Geréb'in de aralarında olduğu askerler şimdi artık gözlerden uzaklaşmışlardı. Son kırmızı yeşil kasket de kaybolmuştu ki, elçiler kapıyı çalmaya başladılar. Generalin emir subayı kapıyı açtı. Elçiler Arsa'ya girdiler. Sırtlarında kırmızı gömlek, başlarında kırmızı şapka vardı. Szenebics elindeki beyaz bayrağı yukarıya kaldırdı.

Boka savaş raconunu iyi biliyordu. Elindeki mızrağı duvara dayadı ve mızrağın yanından uzaklaştı. Madem gelenler silahsızdı, onun da silahı olmamalıydı. Kolnay ve Csele de aynen Boka'nın yaptığı gibi yaptılar, silahlarını bıraktılar. Csele liderinden geri kalmamak için borazanını bile yere bıraktı.

Büyük Pásztor elçiler arasından bir adım öne çıktı.

— Savaş komutanı siz misiniz?

Csele yanıt verdi:

— Evet, generalimiz odur!

— Biz elçi olarak geldik, dedi Pásztor. Bu elçi heyetinin başkanı da benim. Geliş nedenimiz de, liderimiz Feri Áts adına size savaş ilan etmektir!

Liderlerinin adını söylerken delegasyon üyeleri hazırola geçip selam verdiler. Bu arada nezaket kurallarına uyarak Boka ve arkadaşları da elleirini şapkalarına götürdüler. Pázstor konuşmasını sürdürdü:

— Biz size habersiz saldırmak istemiyoruz. Saat tam iki buçukta geleceğiz. Bunu söylemek istedik. Bu yüzden geldik. Cevap verecek misiniz?

Boka bu anın çok önemli bir an olduğunun farkındaydı. Konuşmaya başladığında sesi biraz titriyordu.

— Savaş ilanını kabul ediyoruz! Ama bazı konularda anlaşmamız lazım! Ben bunun kuralsız bir kavga olmasını istemiyorum.

— Biz de istemiyoruz, dedi Pásztor ciddiyeti hissedilen ağır bir ses tonuyla. Konuşurken, her zaman yaptığı gibi, başını biraz yana eğiyordu.

— Bence, dedi Boka, toplam üç savaş biçimi kabul etmeliyiz: Kum bombaları olabilir; kurallara göre güreş olabilir; ve mızrak düollosu olabilir! Kuralları da biliyorsunuz, değil mi?

— Evet!

— Güreşte her iki omuzu da yere değen asker, yenilmiş demektir, yani bir daha güreş tutamaz! Ama diğer iki kavgaya katılabilir! Anlaştık mı?

— Evet, anlaştık!

— Mızraklarla ise dürtmek ya da vücuda vurmak yok! Mızraklar mızrak düollosu kurallarına göre kullanılacak. Tamam mı?

— Evet!

— Ve iki kişi tek kişiye karşı savaşamaz! Ama gruplar gruplara karşı, sayılara bakılmaksızın savaşabilir. Kabul ediyor musunuz?

— Evet, kabul!

— Benim söyleyeceklerim bu kadar!

Boka elini şapkasına götürüp selam verdi. Gelen elçiler de aynı şekilde selam durdular. Ardından delegasyonun başkanı Pásztor yine söz aldı:

— Bir şey daha sormak istiyorum. Liderimiz, Nemecsek'le ilgili bilgi edinmemizi istedi. Nemecsek'in durumu nasıl? Hasta olduğunu duyduk. Eğer gerçekten hastaysa, onu ziyaret etmemiz için de görevlendirildik. Çünkü o bizim karargâhımızda geçen sefer çok cesurca ve onurlu davrandı ve biz cesur kişilere saygı duyarız.

— Rakos Sokağı üç numarada oturuyorlar. Durumu iyi değil, çok hasta!

Düşman delegasyonu hazırola geçti. Szebenics elindeki bayrağı tekrar yukarı kaldırdı. Pásztorlar da elleriyle selam verdiler. Ve ardından elçilerin komutanı büyük Pásztor'un sesi duyuldu:

— Geriye döön! İleriii! Marş! Elçiler daha sokağın başına varmamışlardı ki, Arsa'dan boru sesi yükseldi: General ordusunu çağırıyordu. Olup bitenler hakında onlara bilgi vermek istiyordu.

Arsada bunlar olup biterken, delegasyon da Rakos Sokağı'na doğru yol alıyordu. Nemecsek'lerin oturduğu evi bulup evin önünde durdular. Kapıda oyun oynayan bir kız vardı.

— Nemecsek bu evde mi oturuyor?

— Evet! dedi küçük kız ve onları Nemecsek ailesinin zemin kattaki dairelerinin önüne kadar götürdü. Dairenin girişinde, duvarda minik maviye boyalı bir metal levhada şunlar yazılıydı: "András Nemecsek, terzi".

Kapıyı çaldılar. Kapı açıldığında iyi terbiye edilmiş çocuklar gibi selam verdiler. Niye geldiklerini anlattılar. Nemecsek'i ziyaret etmek istiyorlardı. Nemecsek'in annesi, oğluna çok benzeyen bu narin yapılı sarışın kadın, çocukları "neferin" yattığı odaya geçirdi. Szebenics beyaz bayrağı burada da kaldırıp, salladı. Ve yine büyük Pásztor bir adım öne çıktı.

— Feri Áts sana selam gönderiyor. Bir an önce iyileşmeni diliyor.

Yatakta bitkin bir şekilde yatan ufaklığın sarışın saçlarının çevrelediği bembeyaz yüzünde bir gülümseme belirdi.

— Savaş ne zaman?

— Yarın!

Çocuk hüzünlendi.

— O zaman ben orada olamayacağım demektir. Elçiler buna bir cevap veremediler, susmakla yetindiler. Sonra herbiri Nemecsek'le tokalaştı. Sonunda her zaman yabani bakışlı olan Pásztor, duygularını çok da saklamadan, "Affet beni" dedi.

— Tamam, affettim, dedi Nemecsek ve öksürmeye başladı. Tekrar başını yastığa bıraktı. Sonra Pásztor şunları söyledi:

— Biz artık gidiyoruz.

Beyaz bayraklarını kaldırdılar, selam verdiler. Sonra da odadan çıktılar. Mutfaktan geçerek doğruca çıkış kapısına yöneldiler. Orada Nemecsek'in annesi onları bekliyordu.

— Siz hepiniz... hepiniz o kadar iyi çocuklarsınız ki... benim zavallı oğlumu ne kadar da çok seviyorsunuz... şimdi her birinize birer bardak sıcak çikolata vereceğim...

Elçiler birbirlerine baktılar. Çikolata çok cazipti elbette! Ama sonunda Pásztor yine bir adım öne çıktı. İlk kez kahverengi saçlı güzel başını öne yana eğmeden, gururla dimdik tutarak şöyle dedi:

— Hayır! Biz çikolatayı hak etmedik!

Ve uygun adım yürüyerek evden çıktılar.

VIII.

Savaş günü geldi çattı! Ilık bir bahar günüydü, ama sabah daha yağmur yağıyordu ve çocuklar sınıfın pencerelerinden tedirginlikle dışarıyı izliyorlardı. Savaşın yağmur engeline takılmasından endişe ediyorlardı. Neyse ki, öğleye doğru yağmur dindi, bulutlar dağıldı, gökyüzü açtı. Saat bir civarında çocuklar okuldan evlerine giderken güneş artık iyiden iyiye ortalığı ısıtmaya başlamıştı. Yollardaki parke taşları güneşin etkisiyle kurumaya yüz tutmuştu. Rüzgâr Buda tepelerinden tertemiz bir havayı şehre taşıyordu. Bir "savaş" için olabilecek en güzel havaydı bu. Başka ne istenebilirdi? Kum bombası yapmak amacıyla kale burçlarına taşınan kumlar biraz ıslanmıştı doğrusu, ama yağmur uzun sürmemişti. Birkaç saat sonra kumlar kurumuştu bile. Bombalar da kullanılabilir durumdaydı.

Saat birde herkes evine gitti. Acele ediyorlardı, çünkü zaman azdı. Bir an önce yemeklerini yiyip çıkmak istiyorlardı. Sonuçta ikiye çeyrek kala bütün ordu Arsa'da toplanmış, harekete hazır bekliyordu. Bazıları yemekte bitiremedikleri ekmek dilimlerini ceplerine koymuşlar, zaman zaman küçük parçalar halinde koparıp ağızlarına atıyorlardı. Dünkü heyecandan eser yoktu. Çünkü dün daha ne olacağı kesin belli değildi. Sonra elçilerin gelişi bu bilinmezliği ortadan kaldırmıştı. Artık beklenti hâkimdi. Şimdi artık düşmanın ne zaman geleceğini, savaşın nasıl olacağını biliyorlardı. Herkes bir an önce çarpışmanın başlamasını arzu ediyordu. Savaşın heyecanını yaşamak istiyorlardı. Boka son yarım saat içinde planlarında değişiklik yapmıştı. Arsada toplanan çocuklar dördüncü ve beşinci kale arasında geniş ve derin bir hendeğin kazılmış olduğunu fark ettiler. Bazıları korkup, bunun düşman tarafından kazıldığını düşünerek hemen Boka'nın yanına koştular:

— Hendeği gördün mü?

— Evet!

— Peki, kim yaptı bunu?

— Bu sabah Janó kazdı! Ama kazmasını ben söyledim!

— Sen mi söyledin? Neden?

— Çünkü planlarımızın bir kısmı değişti! Bu yüzden!

Elindeki notlara bir kez daha göz gezdirdi, ardından da A ve B müfrezelerinin komutanlarını yanına çağırdı.

— Şu hendeği görüyor musunuz?

— Evet!

— Peki, dedi Boka. Siper nedir, biliyor musunuz?

Duymuşlardı ama, pek bildikleri söylenemezdi.

— Siper, dedi Boka, askerlerin düşmanın görmemesi için içine çekildiği çukur, yani saklandıkları yerdir. Zamanı geldiğinde oradan çıkıp düşmanla çarpışmaya girerler. Ben savaş planında birkaç değişiklik yaptım. Siz eskiden kararlaştırdığımız gibi, Pál Sokağı kapısında beklemeyeceksiniz. Bunun çok yararlı olmadığını anladım. Siz kapıda değil, bu siperin içinde bekleyeceksiniz. Düşman Pál Sokağı tarafındaki kapıdan girince, kaledekiler derhal bombalamaya başlayacaklar.

Düşman da bombaların geldiği kalelere doğru ilerleyecek. Çünkü kalelerin altındaki bu siperi fark etmeyecek. Size iyice yaklaştıklarında, yani size ulaşmalarına beş adım falan kaldığında, siperden kum bombardımanına başlayacaksınız. Bu arada kaleler de ateşe devam edecek. Ardından siz siperden çıkacak ve düşmanın üzerine hücum edeceksiniz. Ama daha hemen onları kapıya doğru sürmeyeceksiniz. Çünkü tek başınıza bunu yapamazsınız. Diğerlerinin Maria Sokağı tarafında işlerini bitirmesini bekleyeceksiniz. Ben işaret verdiğimde, yani hücum borusu çaldığında, ancak o zaman onları kapıya doğru püskürtmeye başlayacağız. Biz Maria Sokağı tarafındakileri kulübeye hapsettiğimizde, birinci ve ikinci kaledeki askerlerimiz diğer kalelere geçtiklerinde ve Maria Sokağı tarafındaki müfrezeler de yardıma geldiğinde, ancak o zaman onları sokağa süreceğiz. O zamana kadar sizin göreviniz onların ilerlemesini durdurmak olacak. Anlaşıldı mı?

— Elbette.

— İşte ben hücum borusunu o zaman çaldıracağım. Çünkü o zamana kadar onların ordusunun yarısını kulübeye kapatmış olacağız. Bu ise bizim sayımızın, onların iki katına ulaştığı anlamına gelir. Ve kurallara göre, eğer gruplar gruplara karşı savaşıyorlarsa, o zaman sayıları önemli değil, yani bizim onlardan daha kalabalık olmamız suç sayılmaz. Sadece bireysel güreşte sayı önemli. Yani iki kişi tek kişiye karşı savaşamaz.

Bunları anlatırken, Janó da elinde kazmayla hendeği düzeltiyordu. Bir el arabası kum getirmiş, siperin kıyılarına set yapıyordu.

Kale görevlileri de kale burçlarını oluşturan kereste yığınlarının üzerinde son hazırlıkları yapmaya başladılar. Burçlar öyle mükemmel hazırlanmıştı ki, tahtaların arasından çocukların sadece başları görünüyordu. Aşağıdan bakıldığında eğilip, kalktıkları fark ediliyordu. Kum bombaları hazırlıyorlardı. Her bir kale burcunun tepesinde küçük yeşil-kırmızı bayraklar dalgalanıyordu. Sadece köşedeki, yani üçüncü burcun üzerinde bayrak yoktu. Bu kale Feri Áts'ın gelip bayrağı çaldığı kaleydi. Çalınan bayrağın yerine yenisini hazırlamamışlardı, çünkü burada eksik olan bayrağı savaşta geri almayı umuyorlardı.

Evet ama, hatırlayacak olursak, pek çok maceralar yaşayan bu bayrak en son Geréb'deydi. Bayrağı önce Feri Áts, Pál Sokağı'ndaki Arsa'dan çalmış ve Kızıl Gömlekliler'in Füvészkert'teki karargâhına götürmüştü. Sonra bayrağı Nemecsek depodan çalmıştı. Nemecsek'in minik ayaklarının izlerini yerlere serptikleri kumda fark etmişlerdi. Ardından o unutulmaz gece, sarışın ufaklık ağaçtan Kızıl Gömlekliler'in arasına inince Pásztor kardeşler bayrağı Nemecsek'in kolunu büküp elinden zorla almışlardı. Böylece bayrak yeniden Kızıl Gömlekliler'in balta ve mızraklarının bulunduğu silah deposuna geri götürülmüştü. Sonra da Geréb bayrağı fark ettirmeden alıp Pál Sokağı Çocukları'na geri vermek istemişti. Ama Boka daha o gün bayrağı kabul etmeyeceklerini söylemiş ve ancak savaşarak geri alacaklarını da ilan etmişti. Onlar bayraklarını dürüst bir çarpışmayla elde etmek istiyorlardı.

Sonuç olarak dün, Kızıl Gömlekliler'in elçileri Pál Sokağı'ndan geri döner dönmez, bu kez de Pál Sokağı elçileri Füvészkert'e doğru yola çıkmıştı.

O sırada Kızıl Gömlekliler Füvészkert'te büyük bir toplantı yapıyor, durumu değerlendiriyorlardı. Pál Sokağı elçilerine Csele başkanlık ediyordu. Yanında da Weisz ve Csónakos vardı. Csele paltosunun altına beyaz bir bayrak saklamıştı. Kırmızı-yeşil bayrağı da, bir kâğıda sarılı olarak Weisz götürüyordu.

Tahta köprüde nöbetçiler elçileri durdurdular:

— Dur! Nereye gidiyorsunuz?

Csele paltosunun altına sakladığı beyaz bayrağı çıkardı ve eliyle havaya doğru kaldırdı. Hiçbir şey de söylemedi. Nöbetçiler bu durumda ne yapılması gerektiğini bilmiyorlardı. Bu yüzden adaya doğru seslendiler.

— Huya hop! Yabancı birileri geldi.

Sesleri duyan Feri Áts köprüye geldi. O, beyaz bayrağın ne anlama geldiğini biliyordu. Elçilerin adaya girmesine izin verdi.

— Elçi misiniz?

— Evet.

— Ne istiyorsunuz?

Csele bir adım öne çıktı:

— Bizden bir zamanlar çaldığınız bayrağı size geri getirdik. Bizim elimize geçmişti, ama biz bu şekilde istemiyoruz. Yarın savaşa gelirken bu bayrağı da getirmeyi unutmayayım. Eğer savaşta sizden çarpışarak geri alabilirsek tamam, ama savaşı siz kazanırsanız, bayrağı alamazsak, o zaman bayrak sizde kalır. Komutanımız size bu mesajı iletmemizi istedi.

Csele, Weisz'e işaret verdi. Bu işaret üzerine Weisz yavaş hareketlerle bayrağı sarılı olduğu kâğıttan çıkardı ve geri vermeden önce öptü.

— Szebenics! diye seslendi Feri Áts.

— Burada yok! dedi aralarından biri.

Csele:

— Biraz önce bizim oradaydı, elçi olarak gelmişti, dedi.

— Evet, dedi Feri Áts, unutmuşum. O zaman silah deposunun muhafız yardımcısı gelsin!

Çalılıkların içinde Wendauer çıktı. Komutanının önünde hazırola geçti.

— Elçilerden bayrağı al ve silah deposuna götür.

Sonra da elçilere doğru döndü:

— Bayrağınız yarınki çarpışmada Szebenics'in elinde olacak. Komutanınıza bu mesajı iletin. Csele beyaz bayrağını kaldırıp, artık gitmek üzere olduklarının işaretini veriyordu ki, Kızıl Gömlekliler'in lideri yeniden konuşmaya başladı:

— Bu bayrağı, dedi, Geréb getirdi size, öyle değil mi?

Kimse cevap vermedi.

— Geréb miydi?

Csele hazırola geçti:

— Bu konuda size bilgi veremem! dedi asker disipliniyle. Sonra da kendi askerlerine doğru komut verdi:

— Dikkaat! Geri dön! Marş!

Ve düşman ordusunun generalini orada öylece bırakıp yürümeye başladılar.

Csele'ye herkes çıtkırıldım diye takılırdı hep. Gerçekten süslü giyinirdi, ama bütün bunlara rağmen, kabul etmek gerekir ki, şu an yaptığı çok askerce bir davranıştı. Hiç kimse hakkında düşmana bilgi vermemek gerekir, diye düşünüyordu. Söz konusu kişi bir hain bile olsa.

Feri Áts o anda bu elçiler tarafından hakarete uğradığını düşündü. Wendauer yanında dikilmiş duruyor, bir elinde bayrak, ona bakıyordu.

— Ne duruyorsun burada! Çabuk! Bayrağı yerine koy!

Wendauer bayrağı depoya götürürken bir yandan şöyle düşünmekten kendini alamıyordu: "Kim ne derse desin, bu Pál Sokağı Çocukları gerçekten de muhteşem çocuklar! Bravo onlara! Bak, herkesin önünde titrediği bu Feri Áts'a nasıl cevaplar verdiler!"

İşte bayrak tekrar Kızıl Gömlekliler'in eline böyle geçmişti ve üçüncü kalede bu yüzden bayrak eksikti.

Nöbetçiler duvarların üzerinde yerlerini almışlardı. Biri Maria Sokağı'na, diğeri de Pál Sokağı'na doğru oturmuş, yolu gözlüyorlardı. Kaleleri oluşturan kereste yığınları arasındaki minik sokaklarda hummalı bir çalışma vardı. Bir ara Geréb gruptan ayrıldı, Boka'nın yanına geldi:

— Generalim, bir sorunumu arz etmek isterim.

— Nedir o?

— Generalim, siz bana dediniz ki, görev yerim, üçüncü kale. Buna göre orada topçu olarak görev yapacağım, düşmana kum bombası atacağım. Oranın tam köşede olduğu için tehlike taşıdığını ve ayrıca kaleden bayrağın da eksik olduğunu söylediniz. Hani benim bir kez geri getirdiğim bayrak. Dolayısıyla orası da sıradan bir yer değil, ama...

— Evet, peki ama ne istiyorsun?

— Sizden beni daha tehlikeli bir yerde göreve sürmenizi talep ediyorum. Aslına bakacak olursak, ben Barabás'la konuştum bile. Barabás hendekte, yani siperde görev yapacaktı. Ama o iyi bir nişancı. Bu yüzden, kum bombalarının atılacağı kale burçlarında daha yararlı olur. Ben ise siperde kalıp, göğüs göğüse kavga etmek istiyorum. Lütfen buna izin verin.

Boka uzun uzun Geréb'i süzdü.

— Sen çok dürüst bir arkadaşımızsın, her şeye rağmen, Geréb.

— Orada savaşabilir miyim?

— Evet!

Geréb asker selamı verdi, ama gitmedi. Generalin önünde beklemeye devam ediyordu.

— Başka ne var? dedi Boka.

— Sadece şunu söylemek istiyorum ki...

Asker bir şeyler mırıldanıyordu. Sıkıntılıydı, bir şeyin onu rahatsız ettiği belliydi.

— Yani, "dürüst bir arkadaşımızsın" dedin bana, buna çok sevindim. Ama "her şeye rağmen" diye de eklemen bana çok acı verdi.

Boka gülümsedi:

— Bu konuda elimden bir şey gelmez dostum. Bunun nedeni sensin. Ama şimdi duygulanmanın ne yeri ve ne de sırası. Gerii dön! Sipere marş.

Geréb döndü ve uygun adım, görev yapacağı yere, yani sipere gitti. Mutluydu. O mutlulukla hemen siperde biriktirilen nemli kumlardan bomba yapma işine koyuldu. Üstü başı kumlu bir oğlan siperden kafasını çıkardı. Barabás'tı bu. Boka'ya doğru seslendi:

— İzin verdin mi ona?

— Evet, diye yanıt verdi general.

Demek ki burada Geréb'e henüz yeteri kadar güvenilmiyordu. Ama ihanet eden bu tür sonuçları hesaba katmalıydı. Doğru şeyler söylese bile her zaman kontrol edilecekti. Generalin sözleri şimdi kuşkuları dağıtmıştı. Barabás siperden çıktı ve köşedeki kaleye tırmandı. Kaledeki komutana asker selamı verdi. Bir şeyler konuştular sonra eğilip işe koyuldular. Hazırlanan bombaları istif ediyorlardı.

Böylece birkaç dakika daha geçti. Bu süre çocuklar için birkaç saat gibi uzun geliyordu. Sabırsızlık had safhadaydı. Sonunda birileri yüksek sesle konuşmaya başladı:

— Acaba fikir mi değiştirdiler?

— Korkmuş olmasınlar?

— Bence yeni numaralar peşindeler!

— Göreceksiniz, gelmeyecekler!

Henüz saat ikiyi birkaç dakika geçmişti ki, generalin emir subayı, at sırtında gider gibi hareketlerle bütün kaleleri dolaştı. Herkes fısıldaşmayı bıraksın, mevzideki yerini alsın ve hazırola geçsin komutunu verdi. Çünkü general mevzilerde son teftişi yapacaktı. Emir subayı son kaleye de bu komutu iletirken, ilk mevzide çatık kaşlı ve ciddi general teftişe başlamıştı bile. Önce Maria Sokağı'ndaki kıtaları denetledi. Orada her şey tamamdı. İki müfreze, biri kapının sağında ve diğeri de solunda dimdik duruyordu. Müfreze komutanları bir adım öne çıktılar.

— Tamam, dedi general. Görevinizi biliyorsunuz, değil mi?

— Evet, biliyoruz. Kaçar gibi yapacağız.

— Sonra da arkalarından saldırın.

— Evet generalim.

Sonra sıra kulübenin denetlenmesine geldi. Kapıyı açtı, kocaman paslı anahtarı kapının iç kanadından çıkardı, kapının kilidine dışardan taktı. Anahtarı kilidin içinde çevirdi, çalışıp çalışmadığını da kontrol etti. Sonra ilk üç kaleye baktı. Her kalede ikişer kişi göreve hazır bekliyordu. Kum bombaları sıra sıra dizilmişti. Üçüncü kale burcunda, diğerlerinde olandan üç kat daha fazla bomba hazırlanmıştı. Çünkü burası ana burçtu. Burada üç topçu görevde olacaktı. Generali gören askerler selam çakıyorlardı. Dördüncü, beşinci ve altıncı burçlarda, her olasılığa karşı ihtiyat bombaları da hazırlanmıştı.

— Bu bombalara dokunmayacaksınız, dedi Boka. Çünkü yedek bombalar eğer diğer burçların topçuları da bu burca sevk edilirse kullanılacak. O zaman bunlarla ateşe başlayacaksınız.

— Emredersiniz komutanım!

Beşinci burçtakiler heyecandan mide krampları geçiriyor olmalıydılar, çünkü Boka tırmanırken heyecanlı askerlerden biri yukardan haykırdı:

— Dur! Sen kimsin!

Diğeri arkadaşını dirseğiyle ikaz etti. Boka ise kızmıştı:

— Generalini bile tanımıyor musun sen? Sıpa! Sonra da kendi kendine söylendi:

— Böylelerini hemen kurşuna dizmek lazım!

Heyecanlı asker korkudan dehşete kapıldı. Burada şimdi kurşuna dizilmesinin mümkün olmadığı aklına gelmiyordu. Boka da, her zamanki sağduyulu tavırlarının aksine, şimdi akılsızca şeyler söylemişti. Buna benzer konuşmaları çok ender olurdu.

General teftişine devam etti. Şimdi siperin önüne gelmişti. Derin hendeğin içinde iki müfreze mevzilenmişti. Tam ortalarında da yüzünde mutlu bir gülümsemeyle Geréb duruyordu. Boka siperin önündeki toprak birikintilerinin üzerine çıktı.

— Arkadaşlar! dedi. Bu savaşın kaderini siz belirleyeceksiniz. Maria Sokağı'ndaki müfrezelerimiz işlerini bitirene kadar siz, karşıdan gelecek düşmanı durdurabilirseniz, bu çarpışmayı kazanırız. Bunu hiç unutmayın!

Hendeğin içindeki askerler haykırmaya başladılar. Siperde çömelmiş oturan çocukların yüzleri heyecandan kızarmıştı. Minik çocuk askerler yerlerinden bile kalkmadan coşkuyla haykırıyor, şapkalarını çıkarıp sallıyorlardı.

— Tamam, yeter, susun artık! dedi Boka.

Ve Arsa'nın ortasına doğru yürüdü. Kolnay, borazanıyla birlikte orada generali bekliyordu.

— Emir subayı!

— Emredin komutanım!

— Bizim bütün çarpışma alanını rahatça görebileceğimiz bir yere konumlanmamız lazım. Başkomutanlar genellikle çarpışma alanının tümünü görebilecekleri bir tepeye karargâh kurarlar. Biz de, burada tepe olmadığından şu kulübenin çatısına mevzileneceğiz.

Birkaç dakika sonra kulübenin tepesine tırmanmışlardı bile. Güneş Kolnay'ın borazanında parıldıyor ve bu görüntü komutanın emir subayını gerçek bir savaşçıya dönüştürüyordu. Kale burçlarındaki topçular da birbirlerine Kolnay'ı gösteriyorlardı.

— Bak, Kolnay'a bak...

Sıra Boka'ya gelmişti. Cebinden, bir zamanlar Füvészkert'te de kullandığı tiyatro dürbününü çıkardı, boynuna astı. O an, dış görünüşündeki bazı minik farklılıkları bir yana bırakırsak, aynen Napoleon gibi görünüyordu. Yani tam bir savaş komutanı olmuştu.

Tarihi olayları anlatanlar, kesin rakamlarla konuşmak zorundadırlar. Biz de öyle yapalım. Bu olayın üzerinden tam altı dakika geçmişti ki, Pál Sokağı tarafından borazan sesleri duyulmaya başlandı. Bu yabancı bir borazanın sesiydi. Müfrezeler yerlerinde hareketlendiler.

— Geliyorlar! Geliyorlar! diye bağrıştılar.

Boka'nın da yüzü biraz soluklaşmıştı.

Kolnay'a şunları söyledi:

— Şimdi, dedi, İmparatorluğumuzun kaderi şimdi belli olacak!

Bir iki saniye sonra da tahtaperdelerin üzerinde bekleyen gözcüler Arsa'ya atlayıp, general ve emir subayının karargâh kurduğu kulübeye doğru koşmaya başladılar. Kulübenin tam önünde durdular:

— Düşman geliyor!

— Herkes yerine! dedi Boka ve gözcüler, savaş planlarına göre yerleştirildikleri mevzilere doğru koşar adım uzaklaştılar. Biri siperde, diğeri ise Maria Sokağı tarafındaki müfrezede görev yapacaktı. Boka dürbünüyle yolu gözlüyordu. Dürbünü indirmeden Kolnay'a şöyle dedi:

— Borazanı çalmaya hazırlan!

Kolnay hazırdı. Bir an sonra Boka ansızn dürbünü indirdi. Yüzü şimdi heyecandan kızarmıştı. Coşkulu bir sesle:

— Haydi, borazancııı çal!

Ve Arsa'dan savaş borusunun sesi yükseldi. Kızıl Gömlekliler imparatorluğun iki kapısı önünde durmuşlardı. Uçları parlak kâğıtlarla kaplı mızrakları güneşin altında parlıyordu. Kızıl gömlekleriyle ve kızıl şapkalarıyla kızıl şeytanlar gibiydiler. Onların borazanları da hücüm borusu çalıyordu. Şimdi bütün Arsa, çocukları dayanılmaz bir heyecana sürükleyen borazan sesleriyle inliyordu. Kolnay da borazanını aralıksız çalıyordu.

— Tata... tra... trara... sesleri yükseliyordu kulübenin çatısından.

Boka şimdi dürbünüyle Feri Áts'ı arıyordu. Birden bağırdı:

— İşte! Orada! Feri Áts, Pál Sokağı tarafından saldıranlarla gelecek! Yanında da Szebenics var... Bizim bayrağı da getirmişler... Pál Sokağı tarafındaki kolordumuzun işi kolay olmayacak!

Maria Sokağı tarafından saldıracak düşman birliklerinin başında büyük Pásztor vardı. Ellerinde kızıl bayrak taşıyorlardı. Üç borazan da hiç durmadan çalıyordu. Kızıl Gömlekliler ise kıtalar halinde kapıların önünde hareketsiz bekliyorlardı.

— Bir şey planlıyor bunlar, dedi Boka.

— Hiç önemli değil, dedi emir subayı, bir nefeslik ara vererek, ama sonra hemen bütün gücüyle borazanını çalmaya devam etti.

— Tata...tra...trara...

Sonra Kızıl Gömlekliler'in borazanları ansızın sustu. Maria Sokağı tarafından dehşetli savaş naraları yükseldi.

— Huyya, hopp! Huyya, hopp!

Kapıya doğru koşuyorlardı. Bizimkiler bir an için önlerinde durup direnmek istediler, çarpışmaya hazırlanıyor gibi yaptılar, ama sonra göz açıp kapatıncaya kadar geri dönüp kaçmaya başladılar. Tabii savaş planına göre davranıyorlardı.

— Bravo! diye bağırdı Boka. Sonra hemen Pál Sokağı'nı gözlemeye başladı. Feri Áts'ın ordusu kapıdan girmiyordu. Pál Sokağı tarafındaki düşman güçleri, kıtalar halinde açık kapının önünde dikilmiş bekliyorlardı.

Boka endişelendi.

— Neler oluyor?

— Mutlaka bir taktik bu, dedi ürpererek Kolnay. Sonra yine sol tarafa baktılar. Bizimkiler panik içinde, çığlık çığlığa geriye koşuyor, Kızıl Gömlekliler de naralar atarak onları kovalıyorlardı.

Feri Áts'ın birliklerinin kapının önünde bekleyişlerini o ana kadar kaygılı, hatta endişeli gözlerle izleyen Boka birden, hayatı boyunca yapmadığı bir şey yaptı. Şapkasını başından çıkardı, havaya fırlatttı, sevinç içinde haykırdı, neşeyle dans etmeye başladı. O kadar zıplamıştı ki, üzerinde durdukları bu köhne çatı az kalsın çatırtılarla çökecekti.

— Kurtulduk! Kurtulduk! diye bağırıyordu.

Kolnay'ın yanına koştu, sarıldı, iki yanağından öptü, sonra onla birlikte dans etmeye başladı. Emir subayı bu durumdan bir şey anlamamıştı doğal olarak. Şaşkın gözlerle bakıyordu.

— Ne oldu? Neler oluyor?

Boka, parmağıyla Feri Áts ve kıtalarının hareketsiz durduğu tarafı işaret etti.

— Görüyor musun onları?

— Evet, elbette.

— Peki hâlâ anlamadın mı?

— Hayır!

— Amaan, aptallık etme! Kurtulduk! Yendik onları! Hâlâ görmüyor musun?

— Hayır, dedi yine Kolnay, Ben anlamıyorum!

— Orada hareketsiz duruyorlar, değil mi?

— Evet onun farkındayım!

— Yani içeri girmiyorlar, bekliyorlar.

— Ee?

— Peki ne bekliyorlar? Neyi bekliyorlar, biliyor musun? Pásztor'un birliklerinin Maria Sokağı tarafında işlerini bitirmesini bekliyorlar. Bu taraftakiler de ancak o zaman saldırıya geçecekler. İki taraftan da aynı zamanda hücum etmediklerini görünce, bunu derhal anladım! Hemen uyandım! Aynen bizimki gibi bir plan yapmış bunlar! Planlarına göre Pásztor'un kumanda ettiği kıtalar, bizim Maria Sokağı tarafındaki birliklerimizi kovalayacak ve ardından düşman güçlerinin bir kısmı bu taraftan, kalan kısmı da öbür taraftan saldıracaklar. Yani Pásztor arkadan, Feri Áts ise önden hücuma geçecek. Bizim Pál Sokağı yönündeki askerlerimizi kıskaca alacaklar! Ama yemezler! Haydi, gel benimle!

Kulübenin çatısından inmeye başlamıştı bile.

— Nereye gidiyoruz?

— Sen sadece beni takip et! Burada kalıp seyretmenin anlamı yok. Bu karşımızdaki birlikler göreceksin, yerlerinden kımıldamayacaklar. Biz Maria Sokağı tarafındaki birliklerimize yardım edelim.

Maria Sokağı müfrezeleri gerçekten de planı harfi harfine uyguluyorlardı. Barakaların çevresinde koşuyor, onları kovalayan Kızıl Gömlekliler'in önünden dut ağaçlarının çevresinde dolanarak kaçıyor ve bir yandan bağırıyorlardı.

— İmdaat!

— Yakalayacaklar!

— Koşun!

Kızıl Gömlekliler ise zafer sarhoşluğu içinde, naralar atarak peşlerindeydiler.

— Yakalayın!

— Kaçırmayın elinizden sakın!

Boka dikkatle Kızıl Gömlekliler'in hazırladıkları tuzağa düşüp düşmeyeceklerini izliyordu. Bizimkiler Arsa'da epey bir turdan sonra birden hızar makinelerinin bulunduğu binanın yanından geçip kayboldular. Birliklerin yarısı genelde at arabalarının bulunduğu binaya, diğer yarısı ise barakaya sığındı.

Pásztor son komutu verdi:

— Peşimden gelin! Şimdi kıstırdık onları!

Ve Kızıl Gömlekliler hızar binasının yanından koşmaya başladılar.

— Borazanı çal! komutunu verdi Boka.

Ve Kolnay borazanını çalmaya başladı. Bu, kale burçlarındakilere "bombardımana başla" komutuydu. İnce, coşkulu çocuk sesleri arasında, en öndeki üç kale burcu üzerinden Kızıl Gömlekliler'in kafalarına kum bombası yağmaya başladı. "Pif puf" sesleri içinde kum bombaları hedeflerini buluyordu. Boka'nın yüzü heyecandan kıpkırmızıydı! Titriyordu.

— Emir subayı! diye bağırdı.

— Buradayım!

— Hemen sipere koş! Onlara beklemelerini söyle! Beklesinler! Ben hücüm borusunu çaldırıncaya kadar sakın yerlerinden çıkmasınlar. Bu Pál Sokağı tarafındaki burçlardakiler için de geçerli.

Komutanın emirlerini bir an önce mevzilere iletmek için fırlayan emir subayı barakaya ulaşınca kendini yüzüstü yere attı ve Pál Sokağı tarafında bekleyen düşmana görünmemek için hendeğin önünde kazılmış toprak birikintilerinin ardından sürünerek sipere kadar gitti. Siperin en başındakine komutanının emrini söyledikten sonra da, aynı şekilde, yine görünmeden komutanının yanına, görevine döndü.

— Emir yerine getirildi, dedi.

Hızar makinelerinin bulunduğu binanın ardından çığlıklar, haykırışlar yükseliyordu. Kızıl Gömlekliler artık zaferi kazandıklarını sanıyorlardı. Ama üç kale burcu aralıksız bomba yağdırmaya başlamıştı. Havada uçuşan kum bombaları, Kızıl Gömlekliler'in burçlara tırmanmasına fırsat vermiyordu. En uçtakinde, yani üçüncü burçta Barabás gömleğinin kollarını sıyırmış, aslanlar gibi savaşıyordu. Arka arkaya fırlattığı bombalarla tek birini hedef almıştı: Büyük Pásztor'u! Yumuşak kum bombaları Pásztor'un yüzünde patlıyordu.

Her bombada Barabás bir de çığlık atıyordu:

— Al bakalım oğlum! Bu senin!

Yüzüne isabet eden bombalar Pásztor'un ağzını, gözlerinini kumla doldurmuştu. Hiddetle:

— Gösteririm şimdi sana! diye bağırıyordu.

— Gel, gel seni bekliyorum, diyordu Barabás ve bir bomba daha fırlatıyordu. Bu bomba da hedefi bulmuş, Pásztor'un ağzı yine kum dolmuştu. Bu sahneyi görenler zafer çığlıkları atıyorlardı.

— Al kum ye! diye haykırdı Barabás ve bu kez iki eliyle birden kum bombası fırlatmaya başladı. Burçtaki diğer iki topçu da boş durmuyordu tabii. Köşedeki kale burcunun nasıl savaştığını görenler coşkuya kapılıyorlardı. Arabaların binasına ve kulübeye kaçan çocuklar da sıranın kendilerine gelmesini, hücum işaretinin verilmesini bekliyorlardı. Kızıl Gömlekliler artık burçların dibine ulaşmışlardı. Savaşın en şiddetli dönemiydi. Pásztor emir verdi:

— Herkes burçlara! Yukarı! Hücum!

— Al bakalım! dedi Barabás ve düşman komutanının suratına kum bombasını yapıştırdı.

Üçüncü kuledeki savaşın hızı, diğer burçları da harekete geçirmişti:

— Al bakalım!

Heyecana kapılan diğerleri de kum bombası sağanağıyla kavgaya katıldılar. Şimdi havada uçuşan ve üçüncü kuleye tırmanmaya çalışan düşmanı hedef alan bombalardan Arsa'da bir kum fırtınası başlamıştı.

Boka, Kolnay'ın kolunu yakaladı:

— Kum bitiyor, buradan bile anlaşılıyor, bak Barabás da sadece bir eliyle fırlatıyor artık. Halbuki bu burçta diğerlerine göre üç kat daha fazla bomba vardı.

Gerçekten üçüncü burçta tempo azalmıştı.

— Ne yapacağız? dedi Kolnay.

Boka çok sakin bir sesle:

— Yeneceğiz onları, merak etme, dedi.

Tam sözlerini bitirmişti ki, ikinci burçtan fırlatılan bombalar da kesildi. Ellerinde bomba kalmamıştı, belliydi.

— Tamam, işte beklediğimiz an geldi! dedi Boka. Hücum zamanı! Arabaların deposuna git, saldırmalarını söyle.

Kendi de kulübeye doğru koştu. Kapıyı çekti açtı ve içerde sabırsızlıkla bekleyen çocuklara komut verdi:

— Hücuuum!

İki müfreze birden, neredeyse aynı anda dışarı çıktı. Biri arabaların deposundan, diğeri de kulübeden Kızıl Gömlekliler'e saldırdı. Yardım tam zamanında gelmişti, çünkü Pásztor'un bir ayağı artık burca çıkan kuledeydi. Çekip yere indirdiler. Kızıl Gömlekliler şaşkındılar. Onlar kaçan çocukların, kereste yığınlarının gerisine çekildiklerini, kulelerin de kendilerine geçit vermemek için bomba attıklarını sanıyorlardı. Çocukların binayı dolanarak kulübelere saklandıklarını fark etmemişlerdi. Biraz önce kovaladıkları çocukları birden arkalarında görünce şaşkına döndüler.

Büyük savaşlara tanıklık eden gerçek savaş muhabirleri, çarpışmaların kaybedilmesinde kargaşanın büyük rol oynadığını söylerler. Savaş komutanları yüzlerce toptan, kargaşadan korktukları kadar korkmazlar. Çünkü tedirginlik ve panikle başlayan dağınıklık, kısa sürede her şeyi altüst eden bir kargaşaya dönüşebilir. Madem ki böyle bir kargaşa gerçek silahlara sahip olan orduları bile zayıflatabiliyor, o zaman kırmızı gömlekler giymiş küçük çocuklardan oluşan bu ordu nasıl dayansın?

Onlar da dayanamadı elbet! Önce durumu kavrayamadılar. Biraz önce kovaladıkları düşman askerleriyle şu anda arkadan kendilerine saldıranların aynı kişiler olduğunu çıkaramadılar. Yeni gelenlerin başka bir birlik olduğunu düşündüler. Ancak güreş başladığında, bazı yüzleri tanıyınca, bu çocukların biraz önce kovaladıkları çocuklar olduğunu fark ettiler.

— Nerden çıktı bunlar? Yeraltından mı geliyorlar? diye bağırdı Pásztor. Bu arada biri bacaklarına yapışmış düşmanın şaşkın komutanını tırmanmak istediği burçtan aşağı çekiyordu.

Boka da kavgaya balıklama atlamıştı. Bir Kızıl Gömlekli'yi gözüne kestirdi, onunla güreşe başladı. Bir taraftan güreş ederken, bir yandan da Kızıl Gömlekli'yi kulübeye doğru itmeye çalışıyordu. Kızıl Gömlekli, Boka'yla başa çıkamayacağını anlayınca ona yandan bir çelme taktı ve düşürdü. Burçlardan kavgayı izleyenler bağırdılar:

— Adilik bu!

— Çelme taktı!

Boka çelmenin etkisiyle kendini yerde bulmuştu, ama düşer düşmez kalktı. Kızıl Gömlekli'ye bağırdı:

— Çelme takmak yasak! Kurallara uymadın! O zaman kurallar kalkar!

Kolnay'a işaret verdi ve ikisi birlikte yakaladıkları gibi, bağırıp çağıran, direnmeye çalışan Kızıl Gömlekli'yi elbirliğiyle kulübeye attılar, kapısını da kilitlediler.

— Aptal! dedi, Boka. Teke tek onu zor yenerdim. Ama çelme taktı, kuralları bozdu ve bize de böylece iki kişi birden üzerine gitme şansı verdi. Oysa bire birde kazanabilirdi.

Ve hemen yine çarpışmanın ön saflarına koştu. Orada iki taraftan da askerler saf tutmuş güreşiyorlardı. İki burçtan ise kum bombası salvoları az da olsa devam ediyordu. Pál Sokağı tarafındaki burçlara ise sessizlik hâkimdi.

Kolnay tam savaşa katılmaya niyetlenmişti ki Boka'nın sesini duydu:

— Şimdi güreşi bırak! Birinci ve ikinci burçlardaki askerler dördüncü ve beşinci kale burçlarına geçsinler. Çabuk, bu emrimi götür.

Kolnay güreşe tutuşan gençlerin arasından, onları ite ite kendine yol açtı ve mesajı yerine yetiştirmeye çalıştı. Mesajı alan ilk iki burçtan bayrakları hemen indirdiler. Çünkü askerler yeni görev yerlerine bayraklarıyla birlikte gidiyorlardı.

Pál Sokağı Çocukları'nın zafer çığlıkları sık sık duyulur olmuştu. Ama en büyük sevinç çığlığı, Csónakos'un, Pásztor'u, yani hiç yenilmez sanılan güçlü Pásztor'u, yakaladığı gibi, karga tulumba kulübeye doğru sürüklemeye başlamasıyla yükseldi. Her şey bir an içinde olmuştu: Anahtar kilidin içinde dönmüş, yani kapı kapanmıştı. Kendini hapiste bulan çaresiz Pásztor kapıyı yumrukluyordu.

Pásztor'un yakalanmasıyla birlikte Kızıl Gömlekliler arasında inanılmaz bir panik başgösterdi. Artık kaybettiklerini biliyorlardı. Liderleri de yakalanınca düşman askerleri arasındaki başıbozukluk durdurulamaz hale geldi. Artık onları içine düştükleri bu çaresiz durumdan sadece Feri Áts'ın askerleri kurtarabilirdi. Pál Sokağı Çocukları Kızıl Gömlekliler'i birbiri ardından kulübeye sürüklüyorlardı. Tutsakların sayısı arttıkça çocukların zafer naraları da daha sık duyulmaya başlamıştı. Bu sesleri Pál Sokağı girişinde bekleyen Ferı Áts da duyuyordu elbet.

Kızıl Gömlekliler'in komutanı sıraya girmiş bekleyen askerlerinin önünde dolaşıyor, yüzünde gururlu bir gülümseme şöyle diyordu:

— Duyuyor musunuz? Biraz sonra iş biter! Az sonra işaret verirler.

Plana göre Pásztor Maria Sokağı'ndan giren ekiple birlikte işini bitirince, düşmanı alt edince hücum borusunu çaldıracaktı. Bu işareti alan Pál Sokağı tarafındaki Kızıl Gömlekliler de harekete geçecekti. Yani, Feri Áts'ın kumanda ettiği askerler ve Pásztor'un yönettiği askerler aynı anda iki koldan hücuma geçecekti. Ama o ana kadar iş çoktan bitmişti: Wendauer, yani hesaba göre Pásztor'un ekibinde borazanı çalmakla görevli çocuk çoktan yakalanmış ve kulübeyi boylamıştı. Borazanı da içi kumla dolmuş bir vaziyette üçüncü burçta, diğer savaş ganimetlerinin arasında yerini almıştı.

İçerde, kereste fabrikası ve kulübeler arasında bunlar olup biterken, dışarda Feri Áts hâlâ askerlerine moral vermeye çalışıyordu:

— Sabırsız olmayın, diyordu, biraz sonra borazan sesini duyacağız. O zaman yapacağımız tek şey var: Bütün gücümüzle saldırmak!

Ama beklenen borazan sesi bir türlü yükselmiyordu. Çığlıklar, savaşın sürdüğüne işaret eden sesler ise giderek azalıyordu. Hatta bu sesler giderek artık dışardan, açık havadan değil, sanki bir binanın içinden gelir olmaya başlamıştı. Ve kırmızı yeşil şapkalı müfrezeler son Kızıl Gömlekli'yi de barakaya sürükleyip kapıyı üzerlerine kilitleyince, savaşın en görkemli zafer çığlığı Arsa'yı inletince, Feri Áts'ın birliklerinde de tedirginlik başlamıştı. Küçük Pásztor bir adım öne çıktı:

— Sanırım, dedi, bir sorun var.

— Neden? Nereden çıkarıyorsun?

— Çünkü bu sesler bizimkilerin sesleri değil! Bunlar öteki çocuklar!

Feri Áts da oturduğu yerden ayağa kalktı. Pásztor'un dedikleri gerçek olabilir miydi? Hakikaten, sanki yabancı çocukların sesi duyuluyor gibiydi. Kuşkulansa da endişelerini belli etmemeliydi:

— Onlara bir şey olmaz, dedi, bizimkiler sessiz savaşırlar! Bence bu bağıranlar gerçekten Pál Sokağı Çocukları, ama başları belada olduğu için bağırıyorlar!

Ama tam bu sırada, sanki Feri Áts'ın söylediklerini yalanlamak ister gibi, Maria Sokağı tarafından "Yaşasın" sesleri yükseldi.

— Eyvah! dedi Feri Áts, bunlar yaşasın diye bağırıyorlar!

Küçük Pásztor ise artık çok heyecanlıydı:

— Başı belada olanların yaşasın diye bağırdığı nerede duyulmuş? Belki de abimin askerlerinin kolay kazanacağını sanmakla hata yaptık!

Feri Áts zeki bir çocuktu. O artık planlarının iyi yürümediğinin farkındaydı. Hatta bu durumda artık savaşı kaybettiklerini de hissediyordu. Çünkü şimdi artık sadece kendi askerleriyle bütün Pál Sokağı Çocukları'na karşı tek başına savaşmak zorundaydı. Son ümidi olan borazan sesi bir türlü yükselmiyordu.

Onlar tanıdık borazan sesini beklerken, hiç de beklemedikleri bir şey oldu: Yabancı bir borazan çalmaya başladı. Bu borazan Boka'nın ordusunu harekete geçiren borazandı. Bu şu anlama geliyordu: Pásztor'un birliklerinin işi tamamdı. Bu birlikler son neferine kadar barakaya kapatılmıştı. Artık diğer cephede saldırıya geçilebilirdi. Geçekten de borazan sesi yükselince Maria Sokağı tarafındaki güçler ikiye bölündüler. Bir kısmı barakanın yanında mevzilendi, diğer kısmı ise siperin çevresine yöneldi. Savaştan, kıyafetleri yıpranmış, kirlenmişti, ama zafer kazanan bir ordunun, gözleri parıldayan neşeli askerleriydiler onlar.

Gelenleri gören Feri Áts artık Pásztor'un birliklerinin savaşı kaybettiğinden emindi. Gözlerini Pál Sokağı askerlerinin siperin yanına yeni gelen müfrezelerine dikti. Ama durumu anlamakta güçlük çekiyordu:

— Peki ama bizimkiler neredeler? Savaşı kaybetmiş bile olsalar, sokağa geri püskürtülmüş bile olsalar neden yanımıza gelmiyorlar?

Pál Sokağı'nı kolaçan ettiler. Hatta Szebenics bir koşu Maria Sokağı'na gitti. Orada da kimse yoktu. Yolda tuğla taşıyan bir at arabasından ve yürüyen birkaç yayadan başka kimse görünmüyordu.

— Hiç kimse yok! diye bağırdı Szebenics.

— Peki ama nerede olabilirler?

Birden aklına baraka geldi.

— Bizimkileri hapsettiler! diye haykırdı öfkeyle. Bizimkileri savaşta yendiler ve sonra da barakaya kapattılar!

Şimdi artık baraka yönünden de sesler duyuluyordu. Tahminleri doğrulayan seslerdi bunlar. Küçük tutsaklar kapıyı yumrukluyorlardı. Ama ne yapsalar da boşunaydı. Baraka darbelere dayanıyordu. Pál Sokağı Çocukları'nın istediği buydu. Barakanın ne kapısı açılıyor, ne de duvarları yıkılıyordu. İçerdeki çocuklar artık avazları çıktığı kadar bağırmaya başlamışlardı. Amaçları Feri Áts'ın birliklerine nerede olduklarını belli etmekti. Elinden borazanı alınan zavallı Wendauer iki elini ağzına götürmüş, borazan gibi ses çıkarmaya çalışıyordu.

Feri Áts askerlerine döndü:

— Arkadaşlar, dedi, Pásztor savaşı kaybetti! Kızıl Gömlekliler'in onurlarını koruma işi bize düşüyor! Hücuuuum!

Ardından Kızıl Gömlekliler aynen orada yolda dizildikleri gibi, yani uzun bir çizgi halinde Arsa'ya saldırdılar. Koşar adım ilerliyorlardı. Ama Boka da artık barakanın çatısındaki yerini almıştı. Aşağıdan gelen çatırtıları, gümbürtüleri, çığlıkları da bastıran bir sesle yanındaki Kolnay'a komut verdi:

— Hücum borusunu çal! Burçlar da ateşe başlasın!

Hendeğe doğru koşan Kızıl Gömlekliler hiç de hesapta olmayan bir durumla karşılaştılar. Önlerindeki kereste yığınlarının üzerinden üzerlerine kum bombaları yağıyordu. Bombaların şidetti o kadar yoğundu ki, bir ara etraflarını bile göremez oldular.

— Yedekler hücuma geçsin! emrini verdi Boka.

Burçların gerisinde bekleyen yedekler harekete geçti. Kum fırtınasının içine atıldılar, saldırganların önüne set çektiler. Siperlerin içindeki piyadelerin saldırı anı hâlâ gelmemişti. Onlar daha komut bekliyorlardı. Bu arada burçların üzerinden de bombardıman devam ediyordu. Bombaların bazıları, hücuma kalkan yedeklerin sırtında patlıyordu ama ne gam!

— Önemli değil! Hücuuum! diye bağırıyordu Pál Sokağı askerleri.

Arsada gerçek bir kum fırtınası yaşanıyordu. Burçların bazılarında artık önceden hazırlanmış bombalar tükenmişti, ama varsın tükensin, topçular şimdi de avuçlarıyla kum atıyorlardı. Arsa'da ise, siperden aşağı yukarı yirmi adım kadar ilerde iki ordu birbirine kenetlenmiş, güreşiyor, savaşıyordu. Ortalık toza dumana bürünmüştü. Bir sis perdesi gibi her yeri kaplayan kumların arasından bazen bir kızıl gömlek, bazen ise bir kırmızı-yeşil şapka görünüyordu.

Ama Pál Sokağı askerleri artık yorgundu. Feri Áts'ın kıtaları ise çarpışmalara yeni katılmıştı. Onlar kavgaya yeni giren taze kuvvetti. Çok zor da olsa, saldırganlar adım adım sipere doğru yaklaşıyorlardı. Bu ise savunmacıların onları durduramadığı anlamına geliyordu. Ama Kızıl Gömlekliler ne kadar yaklaşırlarsa, kale burçlarından atılan bombaların isabet oranı da o kadar artıyordu. Barabás yine düşmanın en önde gelen yöneticisini hedef almıştı. Bombaları şimdi de Feri Áts'ın yüzünde patlıyordu:

— Takma kafanı, diye dalga geçiyordu bir taraftan da, Aç ağzını, mama geliyor! Nasıl olsa sadece kum!

Kalenin tepesinde çevik elleriyle makine gibi çalışan bir şeytana benziyordu: Bombalarını aralıksız fırlatıyor, bir yandan Kızıl Gömlekliler'i öfkelendiren kahkahalar patlatıyor, bir yandan da naralar atıyordu. Sonra yine yıldırım hızıyla önündeki kum bombalarına uzanıyor ve atışa başlıyordu. Feri Áts'ın askerleri de aslında çuvallar içinde kum getirişlerdi, ama bu kumlardan yararlanamıyorlardı. Çünkü göğüs göğüse kavgada onların her askere ihtiyaçları vardı. Torbaları bir köşeye bırakmışlar, güreşe güreşe kendilerine yol açmaya çalışıyorlardı. Bunda zor da olsa başarılı oluyorlardı, öyle ki, sipere artık sadece on adım kalmıştı.

Bütün bunlar olurken, iki taraftan askerlere de heyecan

ve gayret veren borazanlar aralıksız çalıyordu. Kolnay barakanın çatısından borazanını üflüyor, aşağıdan da küçük Pásztor altta kalmadan çalmaya devam ediyordu.

— Kolnay bana bak! dedi general, ne kadar becerikli olduğunu şimdi göster! Çatıdan in, sipere doğru koş. Bu arada geri çekilme borusunu çal ve siperdekilere de ateş emrini ver. Siperdeki müfrezeler, kumları bitince de saldırsınlar!

— Hahoo, ho! diye çığlık attı Kolnay ve ardından kulübenin çatısından yere atladı. Şimdi artık siperlere doğru yere yatıp, sürünerek gitmiyordu. Başını dimdik tutarak koşuyordu. Boka, Kolnay'ın arkasından bağırdı, ama barakanın etrafındaki cehennem gürültüsü, düşmanın borazan sesi ve çığlıklar sesini bastırdı. Boka, Kolnay'ı izlemeye başladı. Acaba siperdekilerin varlığını Kızıl Gömlekliler'e hissettirmeden siperde gizlenen askerlere mesajı iletebilecek miydi? Yoksa yakalanacak mıydı?

Güçlü bir çocuk kavgaya tutuşan gruptan ayrılıp kendini Kolnay'ın üzerine attı. Kolunu yakaladı, çekti ve aralarında güreş başladı. Bitmişti işte! Ne yazık ki Kolnay mesajı götüremeyecekti.

— O zaman ben kendim giderim! dedi Boka ve barakanın çatısından atlayıp sipere doğru koşmaya başladı.

— Duuur! diye bağırdı biri. Düşman güçlerinin komutanı Feri Áts'tı bu!

Şimdi düşmanın meydan okumasına, evet demesi, kavgaya girişmesi gerekiyordu. Ama o zaman da her şeyi riske atmış olacaktı. Yani durmadı, koşmaya devam etti.

Feri Áts da Boka'nın ardından koşmaya başladı.

— Korkaksın sen! diye de haykırıyordu bir taraftan. Kaçmaya utanmıyor musun! Ama görürsün sen! Önümden kaçamazsın!

Tam yakalanmak üzereyken Boka kendini sipere attı. Sadece "Ateeeş" diye bağıracak zamanı kalmıştı.

— Ateeeeş!

Hemen ardından da, koşan Feri Áts'ın yüzünde, kırmızı şapkasında ve kızıl gömleğinde tam on bomba birden patladı!

— Şeytan mısınız siz! diye haykırdı Feri Áts, şimdi artık toprağın altından da bomba mı atıyorsunuz!

Ama daha bunu söylerken, siperdeki topçular, siper boyunca ateşe başlamışlardı. Yukarıdan burçlar, aşağıdan da siperdekiler bomba fırlatıyordu. Kum fırtınasından göz gözü görüyordu. Arada bir sadece çığlıklar duyuluyordu. Şimdiye dek nefeslerini tutup saklanan siperdeki askerler şimdi haykırıyor, savaşıyorlardı. Boka artık son taarruz anının geldiğini düşündü. Yan yana dizili askelerin en ucunda yerini aldı. İki adım ötede Kolnay bir Kızıl Gömlekli'yle boğuşuyordu. Siperin üzerine çıktı. Kırmızı-yeşil bayrağı bir eliyle havaya kaldırdı ve son emri haykırdı.

— Hücuuum!

Gerçekten de ordu, neredeyse toprağın altından fırladı. Koşar adım saldırıya geçtiler. Teke tek mücadeleye girmemeye özen gösteriyorlardı. Amaçları düşmanı siperden uzaklara sürmekti.

Barabás yukarıdan seslendi:

— Kum bitti!

— Aşağıya inin! Genel taarruz zamanı! diye bağırdı Boka. Komutanın emrine herkes anında uydu. Boka ardında burçlardan inen çocukların sesini duyuyordu. Kaledeki müfrezeler de, biraz önce saldıran askerlerin ardından ikinci bir dalga olarak savaşa katıldılar.

Ama artık iş çığırından çıkmıştı. Kızıl Gömlekliler savaşı kaybedeceklerini anlayınca kurallara falan dikkat etmiyorlardı. Onlar kurallara sadece, kavgada üstün göründükleri zaman uymayı âdet edinmişlerdi. Şimdi, iş artık ciddileşince kurallar iptal olmuştu.

Bu ise tehlikeliydi. Tüm bunlara rağmen Kızıl Gömlekliler iyi dayanıyorlardı, çünkü sayıları aslında Pál Sokağı Çocukları'nın yarısı kadardı.

— Kulübeye ulaşın! diye haykırdı Feri Áts, oradakileri kurtarmamız lazım!

Arsa'nın ortasındaki savaşçıların düğüm haline gelen kargaşası birden yön değiştirdi, boğuşmaların istikameti barakaya doğru ilerlemeye başladı. Pál Sokağı askerleri bu durum için hazırlık yapmamışlardı. Kızıl Gömlekliler onları püskürtmek için saldırıya geçen Pál Sokağı Çocukları'nın önünden usta bir manevrayla yer değiştirmiş, barakaya doğru kaymaya başlamışlardı. En önde Feri Áts koşuyor, zaferi kazanmak için son umut olarak gördüğü barakaya ulaşmaya çalışıyordu. Askerleri de "Peşimden geliin!" diye haykıran komutanlarının ardından ilerliyorlardı.

Kulübeye iyice yaklaşmıştı ki, birden sanki, ayaklarının dibine bir şey yuvarlanmış gibi irkilerek durdu. Barakanın yanından fırlayan küçük bir çocuk önüne dikilmişti. Kızıl Gömlekliler'in lideri duraksadı. Ardından da askerleri birbirlerine çarparak hız kestiler.

Feri Áts'ın önünde ufak bir çocuk duruyordu. Boyu onun omuzlarına bile gelmeyen bir oğlandı bu. Sarı saçlı ufaklık, zayıf elini yukarı doğru kaldırmıştı. "Hayır, buraya gelmen yasak!" der gibiydi. Çocuk incecik sesiyle haykırdı:

— Dur!

Düşmanlarının barakaya ulaşmasının an meselesi olduğunu gören ve bu yüzden de paniğe kapılan Pál Sokağı Çocukları'nın ordusu, bir ağızdan heyecanla ve sevinçle bağırdı:

— Nemecsek!

Ve bu ufak tefek, çelimsiz hasta çocuk, vücudunu alev alev yakan ateşten aldığı güçle, hastalık nöbetinin verdiği çılgınca bir gayretle Feri Áts'a saldırdı. Belki kendinde bile değildi, zavallı küçük vücudu inanılmaz bir güçle düşmanın ürkütücü liderini kavradığı gibi, yere çalıverdi. Bu bir anlık gayretin ardından kendinden geçti ve baygın bir şekilde Feri Áts'ın üzerine düştü.

İşte o an, Kızıl Gömlekliler arasındaki bütün disiplinin yok olduğu andı. Liderlerini önlerinden yitirince, dağılıverdiler. Kaderleri artık belli olmuştu. Onların arasında başgösteren dağınıklıktan yararlanan Pál Sokağı Çocukları da kendilerini toparladılar: Saflarını sıklaştırıp, barakanın önüne set çektiler, düşman kuvvetlerini adım adım sokağa doğru sürmeye başladılar.

Feri Áts yerden kalktığında öfkeden yüzü kıpkırmızıydı. Gözlerinden şimşekler saçarak çevresine baktı. Üzerindeki tozları silkeledi. Tek başına kalmıştı. Ordusu, kapı civarına kadar sürülmüş, orada Pál Sokağı ordusuyla boğuşuyordu. Kendisi ise burada, yenilmiş, tükenmiş bir vaziyette yapayalnız duruyordu.

Yanında, yerde Nemecsek yatıyordu.

Son Kızıl Gömlekli de dışarıya atıldığında ve kapılar kapatıldığında Pál Sokağı Çocukları'nın yüzlerinde gururlu bir sevinç vardı. Zaferi kutlayan "Yaşasın" çığlıkları Arsa'da yankılanıyordu. Boka ise kereste fabrikası tarafından koşarak geliyordu. Yanında Slovak vardı.

Şimdi artık herkes yerde yatan Nemecsek'in etrafında toplanmıştı. Biraz önceki coşkulu sevinç gösterileri, yerini kederli bir suskunluğa bırakmıştı. Feri Áts biraz yanda tek başına duruyor, zafer kazanan bu çocukları süzüyordu. Barakadaki tutsaklar ise hâlâ duvarlara vuruyor, gürültü yapıyorlardı.

Ama artık onlarla kimse ilgilenmiyordu.

Slovak, Nemecsek'i usulca kollarına aldı, yerden kaldırdı. Siperin önündeki toprak birikintilerinden oluşan tümseğin üzerine yatırdı. Sonra suyla küçük çocuğun yüzünü, alnını, gözlerini sildiler. Birkaç dakika sonra Nemecsek gözlerini açtı. Yüzünde bitkin bir gülümseme belirdi:

— Ne oldu? dedi usulca.

Ama herkes o kadar duygulanmıştı ki, kimse soruya cevap veremiyordu. Sanki söyleneni anlamamış gibiydiler, susuyor, ona bakıyorlardı.

— Ne oldu? dedi yeniden. Yatırıldığı yerde doğruldu, oturdu.

Boka yanına yaklaştı.

— Sen iyi misin?

— İyiyim.

— Bir yerin ağrımıyor mu?

— Hayır, dedi ufaklık. Gülümsedi. Sonra şunu sordu:

— Yendik mi onları?

Şimdiye kadar susan çocuklar bu kez tek vücut olup bir ağızdan bağırdılar.

— Evet! Kazandık!

Feri Áts'la artık kimse ilgilenmiyordu. Oysa orada, kereste yığınlarından birinin dibinde duruyor ve şaşkınlıkla olup biteni anlamaya çalışıyordu. Yüzünde derin bir kederle, savaşı kazanan Pál Sokağı Çocukları'nı izliyordu.

— Yendik, ama şimdi, savaşın en sonunda az kalsın kaybediyorduk! Ve sonunda eğer kaybetmemişsek, bu senin sayende oldu. Eğer sen aniden önlerine çıkıp Feri Áts'ı bir anlığına ürkütmemiş olsan, onlar kulübeden tutsakları kurtaracaklardı! Ve kim bilir o durumda ne olurdu!

Sarışın ufaklık bu söylenenlere kızmış gibiydi:

— Hayır, bu doğru değil! dedi. Siz şimdi bütün bunları beni sevindirmek için söylüyorsunuz. Ben hastayım diye beni teselli etmeye çalışıyorsunuz.

Alnını sıvazladı. Şimdi artık kendine geldiği için soluk yüzü biraz renklenmişti. Giderek kızaran yüzünden, yüksek ateşler içinde kıvrandığı artık belli oluyordu.

— Şimdi, dedi, derhal seni evine götürmemiz lazım! Yataktan kalkıp buraya gelmen çok düşüncesizce bir şeydi! Annenler nasıl izin verdi, anlamıyorum!

— İzin vermediler ki! dedi Nemecsek. Ben izinsiz geldim.

— İzinsiz mi geldin?

— Babam bir yere kadar gitmişti. Prova için birine bir elbise götürdü. Annem de çorba almaya birkaç dakikalığına komşuya gitti. Kapıyı kilitlemedi ve bana da "Eğer bir şey lazım olursa seslen" dedi. Ben de böylece evde yalnız kaldım. Yatakta doğruldum, dışardan gelen sesleri duymaya çalıştım. Aslını sorarsanız, pek bir şey duymadım, ama bana sanki duyuyormuşum gibi geldi. Kulaklarım uğulduyordu, haykırışlar, at sesleri, naralar, borazan sesleri duydum. Sonra Csele'nin sesini duymaya başladım: "Nemecsek acele et, yetiş, zor durumdayız!" Sonra kulaklarımda senin sesin yankılandı: "Nemecsek, gelme! Sen bize lazım değilsin! Hastasın, öyle değil mi? Başka zamanlar, oyun oynayacağımız zaman, eğlence oldu mu gelmeyi bilirsin! Ama şimdi, savaş zamanı ve tam biz savaşı kaybetmek üzereyken, hastasın, öyle mi?" Evet Boka, sen böyle dedin! Bunları kendi kulaklarımla duydum! Bunun üzerine derhal yataktan fırladım! Yataktan kalkar kalkmaz da yere yığıldım. Çünkü günlerdir yatmaktan hiç gücüm kalmamıştı. Sonra doğruldum, dolaptan elbiselerimi çıkardım. Ayakkabılarımı da buldum ve çabucacık giyindim. Tam yola çıkmaya hazırlanmıştım ki annemin ayak sesleriyle irkildim.

Onu duyar duymaz da kendimi yatağa attım. Öylece, yani elbiselerimle. Yorganı da boynuma kadar çektim. Üzerimde elbiseler olduğunu görmemeliydi. Annem şöyle dedi: "Bir şeye ihtiyacın olup olmadığını merak ettim. Bir şey lazım mı?" "Hayır" dedim ben de. Bunun üzerine tekrar komşuya gitti ve ben de böylece evden kaçtım. Ama ben kahraman değilim. Buraya gelmemin ne kadar önemli olduğunu bilmiyordum. Ben sadece diğer arkadaşlar gibi savaşmaya geldim. Onlar gibi, aynen arkadaşlarım gibi... Sonra birden önümde Feri Áts'ı görünce çok öfkelendim. Ona çok kızgındım! Çünkü onun yüzünden, onun beni havuza attırtması nedeniyle hasta olmuştum ve bu yüzden savaşta sizin yanınızda değildim! Şöyle düşündüm: "Ernö! Ya şimdi ya hiçbir zaman!" Gözlerimi yumdum ve... Ve... Üstüne atladım.

O kadar heyecanlı anlatıyordu ki, sonunda bitkin düştü, öksürmeye başladı.

— Yeter, lütfen konuşma artık, yorma kendini, dedi Boka. Başka zaman anlatırsın. Şimdi seni evine götüreceğiz.

Sonra da Janó'nun yardımıyla tutsakları barakadan teker teker serbest bıraktılar. Kızıl Gömlekli tutsaklar arasında bazılarının hâlâ silahları yanındaydı. Onlardan silahlarını barakada bırakmasını istediler. Kızıl Gömlekliler çok üzgündüler. Maria Sokağı tarafındaki kapıdan Arsa'yı başları önlerinde terk ettiler. Kereste fabrikasının üzerindeki siyah demir baca şimdi artık sanki alay eder gibi püflüyordu dumanını. Fabrikanın içindeki buharlı hızar makinesi de, Pál Sokağı Çocukları'nın arkadaşıymış gibi, zafere seviniyor, neşeli ve coşkulu ıslık çalıyordu.

Feri Áts en sona kaldı. Hâlâ orada, kereste yığınının dibinde tek başına duruyordu. Başını kederle önüne eğmişti. Kolnay ve Csele ona yöneldiler. Elindeki silahı almak istiyorlardı.

Ama Boka müdahale etti:

— Liderlerine dokunmayın!

Sonra Feri Áts'ın yanına gitti:

— General, dedi, Siz kahramanca çarpıştınız!

Kızıl Gömlekliler'in komutanı üzgündü. Boka'ya baktı, sanki şunu demek ister gibiydi: "Senin övgülerin beni teselli etmeye yetmez!"

Boka geri döndü ve askerlerine komut verdi:

— Selam dur!

Komutanın emriyle Pál Sokağı ordusu askerlerinin kendi aralarındaki konuşmaları da birden sona erdi. Hepsi ellerini şapkalarına götürüp asker selamı çaktılar. En önlerinde Boka vardı ve o da hazırola geçmiş ve selam veriyordu. Zavallı Nemecsek de, hastalığına ve bitkinliğine rağmen, bir asker olduğunu hatırlamıştı. Zar zor yattığı yerden doğruldu, hazırola geçip selam durdu. Zavallı, hastalığına neden olan kişiye selam veriyordu.

Feri Áts selama karşılık verdi ve ardından da Arsa'yı terk etti. Silahını da yanında götürdü. Bugün buradan silahıyla birlikte ayrılan tek Kızıl Gömlekli oydu. Diğer silahların hepsi yani Kızıl Gömlekliler'in ünlü parlak mızrakları, yine parlak kâğıtlarla sarılı Kızılderili baltaları bir küme halinde barakanın önünde biriktirilmişti. Üç numaralı kalede ise küçük yeşil kırmızılı bayrak yeniden dalgalanıyordu. Bu bayrağı savaşın en kritik anında Geréb, Szebenics'in elinden çarpışmayla almıştı.

— Geréb burada mı? diye sordu Nemecsek hayretten kocaman açılan gözlerle.

— Evet, dedi Geréb ve diğer çocukların arasından öne çıktı.

Sarışın ufaklık soru dolu gözlerle Boka'ya baktı. Boka bu sorulara yanıt vermesi gerektiğini düşündü.

— Evet burada ve hatalarını da düzeltti. Hem de öylesine düzeltti ki, ben şimdi ona eski rütbesini, yani üsteğmenliği geri veriyorum!

Geréb'in yüzü kızarmıştı.

— Teşekkür ederim, dedi. Sonra da usulca ekledi:

— Ama...

— Aması ne?

Geréb sıkıntılıydı.

— Biliyorum, buna belki hakkım yok, karar verecek olan sizsiniz... ama... bence... Bence daha Nemecsek sıradan bir neferken...

Derin bir sessizlik çöktü Arsa'ya. Geréb haklıydı. Her şeyi onun sayesinde kazanmışlardı. Onları üç kez üst üste kurtarmıştı ve hâlâ rütbesizdi, hâlâ sıradan bir erdi. Olup bitenlerin heyecanı içinde bunu unutmuşlardı.

— Haklısın, dedi Boka. Bu hatamı hemen düzeltiyorum. Ve şu andan itibaren...

Nemecsek söze karıştı:

— Hayır, ben istemiyorum. Beni terfi ettirmeni istemiyorum! Ben bunun için yapmadım! Buraya bunun için gelmedim!

Boka kaşlarını çatmaya çalıştı.

Sesini de yükseltti:

— Buraya neden geldiğin hiç önemli değil! Önemli olan buraya geldiğin zaman ne yaptığın! Ordumuzun neferi Ernö Nemecsek yüzbaşılığa terfi ettirilmiştir! Bundan böyle yüzbaşıdır! dedi Pal Sokağı ordusunun komutanı.

— Çok yaşa! diye bağırdı herkes. Herkes tek vücut olmuş ve selam durmuştu.

Teğmenler, üsteğmenler, hatta en ön sırada olan general de sarışın ufaklığın önünde çakı gibi selam duruyordu. Sanki kendisi bir erdi ve general olan da sarışın ufaklıktı.

Ama bunlar olurken, yoksul giysiler içinde ufak tefek bir kadının Arsa'ya geldiğini kimse fark etmemişti. Arkalarından gelen kadın birden çocukların önüne çıktı.

— Tanrım! diye bağırdı, Buradasın demek! Hemen tahmin ettim buraya geldiğini.

Nemecsek'in annesiydi. Ağlıyordu. Evde oğlunu bulamayınca her yere bakmış, sonra da arkadaşlarından sormak üzere alelacele buraya gelmişti. Çocuklar kadının etrafını sardı, onu teselli etmeye çalıştılar. Zavallı kadın başındaki atkısını çocuğunun boynuna sardı, oğlunu kucağına aldı ve evinin yolunu tuttu.

— Onlara eşlik edelim, dedi o ana kadar hiç konuşmayan Weisz.

Bu fikir herkesin hoşuna gitmişti.

— Evet evet, biz de eşlik edelim onlara, diye destekledi herkes. Toparlandılar, savaş ganimeti silahları barakaya attılar ve kalabalık çocuk grubu acılı kadının çevresinde, onunla birlikte yürümeye başladı. Anne, kendi vücudunun sıcaklığını ona vermek ister gibi oğlunu göğsüne bastırmış, hızlı hızlı evine doğru gidiyordu.

Pál Sokağı'na çıktıklarında çocuklar anne-oğulun ardında ikili sıralar halinde yürümeye başladılar. Artık akşam oluyordu. Evlerde, binalarda lambalar yanmaya başlamıştı. Dükkânlardan yayılan ışıklar sokağı aydınlatıyordu.

Yolda gelip gidenler, bu garip kafileyi gördüklerinde bir an için duruyor, ne olduğunu anlamaya çalışıyorlardı. En önde acılı bir anne yürüyordu. Zayıf kadının ağladığı kıpkırmızı olmuş gözlerinden belliydi. Kucağında, sıkı sıkı sarıldığı, atkısına sarmaladığı, sadece gözleri görünen bir çocuk vardı. Arkalarından ise, ikişerli kıtalar halinde askerler gibi uygun adım yürüyen ve bir örnek şapka giymiş bir grup çocuk geliyordu.

Karşılaştıkları yayaların bazıları gülümsüyordu. Ama onlarla dalga geçen, alay eden acımasızlar da yok değildi. Onları ise bu hiç mi hiç ilgilendirmiyordu. Csónakos bile suskundu. Başka zaman olsa, değil alaylı laf atmalara, kinayeli dokundurmalara bile tahammül etmeyen, hemen kavgaya tutuşan Csónakos kimseyle ilgilenmiyor, kafilenin içinde sessizce yürüyordu. Bu merasim, şimdi çocukların gözünde kimsenin bozamayacağı kadar kutsal bir yürüyüştü.

Nemecsek'in annesi ise arkasında ona eşlik edecek orduyu görebilecek durumda değildi. Ama yine de Rákos Sokağı'ndaki evlerine girmeden önce durmak zorunda kaldı. Çünkü oğlu inat etmişti, arkadaşlarıyla vedalaşmak istiyordu, şu an onu eve sokmanın başka yolu yoktu. Kadın çaresiz oğlunu kucağından indirdi. Tek sıra dizilmiş duran çocukların yanına gitti.

— Hoşça kalın, dedi.

Sırayla herkesle tokalaştı. Elleri alev alevdi. Sonra da annesiyle birlikte binanın büyük kapısından girip gözden kayboldular. Sonra içerlerde bir dairenin kapısının açılıp kapandığı duyuldu. Ardından da küçük bir pencerede aydınlık belirdi. Ve sokağa sessizlik çöktü.

Kimse binanın önünden ayrılmak istemiyordu. Kimsenin ağzını bıçak açmıyordu. Herkesin gözü biraz önce aydınlanan küçük penceredeydi. Şimdi onlar küçük kahramanlarının bu ufacık pencerenin ardındaki odada hasta yatağına yatırıldığını görür gibiydiler. Sonunda biri derin bir kederle içini çekti. Nihayet Csele konuştu:

— Peki şimdi ne yapalım? Eve gitme vakti!

Gruptan iki üç kişi ayrıldı, Üllöi Caddesi'ne doğru yürümeye başladı. Herkes çok bitkindi. Savaşın yorgunluğu etkisini şimdi hissettirmeye başlamıştı. Serin bir rüzgâr esiyordu. Rüzgâr dağlarda eriyen karların soğuğunu şehre taşıyordu.

Sonra ikinci bir grup yola çıktı. Ferencváros'a doğru gidiyorlardı. En sonunda kapının önünde sadece Boka ve Csónakos kaldı. Bir süre sonra Csónakos da kıpırdamaya başladı. Boka'nın da harekete geçmesini bekliyordu. Ama Boka yerinden kımıldamıyordu bile. Sessizce sordu:

— Geliyor musun?

Boka usulca yanıtladı:

— Hayır.

— Daha kalacak mısın?

— Evet.

— Peki o zaman... haydi hoşça kal!

Ve o da yavaş adımlarla, her zamanki gibi ayaklarını sürterek yürümeye başladı. Boka gözleriyle arkadaşını takip ediyordu. Csónakos birkaç kez geri döndü, baktı. Sonra da köşeyi dönüp akşamın karanlığına karıştı. Atlı tramvayların işlediği kalabalık ve gürültülü Üllöi Caddesi'nin hemen yanında uzanan sessiz Rákos Sokağı artık dinlenmeye çekilebilirdi. Issızlığı sadece sokaktaki gaz lambalarının camlarını titreten rüzgâr bozuyordu. Arada bir kuvvetle estiğinde bütün lambalar sırayla sarsılıyor, gaz lambalarının camları garip tıkırtı ve hışırtılarla birbirlerine gizli mesajlar gönderir gibi sesler çıkarıyorlardı. Akşamın bu saatinde bu küçük sokak bomboştu. Bu sokakta artık Boka'dan yani generalden başka kimse kalmamıştı. Ve János Boka, yani general çevresini kolaçan etti, yapayalnız olduğunu gördü. Ve işte o an, János Boka, yani Pal Sokağı ordusunun generali, yüreğini dağlayan acıya artık dayanamayacağını hissetti: Sevgili arkadaşının girdiği kapının pervazına dayandı, hıçkırıklara boğularak ağlamaya başladı.

Kimsenin söylemeye bile cesaret edemediği şeyi o artık hissediyordu! Sevgili "askerinin" yavaş yavaş nasıl tükendiğini, sessiz bir hüzün içinde yok oluşa doğru nasıl gittiğini görüyordu. Bunun sonunun ne olacağını iyi biliyordu. Artık fazla zamanlarının kalmadığını da. Savaş kazanan bir general olması hiç önemli değildi. Şimdi bu yaptığının ciddiyetten uzak olduğu, bir erkeğe yakışmadığı da önemli değildi. Şimdi açığa çıkıveren çocuk ruhuyla, katıla katıla ağlıyordu. Bir yandan da mırıldanıyordu:

— Zavallı küçük arkadaşım... Benim biricik arkadaşım! Benim biricik yüzbaşım!

Birden yanında bir adamın sesi yükseldi:

— Neden ağlıyorsun delikanlı?

Ama cevap vermedi. Adam da omuzlarını silkerek yanından uzaklaştı. Biraz sonra elinde kocaman bir sepetle yoksul bir kadın geldi, durdu, ama o hiçbir şey söylemedi. Ağlayan çocuğu bir an süzdü, sonra yoluna devam etti. Bir süre sonra ise kısa boylu bir adam geldi, yanından geçti, kapıdan içeri girerken durdu, geriye baktı. Tanımıştı:

— János Boka! Sen misin o?

Boka adama baktı.

— Evet, benim bay Nemecsek!

Gelen Ernö Nemecsek'in babası olan terziydi. Kolunda, teyelleyip prova için götürdüğü takım elbiselerle eve dönüyordu. Bu adam Boka'nın neden ağladığını anlamıştı. "Burada ne ağlıyorsun delikanlı" diye sormadı bile. Yanında durup, acı çeken bu çocuğun yüzüne de bakmadı. Yanına geldi, kucakladı, oğlunun küçük arkadaşına sarılıp onunla birlikte ağlamaya başladı. Nemecsek'in babasının bu davranışı Boka'nın içindeki generali yine harekete geçirmişti.

— Ağlamayın Bay Nemecsek! dedi terziye.

Baba eliyle gözyaşlarını sildi. Elini havada şöyle bir salladı:

— Artık nasıl olsa her şey boşuna! Artık her şey boşuna! dedi, hiç olmazsa biraz içimi döktüm! Sonra da şöyle devam etti:

— Tanrı senden razı olsun evladım! dedi generale, haydi evine git artık.

Baba Nemecsek eve girdi.

Boka da gözlerini sildi. Derin derin içini çekti. Artık eve gitmeliydi. Ama yapamıyordu, bir şey buradan ayrılmasına izin vermiyordu. Burada durmasının bir yararı olmadığının farkındaydı, ama yine de burada durup, can çekişen sevgili askerinin kapısının önünde nöbet beklemesinin kutsal bir görev olduğunu hissediyordu. Bir o yana bir bu yana evin önünde gidip gelmeye başladı. Sonra yolun karşısına geçti, şimdi de evi oradan gözetliyordu.

Tam o sırada ayak sesleri duydu. Issız sokakta biri yürüyordu. "İşçilerden biri evine gidiyor herhalde" diye düşündü ve başı önünde, evin karşısında kaldırımda yürümeye devam etti. Kafasında şimdiye kadar aklına bile gelmeyen garip düşünceler uçuşuyordu. Ölüm ve hayat üzerine düşünüyordu. Ve bu çok zor konuda bir sonuca varabilmesinin imkânsız olduğunu hissediyordu.

Ayak sesleri de giderek yaklaşıyordu. Hatta bir ara ayak seslerinden, gelenin adımlarını yavaşlattığını anladı. Siyah karaltı olarak siluetini gördüğü kişi, evlerin gölgesinde kalarak yaklaştı ve tam Nemecsek'lerin evinin önünde durdu. Binanın giriş kapısını inceledi, hatta içeri girip bakındı, sonra tekrar çıktı. Evin önündeki kaldırımda volta atmaya başladı. Sokaktaki gaz lambalarından birinin altına geldiğinde tam o esnada esen rüzgâr önü iliklenmemiş paltosunu havalandırdı. Boka şaşırdı: Paltonun altından kırmızı bir gömlek görünmüştü.

Feri Áts'tı bu!

Ve şimdi iki lider evin önündeki sokağın iki tarafındaki kaldırımlarda durmuş dimdik birbirlerine bakıyorlardı. Hayatlarında ilk kez böyle yalnız bir şekilde karşı karşıya gelmişlerdi. Bu kederli evin önünde buluşmuşlardı. Birini buraya sürükleyen yüreğiydi. Diğeri ise vicdanına karşı koyamadığı için gelmişti. Tek kelime etmediler, birbirlerine tek bir söz bile söylemediler. Durup birbirlerini süzmekle yetindiler. Sonra Feri Áts yoluna devam etti: Evin önündeki kaldırımda volta atmayı sürdürdü. Uzun uzun yürüdü... Gitti geldi! Ta ki, kapıcı evin karanlık avlusundan çıkıp, binanın girişindeki büyük kapıyı kapatmaya gelinceye kadar. Feri Áts hızla kapıcının yanına gitti. Kasketini başından çıkarıp usulca bir şeyler sordu. Kapıcının cevabı Boka'ya kadar ulaşmıştı:

— Kötü.

Sonra da kapıcı ağır kapıyı itti, gürültülü bir şekilde kapattı. Kapının çarparken çıkardığı ses, sokaktaki binaların arasında, dağlardan gelen bir gökgürültüsü gibi yankılandı.

Feri Áts öğrenmek istediğini artık biliyordu. Sağa döndü, sokak boyunca caddeye doğru yürümeye başladı. Boka da artık evine dönmeliydi. Rüzgâr etkisini arttırmıştı. Daha biraz önce birbiriyle savaşan iki ordunun komutanlarından biri sağa gidiyordu, diğeri sola. Yine de birbirlerine tek bir kelime bile söylemediler.

Ve işte şimdi bu bahar gecesinde ıssız sokak nihayet uykuya dalabilirdi. Sokakta artık sadece rüzgâr vardı. Sokak lambalarının camlarını şıngırdatan, gazla aydınlatan bu lambaların içindeki sarı alevleri kıvrak bir şekilde dans ettiren, binaların çatılarındaki paslı rüzgârgüllerini gıcırdatan rüzgâr her yere ulaşıyordu. Kapıların, pencelerin yanlarındaki küçük boşluklardan evlere girip çıkan rüzgâr, sandöviçi paketlediği küçük kâğıdı masasının üzerinde açıp, yavaş yavaş yemeye başlayan yoksul terzinin bulunduğu odaya da girmişti. Odanın bir köşesinde minik bir yatakta küçük yüzbaşı yatıyordu: Yüzü hastalığın ateşinden alev alevdi. Zor nefes alıyordu. Rüzgâr odanın camlarını tıkırdattı, gazlambasının alevini titretti. Çelimsiz kadın, oğlunun üzerindeki yorganı düzeltti.

— Rüzgâr esiyor, oğlum.

Yüzbaşı ise yüzünde kederli bir tebessümle fısıldadı:

— Arsa'dan bu tarafa doğru esiyor. Canım Arsa'mdan bu tarafa doğru...

IX.

Macun Derneği'nin karar defterinden bazı sayfalar.

KARARLAR:

"Bugünkü toplantımızda aşağıdaki kararları aldık ve bu kararların karar defterine kaydını gerçekleştirdik."

§ 1

Karar defterinin 17. sayfasında şöyle bir ibare var: Ernö nemecsek, küçük harflerle. Bugünden itibaren bu kayıt geçerliliğini yitirmiştir. Çünkü bu kayıt bir yanlışlık sonucu oluşmuştur. Genel kurulumuz adı geçen üyemizin dernek tarafından haksız bir şekilde hakarete uğradığını karar altına alır. Ve o bu hakareti sineye çekmiş, savaşta gerçek bir kahraman gibi davranmıştır. Bu tarihi ve inkâr edilemez bir gerçektir. Derneğimiz geçtiğimiz dönemde kayıt altına alınan bu ibarenin, derneğin hatası olduğunu kabul eder ve şimdi zabıtları tutan şahsa bu üyemizin adını tamamen büyük harflerle yazma görevini verir.

§ 2

Ve şimdi bu üyemizin adının tamamını büyük harflerle yazıyorum:

ERNÖ NEMECSEK

Zabıt sorumlusu: *Leszik.*

§ 3

Macun Derneği genel kurulu, dünkü çarpışmayı, tarih kitaplarındaki gerçek bir komutan gibi idare eden general János Boka'ya teşekkür edilmesine oybirliğiyle karar verir. Ve ona olan saygımızı ifade edebilmek için, Macun Derneği tüm üyelerine de şöyle bir görev verir: Herkes, evde tarih kitabının 168. sayfasında, yukarıdan aşağıya 4. satırda bulunan "János Hunjadi" başlığının yanına mürekkepli kalemle "ve János Boka" yazmakla yükümlüdür. Buna şu nedenle karar verdik: Generalimiz böyle bir onura layıktır, çünkü eğer o askerlerimizi öyle güzel yönetmemiş olsaydı, Kızıl Gömlekliler'e karşı savaşı kaybedebilirdik. Ve herkes "Mohaç yenilgisi" başlıklı bölümde, savaşı kaybeden piskopos Tomori'nin adının yanına "ve Feri Áts" yazmak zorundadır.

§ 4

Bütün protestolarımıza rağmen general János Boka derneğimizin parasal varlığına (24 krajcár) zorla elkoyduğu için ve derneğimiz savaş amacına yönelik olarak bütün servetini vermek zorunda kaldığı için her şeyimizi generale sunduk. Bizim servetimiz de kullanılarak 140 krajcár'a bir borazan alındı. Oysa Röser pazarından 60, hatta 50 krajcár'a da borazan alınabilirdi. Ama onlar pahalısının alınması gerektiğini, çünkü pahalı olanın sesinin daha kuvvetli olduğunu savundular. Bu arada biz savaşı kazandığımız için Kızıl Gömlekliler'in savaş borazanına da el koyduk. Şimdi iki borazanımız var ve aslında artık tek bir tane bile gerekli değil. Ayrıca eğer ilerde lazım olsa bile bir tane yeteceğinden, derneğimiz, generale borazanlardan birinin satılmasını ve bizim hakkımız olan 24 kr'ı geri verilmesini önermeyi karar altına alır. Derneğimiz el koyulan 24 kr'ı geri istemektedir ve zaten general de bu paranın geri verileceğini geçmişte bize vaat etmiştir.

§ 5

Dernek başkanı Pál Kolnay'a ihtar verilmesi de karar altına alınmıştır. Çünkü başkan, derneğin ortak malı olan macunun kurumasına göz yummuştur. Tartışılan konuların karar defterine aynen aktarılması yasal bir zorunluluk olduğundan, bu tartışmalar aşağıda, aynen toplantıda konuşulduğu gibi kayda alınmıştır.

Başkan: Ben savaşla uğraştığım için macunu çiğnemeyi ihmal ettim.

Barabás, üye: Tabii, bu bir gerekçe olamaz!

Başkan: Barabás benle uğraşmayı bıraksın! Ben görevimin ne olduğunu biliyorum! Yönetmeliğe göre başkan, başkanlık görevi olarak derneğin macununu çiğnemek zorundadır! Ben bunu biliyorum! Ve macunu seve seve de çiğnerim! Ama Barabás'ın benle uğraşmasına izin vermem!

Barabás, üye: Ben kimseyle uğraşmıyorum!

Başkan: Evet, benle uğraşıyorsun!

Barabás, üye: Hayır uğraşmıyorum!

Başkan: Evet uğraşıyorsun!

Barabás, üye: Hayır uğraşmıyorum!

Başkan: Peki, son söz senin olsun!

Richter, üye: Sayın dernek üyeleri. Ben, yükümlülüklerini yerine getirmediği için başkana bir ihtar cezası verilmesini ve bunun deftere kayıt düşülmesini öneriyorum.

Başkan: Ben, genel kurulumuzdan, bu seferlik beni affetmesini rica ediyorum! Çünkü unutmayın ki, ben dün vahşi bir aslan gibi, yani çok iyi savaştım! Çünkü ben emir subaylığı da yaptım! En tehlikeli anda sipere doğru koştum! Bir düşman askeri beni yakalayıp yere çaldı! İmparatorluğumuz için o kadar acı çektim! Şimdi bir de macunu çiğnemediğim için mi ceza çekeyim!

Barabás, üye: O başka, bu başka!

Başkan: Hayır hiç de başka değil!

Barabás, üye: Evet başka!

Başkan: Hayır, hiç de değil!

Barabás, üye: Evet başka!

Başkan: Peki son söz senin olsun!

Richter, üye: Önerimin kabul edilmesini rica ediyorum.

Üyeler: Kabul ediyoruz, kabul ediyoruz!

Soldan gelen sesler: Hayır, kabul etmiyoruz.

Başkan: Oylayalım!

Barabás, üye: İsim isim oylanmasını istiyorum.

Oylama gerçekleşiyor.

Başkan: Genel kurulumuz, üç oy farkla, başkan Pál Kolnay'a ihtar verilmesini karar altına almıştır. Lanet olsun! Ama bu bir domuzluk.

Barabás, üye: Başkanın burada karar alan çoğunluğa kötü şeyler söylemeye hakkı yoktur!

Başkan: Evet var!

Barabás, üye: Hayır yok!

Başkan: Evet var!

Barabás, üye: Hayır yok!

Başkan: Peki, son söz senin olsun!

Gündemde başka gündem maddesi olmadığı için toplantı bitmiştir.

Zabıtları tutan: *Leszik*

Başkan: *Kolnay*

Şerh: Ben hâlâ bunun domuzluk olduğunu düşünmeye devam ediyorum.

X.

Rákos Sokağı'ndaki bu sarı binaya büyük bir sessizlik hâkimdi. Zaman zaman ortadaki avluda toplanıp gürültülü dedikodular yapan bina sakinleri bile şimdi zemin kattaki terzi Nemecsek'lerin evinin önünden parmaklarının ucuna basarak geçiyorlardı.

Hizmetçiler, hastanın rahatsız olmaması için tozlarını silkeleyecekleri elbiseleri ya da halıları arkadaki avlunun en uzak köşesine götürüyor ve orada da fazla gürültü yapmamaya çalışıyorlardı. Eğer kilimler şaşırmayı bilselerdi, herhalde, her zamanki hoyrat darbeler yerine bu ara böyle nazik dokunuşlarla silkelendikleri bugünlerde neler olduğunu anlayamaz, çok şaşırırlardı.

Bina sakinleri zaman zaman eve de uğruyorlardı:

— Çocuk nasıl?

Herkese aynı cevap veriliyordu:

— Kötü, çok kötü!

Komşu kadınlar sürekli bir şeyler getiriyorlardı:

— Hanım, size çok güzel bir şarap getirdik.

Ya da:

— Size biraz şekerleme getirdim, kabul ederseniz çok sevinizim.

Zavallı kadın, gelenleri ağlamaktan şişmiş gözlerle içeri alıyor, hediyeler için de teşekkür ediyordu. Ama iyiliksever komşuların getirdiği hiçbir şey işe yaramıyordu: Bazen gelenlere söylüyordu da:

— Zavallı küçüğüm, hiçbir şey yemiyor! İki gündür ağzından bir lokma bile geçmedi. Bir iki kaşık sütü ancak akıtabildim ağzına.

Saat üçte terzi eve geldi. Zaman zaman iş siparişi aldığı dükkâna gitmişti, ellerinde paketleri vardı. Ses çıkarmamaya çalışarak anahtarı çevirdi, dış kapının açıldığı mutfağa girdi. Eşinden de hiçbir şey sormadı.

Sadece yüzüne baktı. Eşinin gözleri durumu yeteri kadar anlatıyordu. Konuşmak gerekmiyordu. Orada öylece, sesizce duruyor, birbirlerine bakıyorlardı. Terzi iş için getirdiği paltoları bile bırakamamıştı daha elinden.

Sonra parmaklarının uçlarına basarak, küçük çocuğun hasta yattığı odaya girdiler. Evet, Pál Sokağı'nın bir zamanlarki neşeli neferi, şimdiki rütbesiyle hüzünlü yüzbaşısı, çok değişmişti. Zayıflamıştı, saçları uzamıştı, gözlerinin altı kararmıştı. Benzi soluk değildi, ama tam da sorun buydu işte: Artık yanaklarında hiç geçmeyen bir kırmızılık belirmişti. Sağlıklı bir kırmızılık değildi bu. İçini kemiren hastalığın, onu tüketen, vücudunda hiç durmadan, düşmeden yanan ateşinin yüzüne yansımasıydı.

Yatağın yanında durdular. Yoksul, zavallı basit insanlardı. Şimdiye kadar birçok derdi, kederi birlikte yaşamışlardı. O yüzden artık yakınmamayı da öğrenmişlerdi. Orada öylece durup, başlarını eğmiş, acıya katlanıyorlardı.

Sonunda baba:

— Uyuyor mu acaba? dedi.

Kadın konuşmaya bile cesaret edemedi, sadece "evet" anlamında başını salladı. Çünkü artık yataktaki çocuğun, uyuyup uyumadığı bile belli olmuyordu.

Kapıda çok yavaş bir tıklama duyuldu.

— Doktor gelmiştir belki, dedi kadın.

Adam karısını kapıyı açmaya gönderdi:

— Bak bakalım kim?

Kadın dışarı çıktı, kapıyı açtı. Kapının önünde Boka duruyordu. Oğlunun arkadaşını gören kadının yüzünde kederli bir gülümseme belirdi.

— İçeri girebilir miyim?

— Gel oğlum.

İçeri girdi.

— Nasıl?

— Nasıl olsun!

— Kötü mü?

Boka cevabı beklemedi bile, odaya geçti. Kadın da arkasından girdi. Şimdi yatağın kıyısında üç kişi yan yana duruyorlardı ve hiç kimse bir şey söylemiyordu. Onlar yatağın yanında böyle sessizce dururken, küçük hasta, belki de kendine bakıldığını hissettiğinden usulca gözlerini açtı. Önce acılı gözlerle babasına, sonra annesine baktı. Ardından da gözlerini Boka'ya çevirdi. Onu görünce gülümsedi. Neredeyse artık duyulamayan, fısıltı gibi çıkan sesiyle:

— Sen de mi buradasın, Boka?

Boka yatağa iyice yaklaştı:

— Buradayım!

— Burada kal, yanımda, olur mu?

— Evet kalırım!

— Sonuna kadar, ölünceye kadar da kalır mısın?

Boka bu kez ne diyeceğini bilemedi. Arkadaşına gülümsedi. Yardım alabileceğini düşündüğünden, başını arkadaki kadına doğru çevirdi. Ama kadın artık yüzünü saklıyordu. Önlüğünün bir köşesiyle gözlerini siliyordu.

— Delice şeyler söylüyorsun, oğlum! dedi terzi ve gırtlağını temizlemek için bir iki öksürdü, öhö, hıı, delice şeyler...

Ama Ernö Nemecsek babasının söylediklerine kulak asmadı. Boka'ya baktı, başıyla babasını işaret etti:

— Bunlar bilmiyor, dedi.

— Bilmez olurlar mı? dedi Boka, şimdi artık o da konuşmaya başlamıştı, senden daha iyi biliyorlar, o kesin!

Nemecsek yatakta kımıldadı, zar zor doğrulmaya çalıştı, oturdu. Kendisine yardım edilmesine izin vermiyordu. İşaret parmağını yukarı doğru kaldırarak konuşmaya başladı.

— İnanma onlara. Çünkü ne söylüyorlarsa kızgınlıktan söylüyorlar. Ben biliyorum, öleceğim!

— Hayır! Bu doğru değil!

— Öyle mi diyorsun? Doğru değil mi?

— Evet! Doğru değil!

Çatık kaşlarıyla yüzüne bakıyordu:

— Peki ben yalan mı söylüyorum?

Boka onu sakinleştirmeye çalıştı. Kimsenin onu yalancılıkla falan suçlamadığını anlatmayı denedi. Ama o hâlâ kızgındı. Sözlerine inanmamalarını hazmedemiyordu. Yüzünde son derece ciddi bir ifadeyle:

— Peki, bak sana söz veriyorum ki, öleceğim!

O sırada kapıcının hanımı odaya başını uzattı:

— Hanım, doktor geldi.

Doktor odaya girdi. Herkes saygılı ifadelerle doktoru selamladı. Doktor yüzünden ciddiyet ve disiplin yansıyan yaşlı bir adamdı. Pek konuşmazdı. Birine kızgınmış gibi, bir baş hareketiyle selamlara yanıt verip doğruca yatağa yaklaştı. Küçük çocuğun elini tuttu, sonra alnını sıvazladı. Kadın sormadan edemedi:

— Lütfen... Doktor... daha mı kötü?

Doktor ilk kez o an konuştu:

— Hayır.

Ama bunu çok garip bir ifadeyle söylemişti. Bunu söylerken kadının yüzüne bile bakmamıştı. Sonra şapkasını aldı, dışarıya doğru yöneldi. Terzi de hemen davrandı:

— Doktor bey, sizi geçireyim.

Mutfağa geçtiklerinde doktor başıyla terziye oda kapısını çekmesini işaret etti. Zavallı terzi, doktorun kendisiyle yalnız konuşma isteğinin ne anlama geldiğini anlamıştı. Şimdi sanki doktorun yüzünde daha dostça bir ifade vardı.

— Bay Nemecsek, dedi. Siz erkeksiniz. Ben şimdi sizinle açık konuşmak istiyorum.

Terzi başını önüne eğdi.

— Bu çocuk bu sabaha çıkmayabilir. Belki bu akşam bile...

Terzi donup kalmıştı. Ancak bir süre sonra sesini bile çıkarmadan, anladım der gibi başını sallamaya başladı.

— Bunları şu yüzden söylüyorum: Siz yoksul insanlarsınız. Yani böyle bir darbeye hazırlıksız yakalanmanız kötü olur diye düşünüyorum. Yani, bence iyi olur... yani iyi olur... hazırlık yapsanız... yani şey için hazırlık yapsanız... Bu durumda neye hazırlanılacaksa işte...

Gözlerini terziye dikti, dikkatlice bir süre baktı. Sonra aniden elini omzuna koydu:

— Tanrı yardımcınız olsun. Bir saat sonra yine gelirim.

Terzi artık bunu duymamıştı. Başını öne eğmiş, gözlerini mutfağın döşemesindeki tertemiz taşlara dikmişti. Doktorun çıkıp gittiğini fark etmedi bile. "Bu durumda yapılması gereken şeyler için hazırlık yapmak.." Acaba doktor ne demek istedi? Tabut mu lazım demek istiyor?

Sendeleyerek odaya geri döndü. Sandalyeye çöktü. Ağzından tek bir kelime çıkmıyordu. Karısı yanında bir şeyler soruyordu.

— Ne dedi doktor?

Terzi durmadan başını sallıyordu.

Küçük çocuğun yüzünde sanki bir neşe belirmişti şimdi. Boka'ya döndü:

— János, bana bak, buraya gel.

Yanına yaklaştı.

— Eğer cesaret edebilirsen, buraya, yatağımın kıyısına otur.

— Cesaret edebilirsem mi? Neden cesaret edemeyecekmişim?

— Kim bilir, belki tam sen burada otururken ölmemden korkarsın! Ama bundan korkmana gerek yok. Öleceğimi hissedersem sana zamanında haber veririm.

Yanına oturdu.

— Ne istiyorsun, söyle bakalım.

— Bana bak, dedi, arkadaşının boynuna iki eliyle sarıldı, kulağına eğildi ve sanki çok önemli bir sırrı paylaşır gibi, ne oldu Kızıl Gömlekliler'e?

— Bozguna uğrattık onları!

— Peki ya sonra?

— Sonra kendi imparatorluklarına, Füvészkert'e gidip toplanmışlar. Akşam geç saatlere kadar orada beklemişler. Ama Feri Áts gelmemiş. Beklemekten de sıkılınca dağılıp evlerine gitmişler.

— Peki ama Feri Áts neden gitmemiş?

— Çünkü utanç duyuyor! Çünkü savaşı kaybettiği için başkanlıktan atılacağını düşünüyor ve korkuyor. Bugün öğleden sonra bir toplantı daha yapmışlar ve o toplantıya Feri Áts da gitmiş. Biliyor musun, dün gece sizin burada, evinizin önünde karşılaştım onunla.

— Burada mı?

— Evet! Hatta kapıcıdan senin nasıl olduğunu sordu.

Bunu duyan Nemecsek kulaklarına inanamıyordu. Çok gururlanmıştı.

— Bizzat kendisi mi buradaydı?

— Evet, bizzat kendisi.

Bunu duymak çok güzeldi. Boka devam etti.

— Evet, gelelim diğer havadislere: Füvészkert'teki adada büyük bir toplantı yapılmış. Büyük kavga da olmuş, birbirlerine düşmüşler. Çünkü herkes Feri Áts'ın liderlikten atılmasını istiyormuş. Sadece iki kişi varmış onu destekleyen: Wendauer ve Szebenics. Pásztor'lar tamamen karşısında yer almışlar. Büyük Pásztor başkan olmak istiyormuş. Sonunda bu da olmuş: Feri Áts'ı görevden almışlar ve yerine büyük Pásztor'u seçmişler. Sonra biliyor musun ne olmuş?

— Ne olmuş?

— Tam artık yeni başkanlarını seçtiklerinde ve tartışmalar da bittiğinde Füvészkert'in bekçisi yanlarına gelmiş ve müdürün artık bu gürültüden bıktığını, onları orada görmek istemediğini söylemiş. Bu ne anlama geliyor biliyorsun? Yani bekçi onları parktan kovmuş. Adayı kapatmışlar, kapıya da kilit vurmuşlar.

Yüzbaşı bu anlatılanlara yürekten gülüyordu.

— Bu iyi, bu çok iyi! Sen nereden biliyorsun?

— Kolnay anlattı. Şimdi buraya gelirken gördüm onu. Arsaya doğru gidiyordu. Çünkü macuncuların yine toplantısı var.

Macun Derneği'nin adını duyunca küçük oğlan suratını ekşitti.

Usulca şöyle dedi:

— Onları artık sevmiyorum. Adımı küçük harflerle yazdılar!

Boka hemen teselli etmeye çalıştı:

— Hayır, artık değiştirdiler. Sadece düzeltmekle kalmadılar, karar defterine adını tümden büyük harflerle yazdılar.

Nemecsek hayır der gibi başını salladı.

— Bu doğru değil! Hasta olduğu için, beni teselli etmek için bunları söylüyorsun.

— Onun için söyler miyim! Doğru olduğu için söylüyorum! Yemin ediyorum ki, doğru!

Sarışın ufaklık artık hastalıktan iyice incelen işaret parmağını kaldırdı:

— Şimdi de yalan yere yemin ediyorsun! Beni teselli etmek için!

— Ama...

— Sus! Konuşma!

Bağırmıştı. O, yani yüzbaşı, generaline bağırmıştı. İnkâr edilemeyecek şekilde bağırmıştı. Böyle bir şey Arsa'da olsa affedilmeyecek bir davranıştı, ama burada serbestti. Boka bunu da sineye çekiyordu.

— Peki tamam, dedi, madem bana inanmıyorsun, mecburen biraz sonra kendi gözlerine inanacaksın, çünkü senin için özel bir iftihar belgesi hazırlıyorlardı, biraz sonra burada olacaklar. Sana getirmek için geliyorlar. Bütün dernek üyeleri birlikte geliyor.

Ama minik sarışın şimdi de inanmıyordu:

— Ancak kendi gözlerimle görürsem inanırım! dedi öfkeyle.

Boka da omzunu silkmekle yetindi. Hatta bu duruma için için de seviniyordu: "Aslında inanmaması daha iyi. Çünkü beklemediği için çocukları görünce çok daha fazla sevinecek..."

Ama bu konuşmalar hastayı daha da heyecanlandırmıştı. Zavallı çocuk, şimdi Macun Derneği tarafından hakarete uğramasının acısını daha da çok hissediyordu. Öfkeleniyor, öfkelendikçe daha çok heyecanlanıyordu.

— Sen de kabul etmelisin ki, bana karşı yaptıkları çirkin bir davranıştı, dedi.

Boka artık itiraz da edemiyordu. Çünkü söylediklerine karşı çıkarsa o zaman çocuğu daha çok kızdırmaktan korkuyordu.

Sonunda Nemecsek:

— Haklıyım, değil mi? deyince, Boka da,

— Evet haklısın, demek zorunda kaldı.

Nemecsek şimdi yatakta biraz daha doğrulmuş, sırtını yastığa dayamış oturuyordu.

— Halbuki ben, dedi yüzünde küskün bir ifadeyle, onlar için de savaştım Arsa'da! Arsa bizim elimizde kalsın, onlar da oynayabilsin diye! Kendim için mi kavga ettim sanıyorlar? Ben nasıl olsa hayatta bir daha Arsa'yı göremeyeceğim!

Sustu. Şimdi o dehşet verici cümlenin anlamı üzerine düşünüyordu: Bir daha Arsa'yı görememek... O daha çocuktu. Hayatta sahip olduğu her şeyi, acımadan bu dünyada bırakabilirdi. Ama Arsa'yı? "Canım Arsa mı?" Onu nasıl bırakacaktı?

Ve hastalığı boyunca olmayan bir şey oldu, Arsa'yı bir daha göremeyeceği düşüncesi üzerine gözlerinin dolduğunu hissetti. Ama kederlendiği için ağlamıyordu. Onu ağlatan çaresiz öfkeydi: Bir daha Pál Sokağı'na, Arsa'ya gitmesini engelleyen, kalelerin, kulübenin dibinde oyun oynamasına izin vermeyen o dehşetli şeye karşı çaresiz isyanıydı onu ağlatan. Şimdi aklına Arsa'da hızar makinesinin bulunduğu kereste binası, altında arabaların durduğu sundurma, iki büyük dut ağacı geldi. Sık sık bu dut ağaçlarına tırmanır, Csele için yaprak toplardı. Csele'nin evinde bir sürü ipekböceği vardı ve ipekböcekleri sadece dut ağacı yaprağı yerlerdi. Giyimine kuşamına çok özen gösteren süslü ve titiz Csele ise, kıyafetleri kirlenecek diye ağaca tırmanmak istemez, Nemecsek'i gönderirdi. Çünkü Csele subaydı, Nemecsek rütbesiz bir askerdi ve dolayısıyla subayların emrini yerine getirmek zorundaydı. Sonra, aklına binanın tepesinde sürekli dumanlarını püskürten narin demir baca geldi. Baca durmadan, dinlenmeden karbeyazı dumanları mavi gökyüzüne doğru üflerdi. Dumancıklar kaşla göz arasında kaybolurlardı. Binadaki buharlı hızar makinesinin tomrukları keserken, ağaçla temas ettiği anda çıkardığı çok tanıdık ıslık sesi sanki buradan bile duyuluyordu.

İçi özlemle yandı.

Yüzü kızarmıştı, gözleri parıldıyordu:

— Arsa'ya gitmek istiyorum!

Kimseden yanıt alamadı. Bir kez daha tekrar etti, ama bu kez sesi daha da kararlıydı. Artık talep ediyordu:

— Arsa'ya gitmek istiyorum!

Boka onun elini tuttu:

— Haftaya gelirsin, merak etme! O zamana kadar iyileşirsin ve gelirsin.

— Hayır! direniyordu küçük oğlan, Şimdi gitmek istiyorum! Hemen şimdi! Elbiselerimi verin! Pál Sokağı Çocukları'nın kasketini de takmak istiyorum!

Elini yastığının altına sokarak, hastalığı boyunca da yanından ayırmadığı, artık buruş buruş olmuş kırmızı yeşil kasketi çıkardı, giydi.

— Elbiselerimi verin bana!

Babası kederli bir sesle:

— İyileşince gidebilirsin, Ernö.

Ama şimdi ona laf anlatabilmek çok zordu. Ciğerlerinin bütün gücüyle, avazı çıktığı kadar bağırıyordu:

— Ben iyileşmeyeceğim!

Bunu o kadar kesin ve tartışmasız bir şekilde haykırmıştı ki, kimse itiraz edecek gücü kendinde bulamıyordu.

— Ben iyileşmeyeceğim! diye haykırdı tekrar, Siz bana yalan söylüyorsunuz! Ben öleceğimi biliyorum! Ve ben kendi istediğim yerde ölmek istiyorum! Bana karışamazsınız! Ben Arsa'ya gitmek istiyorum!

Elbette bu yerine getirilebilecek bir istek değildi. Yanına gittiler, sakinleştirmeye çalıştılar.

— Şimdi olmaz!

— Hava kötü!

— Gelecek hafta gideriz!

Ve işte aslında bu akıllı çocuğun gözlerinin içine bakarak söylemeye utandıkları o acı dolu cümle tekrar ve tekrar gündeme geliyordu:

— İlerde, iyileşince...

Söyledikleri her şeyi, her bahaneyi hayat yalanlıyordu: Hava kötü derken dışardaki pırıl pırıl bahar havası, avluya hayat vererek ısıtan güneş içeriye süzülüyordu. Güçlü ilkbahar güneşi herkese, her şeye hayat katıyordu: Ernö Nemecsek hariç! Bu hasta çocuk artık iyiden iyiye hastalığın ve ateşin etkisindeydi. Elini kolunu çılgınca sallıyor, burun deliklerini iyice açarak nefes almaya çalışıyordu. Bir taraftan da nutuk çekiyordu:

— Arsa'mız! Orası, gerçek bir imparatorluk! Siz bunun ne olduğunu bilemezsiniz! Siz hiç vatanınız için savaşmadınız ki? Nereden bileceksiniz?

Bu sırada kapı çaldı.

Kadın kapıyı açmaya gitti.

— Biraz bakar mısın? dedi kocasına, Bay Csetneky gelmiş.

Terzi giriş kapısının açıldığı mutfağa geçti. Bay Csetneky valilikte çalışan bir memurdu. Takım elbisesini hep Nemecsek'e diktirirdi. Terziyi görünce sinirli bir şekilde söylenmeye başladı:

— Kahverengi kruvaze takımım hazır değil mi hâlâ?

İçerden hâlâ çocuğun ürkütücü nutku duyuluyordu

— Borazanlar çalıyor... ve her taraf toz toprak içinde... İlerii. İleri...

— Affedersiniz, dedi terzi, isterseniz şimdi hemen prova edebiliriz, beyefendi. Ama sizden ricam, bunu burada, mutfakta yapmamız. Binlerce kez özür dilerim, ama küçük oğlum ağır hasta, içeride yatıyor...

— İleriii! İleri! çığlıkları süzüldü odadan. Peşimden gelin! Beni takip edin! Hücuuum! Kızıl Gömlekliler'i görüyor musunuz? Gümüş mızrağıyla Feri Áts en önde! Eyvah! Şimdi havuza atacaklar beni!

Bay Csetneky içeriden gelen seslere kulak verdi:

— Neler oluyor?

— Bağırıyor zavallı oğlum!

— Madem hasta, neden bağırıyor?

Terzi omuzlarını silkti.

— Efendim, artık hasta bile denemez... Artık son anlarını yaşıyor garibim... Artık ateşin etkisiyle böyle... Sayıklıyor...

Ve odadan kahverengi kruvaze takımı getirdi. İki sıra düğmeleri olan, kaliteli kumaştan kesilmiş ceket henüz beyaz ipliklerle teyellenmişti. Terzi içeri girip çıkarken, kapı açıldığında sesler daha net duyuldu:

— Siperdekiler sesini çıkarmasın! Dikkaat! Şimdi geliyorlar, hazır olun! Geldiler bile... Borazancı, hücum borusunu çal: Trata... trata...trata.

Şimdi Boka'yı da fark etti:

— Sen de çal!

Boka ellerini huni gibi yapıp çalmaya başladı. Şimdi küçük odada ikisi birden borazan çalıyordu: Seslerden biri zayıf, güçsüz ve kısıktı, diğeri ise sağlıklı ve kuvvetli, ama bu rağmen o borazan sesi de en az birincisi kadar hüzünlüydü... Boka artık ağlamamak için kendini zor tutuyordu. Ama dayanıyordu! Bütün gücünü toplayıp neşeli bile görünmeye çalışıyordu, borazanı üflemeye devam ediyordu.

— Üzgünüm, dedi Bay Csetneky, ama bu kahverengi elbiseye çok ihtiyacım var benim.

— Trata... trata... odadan sesler gelmeye devam ediyordu.

Terzi, Bay Csetneky'nin prova edilecek ceketi sırtına geçirmesine yardım etti. Bir yandan usul usul konuşuyordu.

— Lütfen hareket etmeyin.

— Koltuk altı biraz dar.

— Peki efendim!

(— Trata... tratata...)

— Bakın şu düğme biraz yukarıda, bunu biraz aşağı alın... O kadar yukarıda sevmem! Başka türlü göğüs kısmı iyi ütülenmiyor.

— Peki beyefendi!

(— Hücuuum! Hücuuum!)

— Sanki kolları da biraz kısa gibi!

— Sanmıyorum efendim!

— Baksanıza, biraz daha dikkatli bakın! Kısa değil mi? Siz hep böyle yapıyorsunuz! Bütün ceketlerin kolu biraz kısa! Bu sizin hep yaptığınız bir hata!

"Hatam olur mu hiç" diye geçirdi içinden yoksul terzi. Ama elindeki işaret sabunuyla kola bir işaret koymayı da ihmal etmedi. İçeride ise gürültü giderek artıyordu.

— Demek buradasın! Nihayet çıktın karşıma! Nihayet seni yakaladım şimdi seni hain düşman komutanı! Herkesi dehşete düşüren komutan! Şimdi göreceğiz, bakalım kim daha güçlü!

— Şu omuz kısmına biraz daha vatka koymak lazım. Biraz daha kabarık olmalı. Omuza biraz daha... Biraz da göğüs kısmına... Sağdan ve soldan.

(— Al bakalım, güm pat, yerdesin işte!)

Bay Csetneky ceketi çıkardı, terzi, bay Csetneky'nin kendi ceketini giymesine yardım etti.

— Ne zaman hazır olur?

— Yarından sonra, efendim.

— Tamam! Ama hemen çalışmaya başlayın! Sonra gene bir haftalık gecikme yaşamayalım, tamam mı? Başka bir iş var mı şu an elinizde?

— Ah çocuk hasta olmasa şimdi, bayım...

Bay Csetneky omuz silkti.

— Evet, bu kötü bir durum, kabul ediyorum, üzgünüm, ama bu takım bana çok acil lazım. Hemen başlayın dikmeye.

Terzi iç çekti.

— Başlarım efendim, merak etmeyin.

— Haydi eyvallah, dedi Bay Csetneky neşe içinde uzaklaşırken. Kapıdan çıkmak üzereyken geriye döndü ve oradan seslendi:

— Hemen başlayın ama dikmeye, olur mu?

Terzi kaliteli kahverengi ceketi eline aldı ve doktorun söyledikleri geldi aklına: "Bu durumlarda yapılması gerekenler neyse, onlara hazırlanmak." Evet, evet, derhal çalışmaya başlaması gerekiyordu. Bu kahverengi ceketi hazırladığında kazanacağı para kim bilir nereye lazım olacak? Belki bu para marangoza verilecekti: Küçücük tabutu hazırlayacak olan marangoza! Ve bay Csetneky bu son derece zarif yeni takım elbisesi içinde bayramlarda boy gösterecekti.

Odaya geri döndü ve vakit kaybetmeden ceketi dikmeye başladı. Şimdi artık yatağa bakmıyordu bile. Hızlı hareketlerle ipliği takıyor, iğneyi oynatıyordu. Bir an önce bu işi bitirmek istiyordu, çünkü iş acildi. Bay Csetneky'ye ceket lazımdı, marangoza da para!

İçerde artık küçük yüzbaşıyla başa çıkmak mümkün değildi. Birden kendini çok güçlü hissetmeye başlamıştı. Yatakta doğruluyordu. Uzun geceliği topuklarına uzanıyordu. Başına giydiği kırmızı yeşil şapka fiyakalı bir şekilde yana yatmıştı. Selam çakıyordu. Şimdi artık sesi hırıltılı çıkıyordu. Gözleri, boşluğa, odada hiç var olmayan bir şeylere takılmış gibiydi.

— Sayın generalim! Düşman komutanı tepelediğimi arz eder, terfimi rica ederim! Bana bakın! Ben artık bir yüzbaşıyım! Ben vatanım için savaş verdim! Ben vatanım içim öldüm! Trata ra... trata. Trara... Kolnay, borazanı öttür!

Bir eliyle karyolanın baş kısmına tutunmuştu.

— Kalelerdeki topçular! Ateş! Hahoo! Janó da orada! Janó! Dikkat et! Senin adını küçük harflerle yazmayacaklar, merak etme! Kahretsin! Siz çok kötü kalpli çocuklarsınız! Beni kıskanıyorsunuz, biliyorum! Çünkü Boka beni seviyor! Çünkü Boka'nın arkadaşı bendim, siz değildiniz! Macun Derneği denilen şey, aptallıktan başka bir şey değil! Ben bu dernekten istifa ediyorum! Ardından da sessizce ekledi, Lütfen zabıtlara kaydedin...

Terzi küçük masasının yanında başını kaldırmadan çalışıyordu: Çevresine bile bakmıyordu. Kemikli ve becerikli parmakları iğneyi hızla kumaşın içinden geçiriyor, parmağındaki yüzükle de itiyordu. Yatağa bakmak istemiyordu. Asla! Çünkü bir kez yatağa doğru bakarsa, her şeyin anlamını yitireceğini, Bay Csetneky'nin zarif kahverengi ceketini alıp yere çalacağını, sevgili oğlunun yattığı yatağa sarılacağını, hıçkırıklara boğulup ağlayacağını iyi biliyordu.

Yüzbaşı şimdi yatakta oturmuş, sessiz bir şekilde yorganı süzüyordu.

Boka usulcacık sordu:

— Yoruldun mu?

Gözlerini Boka'ya dikti. Ama bakmasına rağmen onu görmediği belliydi. Yüzünde şaşkın bir ifade vardı:

— Baba... dedi.

— Hayır, hayır! dedi general kısık bir sesle, baban değilim ben! Tanımadın mı beni? Ben János Boka'yım.

Nemecsek yorgun ve bitkin bir sesle duyduklarını tekrarladı:

— Ben... János... Boka'yım... Şimdi odaya sessizlik çökmüştü. Küçük oğlan gözlerini kapadı. Kederle iç çekti. Sanki şimdi dünyadaki tüm çileli insanların acısı onun sırtındaydı.

Odada çıt çıkmıyordu.

— Belki uyur zavallım, dedi minyon yapılı sarışın kadın. O da günlerdir süren sabahlamalar nedeniyle ayakta zor duruyordu.

— Evet, yalnız bırakalım biraz, diye fısıldadı Boka.

Yatağın yanındaki eski yeşil örtülü divana oturdular. Şimdi terzi de işini bırakmıştı. Elindeki kahverengi ceketi dizlerinin üzerine koydu, masaya kapaklandı. Kimsenin ağzını bıçak açmıyordu. Uykulu bir durgunluk vardı odada. Sanki sinek uçsa sesi duyulacaktı.

Birden pencereden içeri çocuk seslerinin süzüldüğünü

fark ettiler. Sesler avludan geliyordu. Sanki bir sürü çocuk orada durmuş, kendi aralarında bir şeyler konuşuyorlardı. Boka ansızın tanıdık bir ismi duyduğunun ayrımına vardı.

— Barabás.

Yerinden kalktı ve gürültü yapmamaya çalışarak dışarı çıktı. Mutfağın avluya bakan camlı kapısını açtığında karşısında tanıdık yüzler vardı: Bir grup ürkek Pál Sokağı Çocuğu kapının önünde duruyordu.

— Evet, diye mırıldandı Weisz. Bütün Macun Derneği gördüğün gibi burada.

— Ne istiyorsunuz?

— Ona bir onur belgesi getirdik: Üzerinde kırmızı mürekkeple derneğimizin ondan özür dilediği yazıyor. Bu belgede onun adını defterimize tamamen büyük harflerle yazdığımızı da belirttik. Bu zabıt defterini de yanımızda getirdik tabii! Hem delegasyon da burada!

Boka kafasını salladı:

— Daha önce gelseydiniz keşke!

— Neden?

— Çünkü şu an uyuyor.

Delegasyon üyeleri göz göze geldier.

— Daha çabuk gelemedik, çünkü delegasyon başkanının kim olması gerektiği üzerine aramızda büyük bir tartışma çıktı. Weisz'i başkan olarak seçinceye kadar yarım saat zaman kaybettik.

Kapıda Nemecsek'in annesi belirdi:

— Uyumuyor! dedi, şimdi yine sayıklıyor!

Çocuklar donmuş gibiydiler. Şaşkındılar.

— İçeri gelin çocuklarım! dedi kadın, Belki yavrum sizi görünce kendine gelir.

Kapıyı açtı. Çocuklar sırayla içeri girdiler. Kutsal bir mabede giriyormuş gibi ürkek ve çekingendiler. Daha içeri girmeden birer birer kafalarından şapkalarını çıkardılar, ellerine aldılar. Son çocuk da girip, arkadan dış kapı kapandığında, Pál Sokağı Çocukları'nın hepsi odanın girişinde bekleşiyorlardı. Kocaman açılmış gözlerinde, sessiz yüzlerinde saygı ifadesi vardı. Bir terziye, bir öbür taraftaki yatağa bakıyorlardı. Terziyi çocukların gelişi bile etkilememişti. Başını, masada kavuşturduğu elleri üzerine koymuştu. Sesi çıkmıyordu, ağlamıyordu. Sadece son derece bitkin olduğu her halinden belliydi. Yatakta ise yüzbaşı açık gözlerle, hareketsiz yatıyordu. Derin derin nefes almaya çalışıyor, ama bunu yaparken de zorlanıyordu. İnce dudaklı ağzı yarı açıktı. Kimseyi tanımadı. Kim bilir, belki de artık bu dünya gözüyle görülemeyecek şeylere tanık oluyordu.

Kadın çocukları yatağın yanına gitmeye teşvik etti:

— Hadi, yanına gidin.

Ürkek adımlarla yerlerinden kıpırdadılar, ama zor yaklaşıyorlardı. Birbirlerine cesaret vermeye, birbirlerini ikna etmeye çalışıyorlardı:

— Hadi yürü!

— Hayır, önden sen yürü!

Sonunda Barabás konuştu:

— Delegasyon başkanı sensin!

Bu sözler üzerine tartışma kapandı. Weisz yavaş ama kararlı bir şekilde yatağa yaklaştı. Diğer çocuklar da peşi sıra geliyorlardı. Weisz yüzünü kaldırmıyordu.

— Hadi konuş, diye fısıldadı Barabás.

Ve Weisz titreyen bir sesle konuşmaya başladı.

— Bak Nemecsek...

Ama Nemecsek duymuyordu. Hırıltılarla nefes alıyordu. Duvara doğru dönmüştü.

— Nemecsek! diye arkadaşının adını tekrarladı. Artık ağlamak üzereydi. Barabás da farkında olmalı ki, kulağına fısıldadı:

— Ağlama sakın!

— Ağlamıyorum, dedi Weisz ve gözyaşlarına boğulmadan bu kadarını söyleyebildiği için de sevindi. Sonra kendini biraz daha topladı: "Değerli Yüzbaşım!" Konuşmaya başladı ve cebinden, önceden yazdığı konuşma metnini çıkardı, özenle açtı:

— Buraya senin huzuruna geldik... Ben delegasyonun başkanı olarak... Şu an, tüm derneğimiz adına... Çünkü biz hata yaptık... Ve biz bu yüzden senden özür dilemek istiyoruz... İşte bu belgede... her şeyi yazdık...

Geri döndü. Gözlerinde iki damla yaş parlıyordu.

Ama bu çocukların en büyük zevki olan, kendi aralarında resmi bir ifadeyle konuşmak alışkanlığından da ne olursa olsun vazgeçmek istemiyordu.

— Sayın sekreter, diye fısıldadı geride duran çocuklardan birine doğru. Lütfen bana zabıt kayıtlarını verin.

Leszik başkanın isteğini zaman kaybetmeden yerine getirdi, defteri uzattı. Weisz çekingen tavırlarla defteri yatağın kenarına bıraktı. Sonra defteri karıştırmaya başladı. "Kayıtlar" yazılı sayfaya kadar çevirdi.

— Bak! dedi hasta çocuğa, bak işte burda!

Ama tam o sırada hastanın gözleri yavaşça kapanmaya başladı. Bir süre beklediler. Sonra Weisz yeniden konuşmaya başladı.

— Bak, burada işte!

Cevap vermiyordu. Çocuklar biraz daha yakına sokuldular, yatağa yaklaştılar. Kadın titreyerek çocukların arasından kendine yol açmaya çalıştı. Hızla yatağın yanına geldi.

— Aman tanrım! dedi kocasına, sinirli, şaşkın ve gördüklerine inanamaz bir sesle, nefes almıyor!

Başını çocuğunun göğsüne yaklaştırdı.

— Tanrım! diye haykırdı, artık hiçbir şeyi umursamıyordu. Nefes almıyor!

Çocuklar bir an geri çekildiler. Odanın bir köşesinde toplandılar, birbirlerine sokuldular. Derneğin zabıtlarının tutulduğu defter yataktan yere düşmüştü. Weisz'in çevirdiği sayfa açık kalmıştı.

Kadın artık çığlık çığlığaydı.

— Tanrım! Elleri buz gibi!

Ve bu sözlerin ardından, çıt çıkmayan odada birden o zamana kadar başını masanın üzerinde yaslamış, sessizce duran babanın hıçkırmaya başladığı duyuldu. Usul usul, çok derinden gelen bir acıyla, yetişkinlerin ağladığı gibi, yani sonsuz bir kederle ağlıyordu. Hıçkırdıkça omuzları sarsılıyordu, ama zavallı terzi bu durumda bile dizlerine yatırdığı bay Csetneky'nin kahverengi ceketine özen göstermeye çalışıyordu. Gözyaşları cekete zarar vermesin diye eliyle dizlerinin üzerindeki ceketi biraz öteye itmişti.

Kadın ise sevgili oğluna sarılmış öpüyor, kokluyordu. Sonra yatağının yanına diz çöktü, başını oğlunun yastığına gömdü ve o da hıçkırıklara boğularak ağlamaya başladı. Ernö Nemecsek, yani Macun Derneği'nin genel sekreteri, Pal Sokağı Arsa'sının yüzbaşısı artık sonsuz sessizlik dünyasındaydı. Bembeyaz bir yüzle yatağında sırtüstü yatıyordu. Şimdi artık bu dünyaya dair hiçbir şey duymadığı, hiçbir şey görmediği kesindi. Çünkü Nemecsek'i almaya gelen melekler onu artık, sadece onun gibi iyi çocukların gidebileceği müzikler ve renkler dünyasına ulaştırmışlardı.

— Geç kaldık, dedi Barabás.

Boka başını önüne eğmiş, odanın ortasında duruyordu. Daha birkaç dakika önce, yatağın kıyısına ilişmiş otururken ağlamamak için kendini zor tutuyordu. Şimdi ise, artık ağlayamadığını fark etti. Gözlerinden yaş gelmiyordu. Sonra ruhundaki muazzam boşluğu da hissederek çevresine baktı. Köşede bekleşen çocukları gördü.

Önde, elinde Nemecsek'e bir türlü gösteremediği onur belgesiyle Weisz duruyordu.

Yanlarına sokuldu:

— Haydi evinize gidin.

Zavallı çocuklar, yatakta artık hayatta olmayan bir arkadaşlarının yattığı bu odadan nihayet çıkabilecekleri için sevinçliydiler. Birbirlerini iterek kendilerini odadan mutfağa, mutfaktan da güneşli avluya attılar. Leszik en sona kalmıştı. Bunu da bilerek yapmıştı. Herkes küçük odayı terk edince parmaklarının ucuna basarak yatağın yanına gitti. Eğildi, sessizce yere düşen karar defterini aldı. Ardından yatağa ve küçük yüzbaşıya son bir kez daha baktı.

Sonra o da odayı terk etti. Güneş içinde şakıyan avlunun küçük ağaçlarının dallarında kuşlar, minik serçeler cıvıldaşıyorlardı. Çocuklar ne olup bittiğinin farkında değildiler. Evet, arkadaşlarının öldüğünü biliyorlardı elbet, ama bunun ne anlama geldiğini kavrayamıyorlardı. Şaşkınlıkla birbirlerini süzüyorlardı: Sanki hayatta anlaşılması çok güç, insana çok yabancı bir şeye tanık olmuş gibiydiler.

Akşam üzeri Boka kendini sokağa attı. Aslında ders çalışması gerekiyordu, çünkü yarın zor bir gün olacaktı: Latinceden sözlüsü vardı. Ne zamandır sözlüye kalkmamıştı. Bu yüzden Rácz öğretmenin kendini sözlüye kaldıracağından emindi. Ama içinden ders çalışmak gelmiyordu. Bu yüzden de ders kitaplarını bir kenara itmiş ve kendini sokağa atmıştı. Hiçbir amacı olmadan sokaklarda dolaşıyordu. Pál Sokağı'na, hatta sokağın yakınlarına bile uğramaktan korkuyordu. Bugün, bu kederli gün, sevgili sokağını görmeyi kaldıramayacağını hissediyordu.

Ama ne tarafa giderse gitsin bir şeyler hep Nemecsek'i hatırlatıyordu. Her yerde onunla ilgili bir anısı vardı:

Üllöi Caddesi...

Bu caddede Csónakos'la birlikte, üçü birden ilk kez Füvészkert'e gitmişlerdi.

Köztelek Sokağı...

Şimdi bir gün öğleden sonra olup bitenler geldi aklına: Okuldan çıkıp eve gittikleri bir gün bu sokağın ortasında durmuşlardı. Nemecsek burada Pásztor kardeşlerin bilyalarına nasıl el koyduklarını anlatmıştı. Müze bahçesinde Pásztor kardeşlerin yaptığı haydutluğu anlatırken nasıl da ciddiydi. Sonra da Csónakos bu caddedeki tütün fabrikasının zemin kat pencerelerinden tütün tozu toplamış, enfiye gibi burnuna çekmişti. Nasıl hapşırmışlardı.

Müze civarı...

Oradan da geri döndü. Birden fark etti ki, Arsa'dan ne kadar uzaklaşmaya çalışırsa çalışsın, Arsa o kadar güçlü bir şekilde kendine doğru çekiyordu. Sonra birden karar değiştirdi. Arsaya gitmeliydi. Hem de hiç vakit kaybetmeden, en kestirme yoldan cesurca ve derhal. O an ruhunun rahatladığını hissetti. Artık bir an önce oraya ulaşmak için acele ediyordu. İmparatorluklarına yaklaştıkça ruhunu okşayan mutluluk ve huzur da büyüyordu. Maria Sokağı'na geldiğinde artık dayanamadı, koşmaya başladı. Ve tam alacakaranlık çökmeye başlarken köşebaşına gelip de, o çok iyi tanıdığı gri renkli tahtaperdeyi birden görüverince yüreği heyecanla çarptı. Durdu. Artık acele etmesi gerekmiyordu, çünkü gelmişti, işte buradaydı. Ağır adımlarla Arsa'ya yaklaştı. Arsa'nın sokak tarafındaki kapısı açıktı. Janó kapının önünde oturmuş piposunu içiyordu. Boka'yı görünce gülümsedi, el salladı:

— Yengdik onlari!

Boka'nın gülümsemesi hüzünlüydü. Ama Janó artık coşmuştu:

— Yengdik onlari! Dagittik! Kovaladik!

Slovak bekçinin önünde durdu. Bir an ne diyeceğini bilemedi sustu. Sonra:

— Janó, biliyor musun ne oldu?

— Ne?

— Nemecsek öldü!

Slovak şaşkındı. Piposunu ağzından çıkardı.

— Hankisi o Nemecsek?

— Hani vardı ya, sarışın ufaklık!

— Yaaa, evet... dedi bekçi, başını salladı, sonra piposunu yeniden ağzına aldı. Zavalli...

Boka Arsa'ya girdi. Şimdi şehrin ortasındaki, bir zamanlar o kadar neşeli olaylara da tanıklık etmiş bu boş toprak parçası işte önündeydi. Arsa'yı yavaş yavaş adımladı. Sipere kadar yürüdü. Siperi oluşturan hendek yaşanan savaşın henüz izlerini taşıyordu. Kumlar çocukların ayak izleriyle doluydu. Siperin bazı bölümleri, askerleri hücuma kalktığında, siperden çıkarken çökmüştü.

Daha geri plandaki, üzerinde burçlar oluşturulan kereste yığınları akşam karanlığında, ürkütücü karaltılar gibi görünüyordu. Burçlara çıkan basamaklar çocukların barutuyla, yani kumla doluydu.

General toprağa oturdu, çenesini eline dayadı. Şimdi Arsa çepeçevre derin bir sessizlik içindeydi. Demir baca akşamın bu saatlerinde artık soğuyor ve susuyordu. Sabah çalışkan ellerin gelip altında yeniden ateşler yakmasını bekliyordu. Bu saatler hızar makinesinin de dinlenme saatleriydi. Binada yaban asmaları arasında akşam uykusuna dalmıştı. Uzaktan, çok uzaktan, sanki bir rüya âleminden geliyormuş gibi, şehrin uğultusu duyuluyordu. Arabalar gürültü içinde ilerliyor, insanlar arada bir bağırışıyorlardı. Ve Arsa'ya komşu binaların birinden, arkadaki pencerelerden, büyük bir ihtimalle aydınlık bir mutfak penceresinden şarkı söyleyen bir hizmetçinin sesi süzüldü. Neşeli bir şarkıydı.

Boka ayağa kalktı. Barakaya doğru yaklaştı. Şimdi barakanın yanındaydı, tam Nemecsek'in Feri Áts'ın üstüne atlayıp, tıpkı Davut'un Golyat'ı yendiği gibi kendinden çok daha iri olan düşman komutanını devirdiği yerdeydi. Eğildi, sevgili arkadaşının ayak izlerini bulmaya çalıştı. Biliyordu, bu ayak izleri de, aynen sevgili arkadaşının bu dünyadan yok olup gittiği gibi, kaybolacaklardı. O bölgede toprak biraz karışıktı, ayak izlerine rastlayamadı. Oysa orada ayak izi olsaydı mutlaka Nemecsek'in izlerini tanırdı. Çünkü ayakları o kadar küçüktü ki, Füvészkert'te o unutulmaz gün Kızıl Gömlekliler bile izleri görünce şaşırmışlardı. En küçük ayağa sahip Wendauer'den de küçüktü ayakları.

İçini çekerek yoluna devam etti. Üç numaralı kaleye kadar yürüdü. Sarışın ufaklık, Feri Áts'la ilk olarak burada karşılaşmıştı. Kızıl Gömlekliler'in lideri yukarıdan ona bakmış ve şöyle demişti: "Korkuyor musun Nemecsek?"

General çok yorgundu. Bugün hem vücudu ve hem de ruhu çok yorulmuştu. Yalpalayarak yürüyordu, sanki içki içmiş de sarhoş olmuş gibiydi. Kendini zorlayarak iki numaralı kaleye tırmandı. Burcun içinde oturdu, biraz dinlenmek istiyordu. Onu burada kimse görmezdi nasıl olsa, kimse rahatsız etmezdi. Sevgili anıları üzerinde düşünebilir, belki o anılar için ağlayabilirdi de, tabii gözlerinden yaş akarsa...

Birden aşağıdan gelen sesler duydu. Yukarıdan baktığında kulübenin önünde iki karaltı fark etti. Acaba kimlerdi? Pál Sokağı Çocukları mı? Seslerinden çıkarmaya çalıştı.

İki çocuk alçak sesle konuşuyorlardı.

— Barabás! dedi biri, İşte şimdi tam zavallı Nemecsek'in imparatorluğumuzu kurtardığı yerdeyiz. Tam burada olmuştu.

Bir süre sesleri çıkmadı. Sonra konuşma devam etti.

— Bana bak Barabás! Burada şimdi hemen barışalım! Ama bir daha hiç küsmemek üzere! Ne dersin? Sürekli kavga etmemizin hiçbir anlamı yok!

— Tamam, dedi duygulanan Barabás. Barışalım. Zaten barışmak için geldik buraya.

Tekrar sustular. Yüzlerini birbirlerine dönmüş öylece duruyorlardı. İkisi de barışmaya ötekinin başlamasını, ilk adımı atmasını bekliyordu. Sonunda Kolnay'ın sesi duyuldu.

— Merhaba!

Barabás da duygulanmıştı:

— Merhaba!

Tokalaştılar. Uzun bir süre öyle, birbirlerinin ellerini sıkarak kaldılar. Hiç konuşmadan... Sonra kucaklaştılar.

Bu da olmuştu işte! Bu mucize de gerçekleşmişti. Boka yukarıdan, burcun içinden onları gözlüyordu. Elbette orada olduğunu fark ettirmeyecekti. Kendisi de yalnız kalmak için gelmemiş miydi buraya? Yalnız olmak isteyen başkalarını rahatsız etmenin bir anlamı yoktu elbet.

Sonra aşağıdaki iki küçük adam, Pál Sokağı'na doğru yürümeye başladılar.

— Yarın Latinceden çok ödev var.

— Evet, dedi Kolnay.

— Senin işin kolay, diye iç çekti Barabás, çünkü sen dün sözlüye kalktın. Beni ne zamandır kaldırmadı. Yarın mutlaka kaldırır.

Kolnay:

— Ama unutma sakın, kitabın ikinci bölümünün onuncu satırından yirmi üçüncü satırına kadar yok. Oraları çıkardı öğretmen. Kitabında işaretlemiş miydin?

— Hayır.

— Ama o zaman sözlüde sormayacağı şeyleri de boşuna çalışmış olacaksın. Ben sana akşam uğrarım, senin kitabında da işaretleriz o bölümü.

— Tamam.

İşte bunların aklı artık sadece derslerindeydi. Çok çabuk unutuyorlardı. Nemecsek ölmüştü, ama Rácz öğretmen yaşıyordu, Latince dersi de yaşıyordu ve en önemlisi onlar da yaşıyorlardı.

Yavaş yavaş yürüyerek uzaklaştılar. Sonra da akşamın karanlığında kayboldular. İşte şimdi artık Boka tamamen tek başına kalmıştı. Ama kale burcunda da kendini huzurlu hissetmiyordu. Ayrıca hava da iyice kararmaya başlamıştı. Józsefváros tarafındaki bir kiliseden çan sesi geliyordu.

Kale burcundan indi, kulübenin önüne geldi. Janó da Pál Sokağı'ndaki giriş kapısından kulübeye doğru geliyordu. Yanında kuyruğunu sallayarak koşan Hektor vardı. Onların kulübeye gelmesini bekledi.

— He, dedi Slovak, delikanli? Gitmiyorsun eve?

— Gidiyorum, gidiyorum, dedi Boka.

Slovak güldü:

— Evde yemek sıcak...

— Evet, yemek sıcak, dedi Boka. Ve aklına Rákos Sokağı'ndaki ev geldi. Orada da iki yaslı insan, zavallı terziyle karısı şimdi yemeğe oturmak için hazırlanıyorlardır. İçerdeki odada mumlar yanıyordur. Ve bay Csetneky'nin kahverengi çift düğmeli zarif ceketi de daha orada olmalıydı...

Tam o sırada gözleri tesadüfen barakaya kaydı.

İçeride duvara dayalı garip birtakım cihazlar gördü. Orada kırmızı-beyaz yuvarlak metal bir levha duruyordu. Tren geçitlerinde istasyonda yol veren istasyon çalışanlarının tren giderken tuttukları levhaya benziyordu. Ayrıca üç ayaklı bir sehpa üzerinde duran, üstünde bakır borular, metal kollar olan bir şey daha vardı.

— Bu ne?

Janó kulübeye doğru baktı.

— Ha o mu? Mühendisin...

— Ne mühendisi? Anlamadım.

— İnşaat mühendisi bre!

Boka'nın kalbi çılgınca bir tempoyla çarpmaya başladı.

— İnşaat mühendisi mi? Ne yapmak istiyor burada?

Janó piposundan bir nefes çekti:

— İnşaat yapacak.

— Burada mı?

— Evet ya! Pazartesi geliyorlar. Ameleler...Arsada... yapacaklar bir bina... yapacaklar bir temel...

— Ne! diye haykırdı Boka, buraya bina mı inşa edecekler?

— Ev yapacaklar! dedi Janó monoton bir sesle. Kocaman, üç katlı... Arsanın sahibi kimse, o yapacak...

Ve ardından kulübesine girdi.

Dünya Boka'nın etrafında fırıl fırıl dönmeye başlamıştı. Artık gözyaşlarını tutmasının bir anlamı yoktu. Acele acele dışarı yürüdü. Sonra kapıya doğru koşmaya başladı. Kaçıyordu, buradan, kendilerine ihanet eden bu toprak parçasından kaçıyordu. Pál Sokağı Çocukları'nın üstüne titredikleri, o kadar acıyla korudukları, kahramanca savundukları bu toprak parçası şimdi içinde evler olan kışla gibi bir binayla dolacaktı. Hem de sonsuza kadar...

Kapıya ulaşınca dönüp bir kez daha geriye baktı. Bir daha dönmemek üzere vatanını terk eder gibiydi. Bu düşünceyle birlikte yüreğini dağlayan bir acı duydu, ama bu acının içine bir nebze tesellinin de karıştığını hissetti. Zavallı Nemecsek, madem Macun Derneği'nin kendisini affettiğini bildirmek için eve gelen çocukları görmek kısmet olmamıştı, hiç olmazsa, uğruna öldüğü vatanının elinden alındığını da görmeden kapatmıştı gözlerini.

Ertesi gün, bütün sınıf derin bir sessizlik içinde sıralarında otururken, ağır ve ciddi adımlarla kürsüye çıkan Rácz öğretmen törensel ve duygulu bir sesle konuşarak Ernö Nemecsek'i andı. Bütün sınıfın, siyah ya da en azından koyu renk elbiseler giyerek ertesi gün saat üçte Rákos Sokağı'nda olmasını da tembihledi. János Boka gözlerini sıraya dikmiş düşünüyordu. Basit çocuk ruhunda derinden derine bir şeyler değişiyordu: Hayata dair, hani içinde hepimizin bazen kederli, bazen neşeli köleler olduğumuz hayata dair, bazı gerçekleri kavramaya başladığını hissediyordu.